D1698499

Ein Schritt zu mir

Petra Martin

Für Sylvia,
ganz viel Spaß
beim Lesen!

Petra Martin

Oktober 2024

Das Buch:
Ein Buch über Menschlichkeit, Liebe und den Mut, die richtige Entscheidung zu treffen.
Nach vielen Tiefschlägen hat Caro das Glück auf ganzer Linie für sich gepachtet. Auf dem Höhepunkt ihrer Karriere entscheidet sich Moritz endlich für sie.
Doch dann überschlagen sich die Ereignisse, und nichts ist mehr so, wie es war. Vor ihr liegt eine wahre Achterbahn der Gefühle: Denn der Roadtrip, der ihr den geliebten Mann zurückbringen soll, schafft anstatt Klarheit nur noch mehr Verwirrung.
Was soll sie tun, als ihre Rivalin durch ihr Opfer auf Leben und Tod alles zu ihren Gunsten ändert? Aber das Leben überrascht immer wieder mit unerwarteten Wendungen und besonderen Begegnungen. Und Caro sieht sich bald vor eine Wahl gestellt, die ihr Leben gründlich auf den Kopf stellt.

Die Autorin:
Petra Martin, Jahrgang 1971, gebürtig aus Niedersachsen, wo sie auch heute mit Mann, Tochter und zwei Hunden lebt, führt mit subtiler Spannung durch große Gefühle und dramatische Lebenssituationen.
"Ein Schritt zu mir" ist ihr zweiter Roman und setzt die Geschichte der Unternehmerin Carolyn Schneider aus "Kein Blick zurück" fort.
Der Autorin geht es in ihren Texten, ob Roman oder Ratgeber, darum, zu sich selbst zu stehen und trotz Widrigkeiten nicht aufzugeben. Seine Werte zu leben. Und dennoch auf das Leben zu vertrauen – und darauf, dass jederzeit ein Neubeginn möglich ist.

Ein Schritt zu mir

Roman

von

Petra Martin

1. Auflage, 2024

© Petra Martin, 2024, All rights reserved.

Haagematten 29, 38547 Calberlah

petra.martin@gmx.com

petramartin-autorin.de

Covergestaltung: Constanze Kramer, coverboutique.de

Bildnachweise:

©Sean Pavone, ©Pixel-Shot – shutterstock.com

©gkondratenko – depositphotos.com

freepik.com, rawpixel.com

Lektorat und Korrektorat: Lara Hofmann, larahofmann.com

ISBN 978-3-9826413-0-0 (E-Book)

ISBN 978-3-9826413-1-7 (Taschenbuch)

ISBN 978-3-9826413-2-4 (Hardcover)

„Wir müssen bereit sein, uns von dem Leben zu lösen, das wir geplant haben, damit wir das Leben finden, das auf uns wartet."

(Oscar Wilde)

Manchmal kommt es anders...

Caro hatte tatsächlich zugesagt und wusste nicht, was sie dazu geritten hatte. Am 2. Juli würde sie die Abschlussrede zur Jubiläumsveranstaltung des Unternehmerinnen-Netzwerkes halten. Sie, die sich bereits zu Schulzeiten erfolgreich vor jedem Referat gedrückt hatte. Allein beim Gedanken daran drehte sich ihr der Magen um. Doch die Aussicht, so einer Feier zu ihrem vierzigsten Geburtstag zu entkommen, konnte sie sich nicht entgehen lassen. Nuller-Geburtstage waren ihr ein Graus.

„Ich werde tausend Tode vor Aufregung sterben, wenn ich da vorne stehe", klagte sie Jessi ihr Leid und bestellte noch zwei weitere Cappuccinos beim vorbeigehenden Kellner. Unvorstellbar, dass ihre Freundin das Reden halten zu ihrem Beruf gemacht hatte!

„Quatsch, das kriegst du hin. Du bist gut. Und wir üben das." Jessi klang entschlossen. Sie kurierte nun schon seit zehn Jahren Menschen von ihrer Redeangst. Nur bei Caro war sie bislang auf Granit gestoßen. Sie hatte das Auftreten vor Menschen für ihren Alltag nicht gebraucht. Bislang.

„Mach dir einfach ein paar Stichworte zu dem, was du sagen willst. Magst du am Sonntag zum Frühstücken zu mir kommen, und wir üben danach vor der Videokamera? Tim muss am Wochenende sowieso arbeiten."

Die Sache mit dem Frühstück klang prima. Auf den Rest hätte Caro gerne verzichtet.

1

„Nun mach nicht so ein Gesicht wie sieben Tage Regenwetter", lachte Jessi. „Es ist doch eine riesige Wertschätzung, dass du diese Rede halten darfst. Und absolut verdient, finde ich. Kann man doch alles üben, damit es richtig gut wird."

Jessis Angebot konnte Caro nicht ablehnen. Auch wenn sich alles in ihr sträubte, war sie doch eigentlich froh über das Privattraining. Sonntag um 10 Uhr klingelte sie also mit einer vollen Tüte lecker duftender Brötchen an Jessis Tür.

„Morgen! Schön, dass du da bist!" Jessi umarmte sie und nahm ihr die Brötchentüte ab. Sie gingen ins Wohnzimmer und Jessi füllte den Korb. Wie erwartet war der Frühstückstisch üppig gedeckt. Auch das Kamera-Equipment stand schon bereit, wie Caro zu ihrem Leidwesen feststellte. Ihre Freundin nahm den selbstgewählten Auftrag sehr ernst.

Jessi reichte ihr fragend ein volles Glas Sekt.

„Den kann ich gebrauchen. Die Kamera verdirbt mir irgendwie den Appetit. Geht es denn nicht doch ohne?", lachte Caro halb im Scherz, während ihre Gläser beim Anstoßen klirrten.

„Klar geht es ohne, aber das ist nicht so effektiv. So siehst du gleich, wo du noch etwas verbessern kannst."

„Das wird wohl eine ganze Menge sein", murmelte Caro zerknirscht. Sie war selbst überrascht, dass sie trotzdem noch ein zweites Brötchen schaffte.

„Na dann, Bühne frei", sagte Jessi bestens gelaunt, als sie mit dem Essen fertig waren. Sie hatte gut reden, seufzte Caro.

Und tatsächlich ging der erste Versuch vor der Kamera fürchterlich in die Hose.

„Nicht verzweifeln, wir machen jetzt erstmal ein paar Atemübungen, und dann erzählst du mir einfach, was du rüberbringen willst." Jessi war durch nichts zu erschüttern. Dass die

Kamera nebenbei lief, fand Caro nicht besonders witzig, doch irgendwie vergaß sie das nach einigen Minuten.

„Das war richtig gut", nickte Jessi einige Versuche später anerkennend, als sie die Aufzeichnung abspielte. „So wird es toll klappen. Du rockst die Bühne! Erzähl denen einfach ein bisschen aus dem Nähkästchen. Die wollen doch gar keine perfekte Rednerin, sondern jemanden, der authentisch rüberkommt. Und das tust du." Jessi grinste und schob noch nach: „Viel Glück, das wird schon schief gehen."

Die Zeit bis zum 2. Juli verflog geradezu, plötzlich war der Tag da: ihr vierzigster Geburtstag. Moritz hatte sie mit einem Frühstück im Bett überrascht, das sich bis zum Mittag hinzog. „Du bist die schönste Vierzigjährige, die ich kenne." Er wollte sie erneut umarmen, doch sie lachte nur auf und warf ein Kissen nach ihm. „Schon klar, du bist ja auch unglaublich objektiv", spottete sie, während sie aufsprang und ihm einen Handkuss zuwarf. „Ich muss mich fertig machen. Hoffentlich überlebe ich die Jubiläumsfeier!"

„Klar, du wirst großartig sein!", kam es von Moritz aus dem Bett. Er verstand gar nicht, warum sie sich so aufregte wegen des Vortrags.

Die Dusche erfrischte Caro, und sie schminkte ihre Lachfältchen mit leichtem Make-up über. Ein graues Haar ärgerte sie, sie riss es sich seufzend heraus. Ein kritischer Blick in den Spiegel, doch sie konnte eigentlich noch ganz zufrieden mit sich sein. Kaum vorstellbar, dass sie vor einem dreiviertel Jahr noch an ihrem absoluten Tiefpunkt stand! Und jetzt war sie in einer glücklichen Beziehung und hatte einen fünfstelligen Monatsumsatz mit ihrem eigenen Unternehmen. Dass sie es einmal so weit bringen würde, hätte damals ihre Vorstellungskraft gesprengt.

Zwei Stunden später war sie bei ihren Netzwerkerinnen. Sie war schon mit etlichen Teilnehmerinnen ins Gespräch gekommen, auf einen intensiven Austausch wurde in dieser Runde viel Wert gelegt. Auch ein paar neue Gesichter konnte Caro entdecken. Sie war froh, dass ihr Geburtstag bei dem Treffen komplett unterging. Als Maren Gräf nach vorne ans Mikrofon ging, kehrte langsam Ruhe ein. Die Teilnehmerinnen suchten sich einen Platz in den Stuhlreihen.

Nach einer herzlichen Begrüßung wurden die Tagesordnungspunkte besprochen und einige strategische Dinge abgestimmt. Eine Netzwerkerin stellte als Exkurs die Einstellung von Beschäftigten vor. Ein Schritt, der für Caro kurz bevorstand. Sie hörte aufmerksam zu und machte sich Notizen.

Doch dann wurde es ernst.

„Liebe Caro", begann Maren die Anmoderation, „du bist erst seit wenigen Monaten bei uns, doch du bist mit deinem engagierten Einsatz für unser Netzwerk nicht mehr wegzudenken. Erzähl uns dein Erfolgsrezept. Du hast heute das letzte Wort." Maren lächelte sie freundlich an, als sie nach vorne kam.

Caro straffte sich innerlich. Es waren mehr als fünfzig Frauen anwesend. Die meisten von ihnen kannte sie bereits näher, was sollte da schiefgehen, sprach sie sich selbst Mut zu.

Sie erinnerte sich an Jessis Atemübungen und mache ihre heimliche Powerpose hinter dem Pult. Du musst dir die gelungene Rede bildlich vorstellen, hörte sie Jessis Stimme in ihrem Ohr und musste unwillkürlich darüber grinsen. Sie sah in die Runde und entspannte sich. Jetzt war sie eine von ihnen. Und sogar eine, die ihr Wissen weitergeben sollte.

4

„Liebe Netzwerkerinnen, wenn mir jemand vor neun Monaten erzählt hätte, dass ich heute vor euch stehen darf, hätte ich ihn für übergeschnappt erklärt", begann sie ihre Rede, die ganze zwanzig Minuten dauern sollte und mit etlichen Anekdoten gespickt war. Und sie wurde mit tosendem Applaus beantwortet. Caro spürte Stolz und Erleichterung. Nach ihren letzten aufmunternden Worten an die Neuen und Dank an Maren und die alten Häsinnen, die das Netzwerk zusammenhielten, wollte sie gerade von der Bühne gehen. Doch Maren kam ihr mit einem Blumenstrauß entgegen.

„Vielen Dank für diesen tollen Einblick in deinen Unternehmensstart, liebe Caro. Es ist beeindruckend, was du in nur einem dreiviertel Jahr geschafft hast! Doch so schnell lassen wir dich heute nicht von der Bühne. Mir hat nämlich jemand zugeflüstert, dass es heute noch einen weiteren Grund zum Feiern gibt, nicht nur unser eigenes Jubiläum."

Caro konnte sich ein Grinsen nicht verkneifen, sie hätte es ahnen müssen. Auch wenn sie nicht gerne im Mittelpunkt stand, würde sie sich nicht darum drücken können. Sie ergab sich in ihr Schicksal.

„Anders als sonst haben wir zu diesem Anlass sogar ein paar ganz junge Gäste geladen." Maren machte eine bedeutungsvolle Pause. Wie auf ein Stichwort öffnete sich die Tür, und die Zwillinge und Lukas liefen herein und stürmten zu Caro auf die Bühne. Und während sie sich in ihre Arme schmissen, stimmten die Unternehmerinnen ‚Zum Geburtstag viel Glück' an. Sie hätten glatt einen Chor gründen können, fand Caro. Sie war richtig gerührt.

„Alles Gute zu deinem Ehrentag, Caro", gratulierte Maren ihr herzlich und übergab ihr den Strauß. „Wir haben auch ein wenig gesammelt und wünschen dir viel Freude damit", läutete sie die Geschenkübergabe ein.

Nun kamen Caro doch die Tränen, als sie nochmals zum Pult ging, um sich würdig zu bedanken.

„Tante Caro, du musst lachen", wisperte Nele altklug hinter ihr. „Wir haben nämlich auch noch eine Überraschung für dich."

Bevor Caro von den Gratulantinnen in Beschlag genommen wurde, dreht sie sich zu Nele um. „Noch eine Überraschung, mein Schatz? Das verkrafte ich in meinem Alter nicht." Lachend drückte sie ihre Nichte an sich.

„Ja, wenn du hier fertig bist, musst du mitkommen, die Überraschung wartet nämlich draußen", zupfte nun Lukas an ihrem Arm. Und bald darauf öffnete sich die Tür nochmals. Moritz stand in der Tür, mit einem riesigen Strauß roter Rosen.

„Das sind vierzig, habe ich noch mal nachgezählt", kam es ganz ernsthaft von Max, als Moritz die Treppe zur Bühne hochstieg.

„Alles Gute zum Geburtstag, mein Schatz. Leider muss ich dich nun nach draußen entführen." Er grinste zu Maren hinüber, die ihnen zunickte. Caro hätte es sich wirklich denken können, dass sie um eine Feier nicht herumkam.

Normalerweise gingen die Netzwerkerinnen nach den Treffen immer zum Italiener um die Ecke. Aber heute wurde das Protokoll offenbar arg gebeutelt.

Caro staunte Bauklötze, als sie den geschmückten Innenhof sah, in dem nicht nur ein bekannter Caterer in der Kürze ihres Netzwerk-Treffens seine Zelte aufgebaut hatte. Ihre gesamte Familie und alle Freunde hatten sich eingefunden, und sie bejubelten Caro.

„Du verrückter Kerl, ich liebe dich!" Sie strahlte Moritz an. Und als sie ihn unter Applaus stürmisch an sich zog, um ihn zu küssen, legte der DJ ihr Lied auf: ‚Never Giving Up'.

Es war bereits kurz vor Mitternacht, und die Leute wollten einfach nicht nach Hause gehen. Zu gut war die Stimmung. Mittlerweile musste sogar der DJ seine Musik leiser stellen. Jessi hatte bereits manchen Nachbarn beschwichtigen müssen. Das Büfett war fast leergeräumt und es wurden bereits die Mitternachtstorten aufgetafelt. Die Kids tobten noch immer ausgelassen herum. Heute war Ausnahmetag.

Da ergriff Moritz ihre Hand und zog sie mit einem entschuldigenden Lächeln von ihren Gästen weg. „Ich muss die Jubilarin einmal entführen."

Als sie einen leeren Raum gefunden hatten, schloss er die Tür. Dann nahm er ihre Hände in seine. „Dass ich dich heute keine Sekunde mehr für mich allein habe, hatte ich leider nicht berücksichtigt. Aber das, was ich dir sagen möchte, geht nur uns beide etwas an."

Caro stutzte, denn Moritz wirkte plötzlich etwas nervös. Das kannte sie gar nicht von ihm. Er nestelte in seiner Tasche und zog ein kleines, hübsch verpacktes Geschenk hervor und überreichte es ihr. Caro stockte der Atem. Konnte es sein? Ihr Herz klopfte ihr bis zum Hals vor Aufregung und ihre Hände zitterten, als sie das Geschenk entgegennahm.

„Pack es aus", forderte er sie auf.

„Oh Moritz!" Ihre Stimme klang ganz brüchig, als sie vorsichtig die Schleife löste.

Gerade als sie den Deckel abheben wollte, stürmten Max und Nele zur Tür herein. Caro wollte sie schon lachend zum

Spielen herausschicken, als sie in zwei angsterfüllte Gesichter sah.

„Caro, Moritz! Lukas ist weg! Wir haben schon überall nach ihm gesucht! Er ist einfach verschwunden!"

Ausgetrickst

Der Tag in der JVA war strikt geregelt, und Edgar hatte den Rhythmus schnell wieder intus. Laut Urteil würde er ihn auch noch lange beibehalten. Lebenslang mit anschließender Sicherheitsverwahrung, damit hatte er sich schnell Respekt verschafft in der Knasthierarchie.

Doch die kurze Zeit in Freiheit hatte ihm gezeigt, dass er hier schleunigst wieder raus wollte. Dafür musste er aber selbst sorgen, und er hatte Vorkehrungen getroffen. 11.30 Uhr. In einer Viertelstunde ging es für alle zum Mittagessen. Und danach galt es abzuwarten – und seine Chance zu nutzen. Noch vor dem Einschluss würde der Spaß beginnen.

Er hatte Glück mit der Qualifizierungsmaßnahme in der Küche. Hier saß man nahe am Fresstrog und konnte die Qualität des Essens mitbestimmen. Heute sogar ein bisschen mehr, denn beim Personal waren viele krank. Ihm entfuhr ein böses Grinsen. Denn bald nicht nur bei denen.

Edgar arbeitete zügig weiter, als die ersten Mitinsassen bereits ankamen und durch die Kontrolle gingen. Es gab Hühnchen, und es war besonders delikat gewürzt. Er hatte sich sogar richtig Mühe gegeben. Die meisten seiner Gruppe stürzten sich auf ihre Portion. Nur Alex schaute misstrauisch zu ihm hinüber. Hatte es wohl im Urin, wenn etwas vor sich ging. Aber das ging ihn einen Scheißdreck an. Sie waren gleich am zweiten Tag aneinandergeraten. Doch die Fronten waren erstmal geklärt. Als Edgar zur Keule griff, langte Alex endlich auch herzhaft zu.

Während die anderen ihre Post abholten und sich um irgendwelche Anträge kümmerten, hing Edgar über die Kloschüssel und erbrach auch das letzte Stückchen des Hühnchenfleischs, bevor es seine Wirkung vollenden konnte.

Der Tag ging schnell herum, ganz im Gegensatz zum üblichen Knastalltag. Sein zweiter Arbeitseinsatz, die Abendbrotausgabe. Edgar registrierte, dass seine Gruppe nicht mehr vollständig war. Einer erbrach sein Essen mitten auf den Tisch. Edgar wurde vom Zusehen schlecht. Wurde er etwa sensibel auf seine alten Tage? Oder hatte er doch zu spät gehandelt?

Die Nächsten erwischte es bei der anschließenden Freizeitgestaltung. Jetzt war ein guter Zeitpunkt, um seine Show abzuliefern. Weil er offenbar mehr abbekommen hatte als geplant, klappte es noch mal so gut. Edgar wollte unter keinen Umständen auffallen. Doch noch viel weniger wollte er heute das Schloss hinter sich umdrehen hören.

Er kotzte, was das Zeug hielt, und krümmte sich minutenlang am Boden. Wie die anderen wurde er schnell auf die Krankenstation gebracht. Mittlerweile hatte man auch herausgefunden, dass sie an Salmonellen erkrankt waren. Das würde lange Aufarbeitungsarien nach sich ziehen, die Edgar gar nicht mehr mitbekommen wollte. Sein Plan ging auf, als er hörte, dass es die arme Sau von Zimmernachbar so arg erwischt hatte, dass der sogar in der nächstgelegenen Klinik behandelt werden musste. Er zögerte keine Sekunde. Es war von Vorteil, wenn man sich ein wenig mit Chemie auskannte. Er schluckte die Dosis und brach kurz darauf zusammen.

Als Edgar wieder aufwachte, waren die Geräusche genauso wie das Licht gedämpft. Sein Zimmernachbar schien sich vor Schmerzen zu krümmen. Ihn hatte es offenbar so richtig erwischt. Edgars Mitleid mit dem Kerl hielt sich in Grenzen, denn er kannte nur ein einziges Ziel: seine Freiheit. Er tastete sich ab und spürte eine Infusion an seinem linken Arm. Gerade als er sich aufrichten wollte, kam eine Schwester herein und schaltete das Licht an. Edgar stellte sich schlafend, er war schon immer ein guter Schauspieler gewesen. Während die Schwester zunächst den stöhnenden Patienten versorgte, blinzelte Edgar vorsichtig aus seinem Bett hervor und versuchte, sich im Raum besser zu orientieren. Erleichtert stellte er fest, dass das Zimmer so war, wie er es erwartet hatte. Zweibettzimmer, sein Schrank befand sich neben seinem Bett. Jetzt hieß es geduldig sein und abwarten.

Die Schwester wandte sich nun ihm zu. Mit einem kurzen Blick auf den offenbar ruhig schlafenden Patienten kontrollierte sie seine Werte. Dann löschte sie beim Rausgehen das Licht und schloss die Tür hinter sich.

Edgar lag bewegungslos da, während er in die Dämmerung lauschte. Angestrengt durchdachte er seine Flucht. Vor der Tür saßen Sicherheitsbeamte, und ganz sicher waren sie nicht in der Parterre untergebracht. Auch das Schlachterhemd musste er dringend gegen normale Klamotten umtauschen. Er wartete, bis er vom Krankenhausflur keine Geräusche mehr wahrnahm und sein Zimmernachbar endlich eingeschlafen war. Er tastete nach seinem Schubfach und fand Mullbinden und Pflaster darin. Auf seinen Helfer war Verlass. Es war von Vorteil, dass seine Stiefschwester auch in dieser Klinik Krankenschwester gewesen war. Hier kannte er sich aus. Routiniert zog Edgar sich die Kanüle aus dem Arm. Dann presste er mit seinem Daumen auf den Verband, damit das Blut nicht zu sehr suppte. Geräuschlos schwang er sich aus dem Bett. Der erste Schritt war getan. In seinem Spint fühlte er nur die raue Anstaltskleidung. Und die würde er im Leben nicht mehr freiwillig anziehen. Lieber behielt er das Schlachterhemd an. Verdammt, war es seinem Helfer doch zu heiß geworden? Er griff in das obere Fach. Fühlte erleichtert das Seil, das ihn retten würde und zog es herunter. Geschafft! Ob die Luft rein war? Er würde kein Risiko eingehen. Vorsichtig schlich er zur Tür und lauschte hinaus in den Gang der Station. Keine Schritte zu hören. Doch dass dieser Weg ihm verbaut war, hatte er gleich gewusst. Denn die Bullen vor der Tür roch er sieben Meilen gegen den Wind. Sie redeten leise, schienen vollkommen ahnungslos. Doch das konnte vorgetäuscht sein. Der Weg durch das Fenster war der aussichtsreichste, auch wenn das Seil vielleicht nicht reichen würde. Er musste sich einen Überblick verschaffen, öffnete es. Blickte in die einsetzende Dunkelheit hinaus und sah entfernt den beleuchteten Haupteingang, der jetzt menschenleer war. Die Laternen und die umstehenden Bäume gaben ihm eine Orientierung. Offenbar waren sie im zweiten Stock untergebracht, das konnte er riskieren. Er schob sein Bett ans Fenster und befestigte das Seil in Windeseile daran. Gerade als er es aus dem Fenster warf, stöhnte sein Zimmernachbar vor Krämpfen laut auf. Ärgerlich sah Edgar hinüber. Fehlte noch, dass der Scherereien machte! Er schlich zu seinem Bett und erhöhte den Durchlauf seiner Infusion, sodass er bald wieder friedlich schlief. Glück gehabt! Jetzt hieß es, schnell handeln, die Gelegenheit zur Flucht würde so schnell nicht wieder kommen.

Er erprobte die Festigkeit des verknoteten Seils. Hoffte, es würde ihn halten, als er sich über die Brüstung schwang.

Edgar gratulierte sich selbst, es lief alles wie geschmiert. Das letzte Stück sprang er, seine Sehnen und Muskeln waren gut trainiert. Dann eilte er weiter. Mit Mühe erinnerte er sich an die Lage der Wäscherei. Es konnte sich nicht viel geändert haben, seit Regina hier noch gearbeitet hatte. Er musste sich ein neues Outfit besorgen. Ein Pfleger würde weniger auffallen als einer im Krankenhemd, hinten blank. Endlich angekommen fand er sich schnell zurecht in der Wäscherei, deren Tür nicht verschlossen war. Ganz wie besprochen. Und das Glück blieb ihm weiterhin hold, denn es gab niemanden, der seinen Weg kreuzte. Schnell wechselte er seine Garderobe. Eine, die andere Menschen zumindest nicht auf den ersten Blick erschrecken würde. Dann tauchte er ab in die zunehmende Dunkelheit, wurde eins mit ihr.

Die Faxen dicke

Ungeduldig wählte Eileen seine Nummer ein drittes Mal. Warum ging er nicht ran, verdammt noch mal? Waren sie immer noch am Feiern? Hoffentlich hatte Moritz wenigstens Lukas ins Bett gebracht! Er würde sonst den ersten Urlaubstag so richtig schlecht gelaunt sein. Sie bereute, dass sie seinen Überredungskünsten nachgegeben hatte. Diese verdammte Überraschungsparty für Caro. Lukas' Freunde von der Kita waren auch da. Sie würde ihn um ganz viel Spaß bringen. Nun, das wollte sich Eileen nicht nachsagen lassen. Aber Moritz überzog immer, wenn sie nachgab. Da, endlich, seine Stimme!

„Ja…" Der Rest ging im Lärm unter. Er schien einen ruhigeren Platz zum Telefonieren zu suchen. „Eileen, wir haben hier viel Spaß. Lass Lukas doch noch hier. Vielleicht schläft er heute Nacht noch bei Caro und mir und ihr fahrt einfach einen Tag später los."

Eileen platzte der Kragen. „Ich hatte längst mit deinem Anruf gerechnet, wann ich Lukas endlich abholen kann. Das sieht dir ähnlich, dass du ihm alles durchgehen lässt! Nein, ich will nicht morgen irgendwann fahren. Und unsere Reise verschieben will ich auch nicht. Wir fahren heute Nacht, bei den Baustellen auf der A7 stehen wir sonst den ganzen Tag im Stau."

„Lukas wird noch keine Lust haben." Er klang genervt. Das stachelte sie umso mehr an.

„Sag mal, spinnst du? Seit wann entscheiden Fünfjährige, was zu tun ist? Du bist wieder einmal total verantwortungslos!"

„Was, ich und verantwortungslos? Du spinnst! Das ist mal wieder typisch für dich, mich zu beschuldigen!"

Sie hatte seinen wunden Punkt getroffen, er wurde laut am Telefon. Doch anstatt einzulenken, musste sie noch etwas draufsatteln. „Ja genau, das bist du! Du weißt genau, dass Lukas seinen Schlaf braucht. Und dass wir eigentlich schon längst losgefahren wären. So war's geplant, und Camille erwartet uns schon. Aber das ist dir ja ohnehin egal, von Zuverlässigkeit hältst du eh nichts. Und jetzt mit deiner neuen Freundin fühlst du dich stark. Hauptsache ihr habt Spaß! Da kann ich mich morgen mit einem übernächtigten Kind abmühen." Sie hatte sich in Rage geredet und bemerkte erst jetzt, dass sie mit sich selbst sprach. Er hatte einfach aufgelegt!

Fassungslos starrte sie ihr Handy an. Das ging jetzt wirklich zu weit! Sie schäumte vor Wut. Warum konnte Moritz sich nicht einmal an eine Abmachung halten? Nur um seiner neuen Flamme zu gefallen und vor Lukas den großzügigen Papa zu spielen? Das würde sie wieder ausbaden müssen! Ihr graute vor einem langen Tag im Stau auf der Autobahn. In vielen Bundesländern war jetzt Ferienbeginn. Nein, sie würden wie geplant nachts fahren. Sie hatte mit ihrer Patentante extra noch gesprochen, dass sie früher kommen würden. Vielleicht wären sie schon mittags in Montélimar. Und Tante Camille würde sie wieder ganz wunderbar verwöhnen. Genau das brauchte Eileen ganz dringend. Wieder runterfahren und eine entspannte Zeit mit ihrem Sohn haben. Lukas hatte sich so auf Tante Camille gefreut, doch Moritz hatte es mal wieder verstanden, ihm Flausen einzureden. Genug jetzt. Eileen nahm eilig Lukas und ihre Taschen, die bereits im Flur standen, und lud sie ins Auto ein.

Wenn Moritz nicht mitzog, würde sie Lukas halt abholen und sie konnten gleich losfahren.

Eileen parkte vor der Adresse, die sie von Moritz gehört hatte. Es war keine klassische Wohngegend, sondern bestand aus vielen Bürogebäuden. Und die Party war offenbar noch in vollem Gange. Musik, gut gelaunte Menschen, die in Grüppchen zusammenstanden, spielende Kids. Darunter musste auch Lukas sein. Sie hielt Ausschau nach ihm und freute sich, als sie ihn endlich entdeckte. Lukas war ganz und gar damit beschäftigt, sich erfolgreich vor seinen Freunden zu verstecken, sodass er zusammenzuckte, als sie plötzlich vor ihm stand.

„Mama!" Die Freude, sie zu sehen, wechselte schnell zu Enttäuschung, dass die Party für ihn nun vorbei war.

„Lukas, da bist du ja!" Eileen drückte ihn an sich. „Komm, mein Schatz, du bist ja ganz müde. Du kannst im Auto schlafen, wir fahren gleich los. Tante Camille hat schon tausend Pläne, was wir unternehmen können. Du hast dich doch schon so gefreut!"

„Tante Caro ist bestimmt traurig, wenn ich nicht tschüss sage?"

Das gab Eileen einen Stich. ‚Tante' war diese Frau also schon für ihn.

„Ich glaube, sie hat heute genug um die Ohren und muss sich um ihre anderen Gäste kümmern. Und wir müssen los."

„Dann sag ich nur schnell Papa Bescheid."

Das fehlte noch! Am Ende würde man sich genötigt fühlen, sie zu beschwichtigen, sie gar einzuladen. Zum vierzigsten Geburtstag von Moritz' Freundin, dazu hatte sie weiß Gott keine Lust! Und das nur, damit Lukas länger bleiben konnte. Eileen spürte Wut in sich hochsteigen. Hier ähnelte Lukas seinem Vater. Immer, wenn sie ein wenig zu nachgiebig war, wurden ihre Grenzen überschritten. Doch damit war jetzt Schluss!

„Wir fahren jetzt sofort, Lukas! Ich habe schon alle unsere Sachen im Auto." Die Schärfe im Ton war nicht beabsichtigt, aber sie verfehlte ihre Wirkung bei ihm nicht.

„Dann will ich gar nicht mehr mitfahren!" Er drehte sich um, als er seine Freunde nach ihm rufen hörte.

Eileen sah rot und schnappte sich ihren Jungen, und hielt ihn fest, bevor er eine Kehrtwendung machen konnte. „Es reicht, Lukas! Tante Camille wäre ganz traurig, wenn du nicht mitkommst. Und ich auch."

Unwillig ließ er sich ins Auto verfrachten. Sie schnallte ihn an und setzte sich ans Steuer, ließ den Wagen an.

„Hast du Dino eingepackt?"

Eileen überlegte kurz. Dann fiel ihr ein, dass der noch seelenruhig in seinem Kinderbett lag. „Bei Tante Camille warten auch ein paar Stofftiere auf dich."

„Ohne Dino kann ich aber nicht einschlafen!"

Eileen hörte den weinerlichen Ton und ärgerte sich über sich selbst. Sie wollten schließlich einen schönen gemeinsamen Urlaub verleben, und der Start war bereits ausreichend missglückt. „Okay, wir fahren noch mal kurz nach Hause und holen ihn."

Sie seufzte beim Gedanken an den Umweg. Aber Lukas konnte unglaublich nerven, wenn ihm etwas wichtig war. Warum sollte sie sich diesen Stress antun?

Da, der Promilleweg! Damit konnte sie wieder ein bisschen Zeit wettmachen. Eileen bog in die schmale Seitenstraße ein und nahm dann den Feldweg. Sie drehte sich kurz zu Lukas um, doch er war in seinem Kindersitz eingeschlafen. Beruhigt sah sie wieder nach vorne. Und fuhr erschrocken zusammen. Gott, was war das?! Gerade noch rechtzeitig konnte sie mit voller Wucht in die Eisen gehen. Sie flog nach vorne und sah besorgt nach hinten zu ihrem Sohn. Doch Lukas schlief völlig unbeeindruckt weiter. Wie kam dieser große Ast mitten auf den Weg? Vielleicht war von der langen Trockenheit das Gehölz morsch. Eileen sah den Feldweg entlang, er führte an einem Waldstück vorbei. Vor Jahren war hier mal etwas passiert, sie bekam's nicht mehr zusammen. Dieses Hindernis vor ihr nervte sie, es würde sie unnötig Zeit kosten. Sie stieg aus und begann sofort zu frösteln, es war nachts doch ganz schön frisch. Als sie ein Knacken hörte, sah sie sich verschreckt um. Nichts zu sehen. Vielleicht ein Fuchs oder Marder auf dem Weg zu seiner Beute. Ein wenig musste sie über sich selbst lachen. Doch nun galt es, keine Zeit mehr zu verlieren. Sie musste diesen verflixten Ast an den Feldrand zerren, damit es endlich weiterging. Auf nach Frankreich. Entschlossen machte sie sich an die Arbeit und zog und zerrte daran, kam richtig ins Schwitzen. Es dauerte, bis sie mit ihrem schmalen Körper den schweren Ast vom Weg bekam. Nach einer gefühlten Ewigkeit hatte sie es endlich geschafft. Nassgeschwitzt und keuchend stieg sie ins Auto ein und schlug ein wenig zu heftig die Tür zu. Es war ihr fast ein bisschen peinlich, dass sie sich so unwohl auf dem Feldweg gefühlt hatte. Irgendwie unheimlich war es gewesen. Umso froher war sie, dass es endlich weiterging, dem Urlaub entgegen. Irgendwie roch es streng. Sie drehte sich zu Lukas um – und erstarrte. Denn ihr eben noch schlafendes Kind starrte sie mit vor Angst aufgerissenen Augen an. Entsetzt fuhr sie weiter herum. Und dann sah sie, was Lukas so ängstigte, denn das Mondlicht fiel auf sein Gesicht. Sie stieß einen Schrei aus, als sie den ungepflegten Mann sah. Sein Schweißgeruch nahm ihr fast den Atem. Sie sah, dass er einen Kittel trug. Als sie das Messer in seiner Hand bemerkte, das er drohend in Richtung ihres Sohnes richtete, kreischte sie eine Oktave höher auf.

„Schnauze halten! Sofort!"

Der barsche Ton ließ Eileen verstummen. Ihr Magen verkrampfte sich augenblicklich und sie nickte heftig wie unter Zwang. Fieberhaft schoss es ihr durch den Kopf, dass sie das Gesicht schon einmal gesehen hatte, doch es fiel ihr nicht ein. Eileen schnappte nach Luft. Nein, nein, nein, das konnte nicht wahr sein! Das durfte nicht ihnen passieren! Sie erstarrte innerlich. Eine tiefe Angst fraß sich durch ihre Magengrube.

Er ergötzte sich an ihrer Furcht und sah sie mit kaltem Grinsen an. Seine Worte holten sie schnell in diese neue Realität.

„Dein Sohn und ich haben ein bisschen geplaudert. Er hat mir erzählt, dass ihr zu deiner Tante nach Montélimar fahrt. Dann fahr mal endlich los! Ihr habt Begleitung nach Frankreich."

Eileen begann am ganzen Körper zu zittern, als sie sich umdrehte, so stark, dass sie erst nach einem Fehlversuch den Motor anbekam. Dieser Mann musste nicht mehr weiter drohen. Er musste nichts weiter sagen. Sie würde alles tun, was er verlangte. Sie verließen die Stadt und fegten die A7 entlang durch die Nacht. Ihr adrenalindurchfluteter Körper gab ihr die Kraft zu fahren. Immer weiterzufahren.

Sie waren noch keine zwei Stunden unterwegs, als Eileens Handy gar nicht mehr aufhören wollte zu klingeln.

„Schon wieder dieser Moritz! Der Typ geht mir echt auf die Eier. Sieh zu, dass du ihn abwimmelst! Und keine Zicken, verstanden?" Diesmal hielt Edgar ihr das Handy ans Ohr, anstatt erneut wegzudrücken.

Eileen nickte. „Ja." Mehr traute sie sich nicht, ins Telefon zu sagen. Sie hörte Moritz' Stimme, die zwischen sorgen- und vorwurfsvoll schwankte. Jetzt wünschte sie sich nichts mehr auf der Welt, als dass sie auf seinen Vorschlag, später zu fahren, eingegangen wäre. Doch sie musste ihn loswerden, bevor Edgar noch aggressiver wurde.

„Lass mich endlich in Ruhe, okay?"

Moritz' Stimme wurde weggedrückt. „Brav!", blaffte es von hinten, als wäre sie ein gut dressiertes Hündchen. Sie rebellierte innerlich, doch sie traute sich nicht, etwas darauf zu erwidern.

Bald darauf erreichten sie das nächste Bundesland. Hessen. Die Kasseler Berge. Die rasante Fahrt auf der fast leeren Autobahn kam ihr ganz unwirklich vor. Sie merkte das Knacken in ihrem rechten Ohr. Ihr Sohn hatte doch auch immer solche Probleme mit dem Druckausgleich. Sie horchte nach hinten, traute sich nicht, sich umzudrehen.

Es war so unerträglich leise im Auto, sie musste es riskieren. „Lukas?", wisperte sie nach hinten.

„Ja, Mama", kam es gepresst von der Rücksitzbank.

Doch Kinderberuhigung schien nicht sein Ding zu sein. „Halt's Maul und fahr weiter!"

Vergebliche Mühe

Die Party war abrupt zu Ende, und die Feierstimmung war umgeschlagen in Hektik. Die Gäste hatten sich alle an der Suche nach Lukas beteiligt, während DJ und Catering zusammenpackten. Jeder Winkel im Gebäude war durchsucht worden, von der Garderobe über die Toiletten bis zu den Kellerräumen. Der nahe gelegene Spielplatz, jedes Gebüsch in den umliegenden Straßen – alles hatten sie akribisch abgesucht, immer wieder seinen Namen gerufen. Doch vergeblich. Lukas blieb wie vom Erdboden verschluckt. Die Ersten wollten schon die Polizei einschalten, doch davon wollte Moritz nichts wissen.

„Ich muss zuerst mit Eileen sprechen." Er ließ mehrfach durchklingeln, doch am anderen Ende ging niemand ran. Alle sahen sich ratlos an. Nach und nach verabschiedete sich der Großteil der Gäste zaghaft, mit schlechtem Gewissen, denn sie konnten hier nichts mehr tun. Lukas würde hoffentlich bald wieder auftauchen, vielleicht war es doch nur ein Jungenstreich, und er lachte sich in einer Ecke ins Fäustchen? Es sollte trösten, doch niemand glaubte es wirklich.

Ratlos stand der harte Kern am unangerührten Tortenbüfett um Moritz herum, der seine wachsende Unruhe nicht länger verbergen konnte. Die Spannung konnte man mit den Händen greifen.

„Du musst noch mal versuchen, Eileen zu erreichen. Irgendwann muss sie doch rangehen", forderte Caro ihn sanft auf und drückte seine Hand.

„Ich wollte nicht lauschen, Moritz, tut mir leid. Aber du hast doch vorhin mit ihr telefoniert. Es hat sich angehört, als hättet ihr euch gestritten." Jessi nahm wie üblich kein Blatt vor den Mund. Nun waren alle Augen auf Moritz gerichtet.

„Das stimmt, leider", gab er geknickt zurück. „Sie war sauer, dass Lukas noch auf der Party bleiben sollte."

Annalena brachte den nächsten Schritt auf den Punkt, während sie ihre vollkommen übermüdeten Zwillinge an der Hand hielt und sich verabschiedete. Die Kids mussten dringend ins Bett. „Meinst du etwa, sie hat ihn einfach abgeholt, ohne Bescheid zu geben? Das wäre schon fast ein Fall für das Jugendamt. Auch Eileen muss sich an die Regeln halten."

„Ja, vielleicht. Nein, nicht das Jugendamt." Moritz war sichtlich zusammengesunken.

Mit Zuspruch und Mitleidsbekundungen verließen auch die letzten Gäste die Feier. Maren raunte Caro ein „Es tut mir so leid" zu. Sie hatten verabredet, dass sich die Netzwerkerinnen am nächsten Tag ums Aufräumen kümmern würden. Caro musste sich erstmal um Moritz und um sich selbst kümmern.

Sie waren allein. „Da stimmt doch etwas nicht, Moritz!" So besorgt Caro um Lukas war, so sehr ärgerte es sie, dass ihr Freund etwas vor ihr zu verheimlichen schien. „Warum willst du weder Polizei noch Jugendamt um Hilfe bitten? Was ist da los?"

Moritz holte tief Luft. „Es war Eileens Wochenende mit Lukas, und die beiden wollten längst zu Eileens Tante Camille nach Frankreich gefahren sein, nach Montélimar. Ich habe sie überredet, dass Lukas bei deiner Überraschungsparty dabei sein kann und wollte sie eigentlich am Abend anrufen, wenn sie ihn abholen kann." Er machte ein ganz zerknirschtes Gesicht.

„Ach Moritz!" Sie umarmte ihn. Es brauchte keine Worte, um zu sagen, was sie von seiner Aktion hielt. Er hatte wieder einmal Öl ins Feuer des komplizierten Beziehungsgeflechts mit seiner Noch-Frau gegossen. „Du meinst also, dass Eileen ihn heimlich abgeholt hat?"

Er nickte zögernd. „Ich glaube schon. Und bei unserem Telefonat vorhin hatte ich mich bei ihr wohl ziemlich im Ton vergriffen. Aber ich wollte einfach nicht, dass für Lukas die Feier vorbei ist. Auch für dich wollte ich an deinem Tag keinen Stress. Es sähe Eileen ähnlich, mich vor vollendeten Tatsachen zu stellen und ihren Willen durchzudrücken."

Caro seufzte. „Das hattest du mir alles etwas anders erklärt. Eileen hätte ehrlich gesagt sogar Grund, sauer zu sein. Es war schließlich ihr Wochenende und sie hatte Pläne." Caro hasste Streit, und der hier wäre vermeidbar gewesen. Prüfend sah sie ihren Freund an. „Hast du noch mal versucht, sie zu erreichen?"

Nur mühsam unterdrückte Moritz seinen Ärger. „Bestimmt zehnmal heute Abend. Und die ganze Zeit hat sie mich einfach weggedrückt."

Ja, das sah nach einer Rosenkrieg-Aktion aus. Eileen war nicht zu Unrecht wütend auf Moritz, auch wenn das ihr Verhalten in keiner Weise rechtfertigte.

Die Müdigkeit übermannte sie. „Lass uns nach Hause fahren."

Bleiernes Schweigen legte sich auf sie während der Autofahrt, und hielt an, als sie nach Hause kamen. Selbst Zazous freudige Begrüßung änderte nichts daran. Die verwirrte Hündin spürte die gespannte Stimmung und verkroch sich in ihr Hundekörbchen im Schlafzimmer. Eine Mütze Schlaf würde ihnen guttun, fand Caro, und folgte ihrer Hündin.

Als Moritz nach einer Weile noch immer nicht nachkam, stand sie wieder auf. „Komm mit ins Bett", versuchte sie ihn zu überreden. Es brachte nichts, dass er sich kasteite. Doch er schüttelte nur stumm den Kopf und starrte weiter in die Dunkelheit, brütete vor sich hin. Caro gab es schließlich auf und ging ins Bett zurück. Morgen würden sie Eileen sicher ans Telefon bekommen. Wenn sie erst einmal an ihrem Urlaubsort angekommen war, würde sie vielleicht geneigter sein, mit Moritz zu reden. Fair war Moritz' Verhalten auch nicht gewesen, aber weitere Vorwürfe brachten jetzt auch nichts. Sie würden reden, wenn sich alles geklärt hatte.

Sie hatte unruhig geschlafen und wachte vor ihrer üblichen Aufstehzeit auf. Der Wecker zeigte 6 Uhr und das Bett neben ihr war leer. Nur Zazou schlief zusammengerollt in ihrem Körbchen neben ihrem Bett.

War Moritz schon aufgestanden? Saß er auf der Terrasse und zerbrach sich immer noch den Kopf? Oder hatte er mittlerweile mit Eileen telefoniert? Hatten sich die Wogen ein wenig geglättet?

Doch sie konnte Moritz nirgends finden, weder in der Wohnung noch draußen vor der Tür. Erst als die Hündin ihr Geschäft im Garten verrichtete, bemerkte Caro, dass sein Wagen fehlte. War er etwa zu Eileen nach Hause gefahren? Hoffentlich flogen dort jetzt nicht die Fetzen, wenn sie wider Erwarten doch noch nicht losgefahren waren. Auch wenn sie sicher die Person war, die Eileen jetzt am wenigsten sehen wollte, musste sie sich Gewissheit verschaffen.

Schnell zog sich Caro die nächstbeste Jeans und ein T-Shirt an und lief zum Auto. Doch sie wurde enttäuscht. Vor Eileens und Moritz' Haus stand kein Auto, die Rollläden waren heruntergelassen. Offenbar war Eileen mit Lukas schon aufgebrochen. Doch wo zum Teufel steckte Moritz? Ihr Magen zog sich zusammen, als sie unverrichteter Dinge in ihre Wohnung zurückfuhr. Was für ein Durcheinander, sie hasste so etwas. Nach etlichen Versuchen, Moritz zu erreichen, ging er ans Telefon. „Wo um Himmels Willen bist du? Weißt du etwas Neues von Lukas und Eileen?"

Es knirschte in der Leitung, sie konnte ihn nur schlecht verstehen. „Reg dich bitte nicht auf, Caro. Ich bin schon hinter Freiburg. Eileen klang ganz merkwürdig und sehr kurz angebunden am Telefon. Ich habe da ein komisches Gefühl und fahre jetzt hin zu ihrer Tante und dann klären wir, was los ist."

Caro glaubte, sich verhört zu haben. „Du machst was? Hey, du bist einfach so ohne mich losgefahren? Und was ist mit Lukas?" Doch die Verbindung brach ab, er konnte sie nicht mehr hören.

Je ne comprends pas

Moritz war vollkommen aufgewühlt von Lukas' Verschwinden. Er blickte Caro nach und war froh, dass sie wieder ins Bett zurückging. Wie sollte er in dieser Situation an Schlaf denken? Er musste erstmal für sich selbst die Situation klären, denn es ließ ihm keine Ruhe. Seufzend rief er nochmals auf Eileens Handy an, ein letztes Mal würde er es heute Nacht noch probieren. Schließlich war es bereits nach zwei Uhr. Er rechnete sich keinen Erfolg aus und war entsprechend überrascht, als er ihre Stimme hörte.

„Ja?" Sie klang atemlos, fast ängstlich.

„Na endlich erreiche ich dich. Ihr seid schon los nach Frankreich? Warum bist du einfach gefahren? Geht es euch gut?" Er hatte sich vorgenommen, nicht zu vorwurfsvoll zu klingen, aber er merkte selbst, dass es ihm gründlich misslang. Sicher würde sie gleich in die Luft gehen.

„Lass mich endlich in Ruhe, okay?"

Und dann Stille. Hatte sie ihn einfach weggedrückt?! Er hatte sich innerlich gewappnet, dass sie endlos streiten und alles ausdiskutieren würden. So war es bei Meinungsverschiedenheiten immer gewesen, es hatte ihn fast wahnsinnig gemacht. Ihre Reaktion war völlig untypisch und hinterließ bei ihm ein ganz merkwürdiges Bauchgefühl. Moritz saß noch eine Weile im Dunkeln und starrte hinaus, dann traf er eine Entscheidung. Er würde Caro da raushalten. Das ging nur Eileen und ihn etwas an. Doch er würde sich selbst überzeugen, dass die beiden gut in Frankreich bei Camille ankamen. Und sie mussten dringend darüber reden, wie sich die Dinge künftig anders klären ließen. Sie hatten alle einfach schon genug gelitten.

Eilig sammelte er ein paar Sachen aus dem Wäschekorb, um Caro nicht zu wecken. Dann warf er alles zusammen mit Portemonnaie, Handy und Zahnbürste in seinen Rucksack und griff nach seinem Autoschlüssel. Ein letzter Blick ins Schlafzimmer. Es beruhigte ihn, dass Caro und Zazou friedlich um die Wette schliefen. So sollte es auch bleiben, er würde übermorgen wieder zurück sein.

Die Autobahn war um diese Zeit angenehm leer und er kam in flottem Tempo voran. Mit Caros Anruf hatte er erst später gerechnet. Er hatte gerade eine kurze Pause an der Raststätte Breisgau hinter sich. Ihre Stimme bebte regelrecht vor Ärger, als sie ihn ausfragte. Seine Beschwichtigungsversuche brachten sie nur noch mehr in Rage. Er sah sie innerlich vor sich, mit vor Wut gerötetem Gesicht und gerunzelter Stirn. Jedes Wort drückte ihre Fassungslosigkeit über sein Verhalten aus. Wie hatte er es bloß geschafft, beide Frauen so gegen sich aufzubringen? Fast dankbar war er für das plötzliche Funkloch, denn weitere Vorhaltungen über seine überstürzte Abreise, um Eileen hinterherzufahren, konnte er jetzt weder gebrauchen noch begründen.

Endlich hatte er Frankreich erreicht. Das Tempo 130-Schild ließ ihn sogleich seine Geschwindigkeit drosseln, jetzt ging es langsamer voran. Bald schon tauchte die erste Mautstation auf. Verdammt, die hatte er ganz verdrängt. Er fuhr an eine Station heran und versuchte, mit Kreditkarte zu bezahlen. Warum nimmt dieser blöde Automat meine Karte nicht? Moritz war genervt, als er nach mehreren Versuchen in seinem Portemonnaie nach Bargeld kramte. Die passenden Münzen fielen ihm in den Fußraum, so dass er doch einen Fünfziger anbrechen musste. Dem Autofahrer hinter ihm dauerte es zu lange, bis er endlich sein Wechselgeld zusammengeklaubt hatte. Mit lautem Hupen legte er den Rückwärtsgang ein. Kopfschüttelnd sah Moritz in den Rückspiegel. Dem Gepäck nach war es ein Urlauber, aber von Urlaubslaune offenbar keine Spur.

Endlich konnte er weiterfahren. Und musste unwillkürlich an seine letzten Urlaube mit Eileen denken, während er die fast leere Autobahn entlangfuhr. Zwischen ihnen hatte schon lange vor der Trennung immer so eine unterschwellige Aggression geherrscht, und bei der kleinsten Unwägbarkeit waren sie sich angegangen. Hoffentlich würde seine Beziehung zu Caro anders verlaufen! Er seufzte, als er an ihren Ärger dachte. Das fing ja schon gut an. Ob Caro den Ring ausgepackt hatte? Er musste herzhaft gähnen. Wie es Lukas und Eileen wohl ging? Sicher waren sie genauso erschöpft wie er. Moritz sah auf die Uhr. Es waren noch gut drei Stunden bis nach Montélimar, und er brauchte jetzt dringend einen richtig starken Kaffee. Die Plörre von der Raststätte würde seine Müdigkeit nicht vertreiben. Er beschloss, von der Autobahn abzufahren. Vielleicht würde er mit etwas Glück auch einen Geldautomaten finden. Und er würde sich bei Caro melden. Und besser auch bei Eileen, um die Wogen schon mal ein wenig zu glätten? Mittlerweile kamen ihm doch Zweifel, ob es wirklich eine gute Idee war, ihnen nachzufahren. So in Gedanken versunken fuhr er die kurvige Landstraße entlang. Und sollte es schon bald bereuen.

Die ausgekippten Nägel auf der Straße sah er zu spät, um noch bremsen zu können. Verdammt, was war das nur für eine blöde Idee gewesen! Er hielt an, um die Reifen zu untersuchen. Gleich zwei waren platt. Wie konnte er nur so viel Pech haben?!

Also würde ihm nichts anderes übrigbleiben, als eine Werkstatt aufzusuchen. Er starrte auf sein Handy, das sich im Stromsparmodus befand. Kurz darauf verabschiedete es sich vollständig von ihm. Hatte er das Ladekabel nicht richtig eingesteckt? War heute etwa Freitag der 13., dass einfach alles schieflief? Moritz sah sich um. Und sah ländliche Idylle weit und breit. Keine Menschenseele. Nur ein Traktor fuhr an ihm vorbei, doch der Fahrer bemerkte Moritz' Winken nicht einmal.

Erst der dritte Autofahrer hielt und war bereit, sich mit seiner Situation auseinanderzusetzen.

„Oui, garage automobile", nickte der Mann hilfsbereit.

„Non, no garage!", lehnte Moritz vehement ab. Er verstand ihn nicht. Und ohne seine Translator-App war er aufgeschmissen. Also versuchte er es auf Englisch und einigen mühsamen Brocken Französisch.

„Je ne comprends pas", war das Einzige, was Moritz unter dem Schwall französischer Wörter heraushörte, bevor der Mann achselzuckend weiterfuhr. Als Moritz die vertane Chance realisierte und dem Mann frustriert hinterher winkte, war er bereits außer Reichweite. Die Sonne knallte vom Himmel, und er verfluchte seine Schusseligkeit und den Sonnenbrand, den er sich in der Mittagszeit zuzog. Erst Stunden später hielten zwei junge Frauen an und erfassten die Situation sofort. Eine der Frauen konnte ein wenig Deutsch. „Du bist ADAC?"

Moritz schüttelte den Kopf. „Leider nein."

Die beiden sahen sich an, als würden sie überlegen, ob sie diesem Kerl trauen konnten.

Ich werde endlich meine Sprachkenntnisse ausbauen, beschloss Moritz, und mich auch um solche nützlichen Dinge wie eine ADAC-Mitgliedschaft kümmern. Er ahnte, dass dieser verrückte Trip ihn eine Stange Geld und Nerven kosten würde.

Um nicht weiter missverstanden zu werden, zeigte er den Frauen sein Handy mit schwarzem Display. Hoffentlich würden sie es verstehen.

Die Frau nickte. „Oui, ich rufe service de remorquage." Diesmal widersprach er nicht und war froh, dass der Abschleppwagen ihn am späten Nachmittag endlich in die nächste Werkstatt fuhr.

„On le fera demain", machen wir morgen, war die Aussage des Werkstattmitarbeiters, der seinem Feierabend entgegensah. Moritz versuchte noch, mit ihm zu diskutieren, doch es war zwecklos. Seine mangelnden Französischkenntnisse waren auch nicht dazu angetan, den Mechaniker umzustimmen. Schließlich ergab er sich seinem Schicksal. Er war froh, dass er mit Händen und Füßen eine Übernachtungsmöglichkeit in einer Art Wochenendlaube fand.

Bei seiner Pechsträhne überraschte es ihn fast, dass der Mechaniker am späten Vormittag des nächsten Tages tatsächlich ein Paar passende Reifen fand – und sie ihm auch aufzog.

„Merci, merci!" Moritz bedankte sich überschwänglich bei dem Mann und gab ein viel zu hohes Trinkgeld.

Er hoffte, dass ihm dies nicht bei der nächsten Mautstationen fehlen würde. Doch zumindest war er wieder unterwegs. Er versuchte, seine Zweifel an der ganzen Aktion so gut es ging zu verdrängen. Inzwischen hatte er mehr als dreißig Stunden nichts mehr von sich hören lassen. Caro hatte allen Grund, so richtig sauer auf ihn zu sein. Er würde sie später anzurufen, in Ruhe mit ihr über alles reden. Jetzt musste er sich erst einmal davon überzeugen, dass Lukas und Eileen gut angekommen waren. Denn ihr merkwürdiges Verhalten hallte noch immer in ihm nach. Vielleicht gab es dafür eine ganz simple Erklärung?

Er würde es gleich erfahren, denn die Ausfahrt nach Montélimar war erreicht.

Gut versorgt

Als Jessi wenig später bei ihr eintraf, um nach dem Rechten zu sehen, fand sie eine völlig aufgelöste Caro vor, die hektisch Sachen zusammensuchte. „Was ist denn jetzt passiert? Weißt du etwas Neues?" Besorgt sah sie die Freundin an.

Mit einem lauten ‚Ritsch' schloss Caro die Tasche. „Ein absolutes Durcheinander. Moritz hat Eileen erreicht und er fand, dass sie komisch klang. Jetzt ist er ihr hinterhergefahren und sicher schon über die französische Grenze. Zu Lukas hat er nichts sagen können, die Verbindung ist mitten im Gespräch abgebrochen. Und ich werde ihm jetzt nachfahren. Dann möchte ich von ihm selbst hören, was das Ganze soll."

Jessi sah verwirrt aus. „Warum wartest du nicht einfach ab, bis er wieder herkommt und machst dir daheim ein paar entspannte Tage?"

Nun musste Caro wider Willen lächeln. Sie merkte, dass es ein wenig schief war. Sie wandte sich zur Vitrine und griff nach einem kleinen Kästchen, öffnete es.

Jessi sog laut die Luft ein. „Der ist ja wunderschön!"

Wütend klappte Caro das Kästchen wieder zu und quetschte es in ein Seitenfach der Tasche. „Ja, das ist er. Und der Mann, der mir gestern einen Antrag machen wollte, fährt nun seiner Noch-Frau hinterher. Nachdem er mir zu meinem Geburtstag einen Bären mit Lukas' neuen Besuchszeiten aufgebunden und Eileen mit seinem Hinhalten so richtig verärgert hat. Das passt für mich hinten und vorne nicht zusammen. Ich will wissen, welche Rolle ich in dem Stück spiele." Energisch stemmte sie die Hände in die Hüften. Es war klar, dass sie sich durch nichts aufhalten lassen würde. Ihre bis dahin so glückliche Beziehung schien plötzlich ganz vertrackt zu sein. Und es war offensichtlich, dass Caro mit dieser Situation nur schwer zurechtkam.

Aus Jessis Blick sprach Mitgefühl. „Hast du denn die Adresse?"

Caro nickte. „Ich habe sie in Moritz' Unterlagen gefunden." Sie wollte mit Jessi nicht darüber diskutieren, ob das nun in Ordnung war. Sie wollte einfach Klarheit von Moritz. Auch wenn es brüsk wirken musste, griff sie nach ihrem Autoschlüssel und drängte sich mit ihrer Tasche an Jessi vorbei. Es überraschte sie, dass die Freundin sie nicht aufhielt. Stattdessen hörte sie Jessi ins Handy sprechen. „Ja Lena, Lukas scheint bei Eileen zu sein und sie ist nach Frankreich unterwegs, Genaues weiß Caro nicht. Und Moritz ist Eileen hinterhergefahren. Caro will jetzt für Klarheit sorgen und auch losfahren, und ich lasse sie ganz bestimmt nicht allein."

Caro runzelte die Stirn, doch dazu sollte sie gleich noch mehr Grund bekommen.

„Lena kommt auch mit", verkündete Jessi. Unverrückbar baute sie sich vor Caro auf, sodass sie lachen musste. „Du glaubst doch nicht, dass wir dich in so einer Situation allein lassen? Unser Dreiergespann ist wieder komplett."

Widerstand war zwecklos, das wusste Caro. Und kurz darauf klingelte es schon an der Tür. Annalena hatte sich in ihrem Tempo selbst übertroffen. Und organisiert, wie sie war, hatte sie in ihrer Tasche mit Sicherheit alles dabei, was sie brauchen würde. Jessis kleinen Trolley zog sie ebenfalls hinter sich her.

Gut, dass Jessi ihn für kurzfristige Aufträge sowieso immer gepackt im Flur stehen hatte.

„Alles klar, wir können los. Die Kids sind ab morgen im Kinderferienprogramm, und den Rest schaffen Patrick und deine Mutter im Schlaf." Sie nahm die gerührte Caro in den Arm. „Das wird schon, es klärt sich alles auf."

„Wir nehmen meinen Wagen, der hat mehr PS. Dann haben wir wenigstens bis zur Grenze einen Vorteil", sagte Jessi, die ihren Trolley in Empfang nahm. „Was machen wir mit Zazou?"

Die kleine Hündin legte den Kopf schief, als hätte sie genau verstanden, dass es jetzt um sie ging.

„Ich habe schon mit Regina telefoniert, sie nimmt sie für ein paar Tage bei sich auf."

„Na dann los!"

Regina umarmte die Freundin bald darauf zum Abschied. „Ist doch klar, dass ich einspringe und Zazou übernehme. Wir kommen schon prima zurecht. Schau du lieber, dass du alles klären kannst – viel Glück!"

Sie winkte mit der Hündin auf dem Arm den drei Frauen hinterher, die mit Jessis GTI im zackigen Tempo um die Ecke bogen. Caro hatte weiß Gott schon genug durchgemacht und so tapfer für ihr Glück gekämpft. Sie hoffte sehr für sie, dass sie es behalten würde.

Zazous Kläffen machte sie auf den Zeitungsausträger aufmerksam, der auf seinem Fahrrad auf sie zukam. „Hallo Regina, ich hab verschlafen, sorry!" Er drückte ihr die Zeitung in die Hand und war auch schon verschwunden.

Sie sah auf die Uhr, es war kurz vor neun. Eine gute Zeit zum Frühstücken.

Nachdem sie Zazou einen Kauknochen gegeben hatte, mit dem die Hündin für einige Zeit beschäftigt sein würde, bestrich sie ihr Brötchen mit Butter und Heidelbeermarmelade. Als der Kaffee fertig war, schenkte sie sich einen großen Pott ein und nahm alles mit auf die Terrasse. Grinsend sah sie zu Andys Wohnung hinüber. Ein roter Ford Fiesta stand vor der Tür. Ihr Sohn schien eine neue Freundin zu haben, er würde sich so bald sicher nicht blicken lassen. Regina genoss die himmlische Ruhe, während sie genussvoll in ihr Brötchen biss. Nun konnte sie die nächste Stunde entspannt die Zeitung lesen. Viel Neues erwartete sie nicht, als sie diese von hinten nach vorne durchblätterte. Das Sommerloch wurde immer sehr mühsam gefüllt. Es gab nur wenig Lokales und Anzeigen, und auch der überregionale Teil konnte sie heute nicht fesseln. Doch als sie auf die Titelseite umschlug, fiel ihr vor Schreck die Brötchenhälfte aus der Hand und landete vor Zazous verdutzter Hundenase. Ihr entfuhr ein kurzer Schrei. Entsetzt starrte Regina auf den unteren Artikel der ersten Seite – oder vielmehr auf das Bild. Ein verhasstes Gesicht blickte ihr entgegen, und sie konnte das Zittern am ganzen Körper nicht verhindern. Nie im Leben hatte sie damit gerechnet, noch einmal von ihm zu hören. Ihm, der nicht nur ihr Leben, sondern auch das ihres Sohnes und anderer Menschen fast zerstört hätte. Nur mühsam entzifferte sie die Überschrift, doch so ganz begreifen konnte sie es nicht: ‚Gewalttätiger Schwerverbrecher auf der Flucht‘. Edgar! Verdammt, das durfte nicht wahr sein!

Es dauerte lange, bis sie ihre Angst wieder in den Griff bekam. Andy, er musste es wissen! Doch ihr wurde klar, wer auch dringend Bescheid wissen musste. Caro! Ich muss sie warnen! Mit zitternden Händen schrieb sie ihr die Nachricht,

die sie mit Sicherheit ins Mark treffen würde: ‚Edgar ist ausgebrochen!‘

Zusammen unschlagbar

Die Freundinnen kamen gut durch, erst um Frankfurt staute sich der Verkehr. Während sie im Stop and Go über die Straße krochen, sah Caro ihre Freundinnen an und musste lächeln. „Danke, dass ihr dabei seid!"

„Es sind doch ohnehin Schulferien, ihr könnt euch als Selbstständige eure Termine selbst einteilen und außerdem war es längst überfällig, dass wir mal wieder etwas zusammen machen." Annalena war bestens gelaunt, und Jessi stimmte zu. „Und wenn wir dir helfen, dass du wieder ruhig schlafen kannst mit deiner Entscheidung, ist doch schon viel gewonnen. Aber vielleicht klärt es sich ganz harmlos auf, so schräg sich das gerade alles anhört."

Caro nickte dankbar, warf einen Blick auf ihr Handy. „Ah, ich hatte meine mobilen Daten aus. Mal schauen, ob mir jemand geschrieben hat." Sie hatte es kaum ausgesprochen, da hörten sie das ‚Pling' einer eingehenden Nachricht. „Eine Nachricht von Regina. Hoffentlich hat Zazou nichts angestellt", schmunzelte Caro.

Dann schrie sie entsetzt auf.

„Um Himmels Willen, was ist denn passiert?"

Caro konnte sich kaum beruhigen, ihr Atem ging stoßweise. Sie spürte die besorgten Blicke der Freundinnen auf sich, doch sie musste mehrmals ansetzen, bevor sie einen geraden Satz herausbekam. „Edgar ist ausgebrochen."

„Oh nein!"", kam es wie aus einem Mund. Jessi berührte sanft ihren Arm, während sie den zähen Verkehrsfluss im Auge behielt. Annalena streichelte ihre Schultern. „Wie ist es passiert? Hat Regina noch etwas dazu geschrieben?"

„Die Untersuchungen laufen wohl noch, es wird nichts Konkretes gesagt. Aber er ist auf der Flucht und wird überall gesucht." Caro lief es kalt den Rücken herunter, als sie an diesen Schurken dachte, der ihr Leben fast beendet hatte. Welche Ängste musste Regina erst ausstehen!

Jessi versuchte, sie zu beruhigen. „Er wird gar nicht die Zeit haben, sich an irgendwem zu rächen. Der Kerl muss untertauchen, sonst ist er schneller wieder im Knast, als er gucken kann."

„Das stimmt. Versuch, dir nicht allzu viele Gedanken zu machen. Solche Typen werden in der Regel nach zwei, drei Tagen wieder geschnappt. Wo soll der auch hingehen? Seine letzten Freunde hat er selbst erledigt." Annalenas besonnene Art tat gut. Und sie als Anwältin musste es wissen. Dennoch sank Caros Laune weiter in den Keller. Zu sehr steckte ihr Edgars Auftritt vor Gericht noch immer in den Gliedern. Dabei nahm es sie bereits genug mit, dass ihr Freund seiner Ex hinterherfuhr und sie nicht wusste, woran sie war.

„Wollen wir die nächste Raststätte ansteuern?"

Caro überlegte. „Nein, lass. Es geht schon wieder."

Mit gerunzelter Stirn fuhr Jessi weiter. Und endlich hatten sie wieder freie Fahrt.

Schweigend hing jede ihren Gedanken nach. Irgendwann fragte Jessi in die Stille. „Sagt mal, habt ihr eigentlich Geheimnisse, die ihr noch nie jemandem erzählt habt? Die ihr versucht habt zu verdrängen, so gut es geht?"

„Wie kommst du denn darauf?", durchbrach Caro verdattert das Schweigen.

„Mir ist gerade eine ganz blöde Geschichte von damals eingefallen. Ist manchmal so, wenn man rumgrübelt."

„Magst du erzählen?" Annalena lehnte sich nach vorne. „Manchmal hilft es, sich alles von der Seele zu reden."

Jessi schluckte einen Kloß herunter, dann setzte sie ein schiefes Grinsen auf. „Das hört man so. Ich werde es mal probieren. Keine Ahnung, warum das ausgerechnet jetzt hochgekommen ist."

Caro und Annalena nickten und schwiegen, ließen Jessi ihren Raum.

„Eigentlich wollte ich immer Schauspielerin werden. Ihr wisst schon, ich war ja lange in der Theater-AG", begann sie ungewohnt zögernd.

Sie nickten. „Stimmt, du wolltest unbedingt die Hauptrolle spielen. Und dann hast du irgendwann aufgehört und fandest das mit dem Theater spielen nur noch blöd."

„Wir haben uns damals echt gewundert."

Jessi hatte sich in dem letzten Oberstufenjahr ein wenig von den Freundinnen entfremdet. Ihre neuen Leute aus der Theater-AG waren einfach zu cool.

„Das hatte auch einen guten Grund." Jessis Grinsen entglitt. Sie atmete noch mal tief durch, bevor sie weitersprach. „Der Lehmann hatte die Theater-AG geleitet. Mann, war ich verknallt in den! Wisst ihr eigentlich, dass er mit einigen Schülerinnen etwas hatte?"

Caro und Annalena waren empört. Sie hatten sofort den smarten blonden Referendar vor sich.

„Von zweien weiß ich es aus erster Hand, aber sie haben dichtgehalten. Damals war es halt so, ihr wisst schon. Jedenfalls hätte ich fast die Hauptrolle bekommen. Ich sei eine ganz besondere Schauspielerin, hat der Lehmann immer betont. Aber nach der Probe ist er mir unter den Rock gegangen. Dem hab ich aber eine geknallt, das könnt ihr mir glauben. Er schrie mir noch ‚Blöde Zicke' hinterher, und dass ich mir die Rolle jetzt abschminken könne." Empört schnaufte sie. „Der Kerl war doch echt der Meinung, das sei beim Theater nun mal so üblich, das müssten die Schauspielerinnen akzeptieren. Oder müssten es halt bleiben lassen. Damit hatte er eine Kollegin aus der AG weichgekocht, mit der ich später darüber geredet habe." Jessi schüttelte sich demonstrativ. „Ich hab's dann gelassen."

„Das hast du richtig gemacht. Schade nur, dass du damals nichts gesagt hast. Dann hättest du diesen Mistkerl drangekriegt!" Annalenas Wut ließ keinen Zweifel offen, dass sie dabei nur allzu gerne geholfen hätte.

„Dieses Schwein!" Caro schäumte vor Empörung. „Aber du hast dich nicht unterkriegen lassen! Und du rockst trotzdem die große Bühne!"

„Ich war damals so froh, dass ihr mich nach meinen Starallüren aufgefangen habt." Jessi seufzte.

„Aber dafür sind doch Freundinnen da", setzte Caro entgegen. Eine Weile fuhren sie schweigend weiter. Auch das Radio hatte Pause.

„Ich würde gerne weitermachen, wenn ich darf." Caro sah die beiden an.

„Gerne. Aber fühl dich durch meinen Seelenstriptease nicht verpflichtet. Mir hat es gutgetan, dass ich mal darüber reden konnte."

Annalena nickte ihr nur im Rückspiegel zu.

„Ihr dürft aber nicht schockiert sein." Caro zögerte kurz.

Die beiden schüttelten wie erwartet den Kopf.

„Okay, denn das weiß wirklich niemand. Ich bin mal bei einem Nachbarn eingebrochen."

So schnell hatte sie die Überraschung auf ihre Seite. „Was? Das ist nicht dein Ernst!", kam es wie aus einem Mund.

Nun grinste Caro. „Es wurde immer gemunkelt, dass der Typ, der an der Ecke wohnte, eine kriminelle Vergangenheit hatte. Und da war gerade diese Einbruchsserie, ihr erinnert euch? Die Zeitungen haben wochenlang darüber berichtet. Ich dachte mir damals, dass ich den dingfest mache. Na, jedenfalls habe ich mir Zutritt zu seinem Haus verschafft. Mit einem Kartentrick. Damit bekam man fast jede Tür auf. Zumindest damals noch. Ich hatte mir vorher Patricks Kreditkarte ausgeborgt."

„Dein armer Bruder", schmunzelte Jessi.

„Nein, nicht arm. Er hat mir den Trick sogar beigebracht."

Während Annalena kritisch die Stirn runzelte und murmelte, „Da muss ich mal schauen, was er Max und Nele so alles zeigt", meinte Jessi nur pragmatisch: „Dann wissen wir jetzt wenigstens, wie du dir zum Haus von Edgar Janssen Zutritt verschafft hast. Du warst praktisch noch in Übung." Sie hätte sich über ihren eigenen Witz ausschütten können vor Lachen.

„Ja stimmt", jetzt lachte Caro auch. „Das verlernt man nicht. Aber das Ganze war am Ende ziemlich peinlich für mich, denn ich hatte den Mann, wie alle anderen auch, völlig falsch eingeschätzt. Schräg war der Typ zwar schon, und ein Eigenbrötler. Aber er lebte so zurückgezogen, weil er an seinen Erfindungen bastelte. Die hat er mir dann auch gezeigt, nachdem er mich beim Einbrechen erwischt hat. Gott sei Dank war er nicht nachtragend. Er hat später auch einige Patente angemeldet, wie ich gehört habe."

„Deswegen hast du den Kerl auch immer so verteidigt, wenn über ihn schlecht geredet wurde", erinnerte sich Annalena und Caro stimmte zu.

Wieder schwiegen sie eine Weile. Lag Annalena auch etwas auf dem Herzen, das sie teilen wollte? Als Caro sich umdrehte, sah sie, dass sie mit sich rang. Doch es musste offenbar raus. Heute war wohl der Tag der großen Geständnisse.

„Vielleicht habt ihr euch damals gefragt, warum ich am Anfang so unglaublich verschlossen war?"

Caro und Jessi ließen die Zeit Revue passieren und nickten. Annalena war in der neunten Klasse auf ihre Schule gewechselt, und sie war damals in der Tat extrem ruhig. Die meisten Kids aus der Klasse hatten mit ihr nichts zu tun haben wollen, sie fanden sie sterbenslangweilig. Anders sahen es Caro und Jessi, die sich gleich mit ihr angefreundet hatten.

„Ein paar aus der Klasse haben sich das sicher gefragt, aber uns war es egal. Du hattest einen wunderbar trockenen Humor. Und deiner Beobachtungsgabe entging wirklich nichts", grinste Jessi.

„Und man konnte mit dir prima Geheimnisse teilen, du hast nicht immer alles weitergetratscht", zählte Caro weiter Annalenas Qualitäten auf.

„Danke für die Blumen." Jetzt musste sie doch lächeln, wurde aber kurz darauf wieder ernst. „Ihr wisst ja, ich habe zu meiner Familie kaum noch Kontakt, und das hat seinen Grund." Es fiel ihr sichtlich schwer, weiterzureden. „Mein Vater war Alkoholiker." Sie machte eine kurze Pause. „Und das ist er noch heute. Er hat meine Mutter regelmäßig verprügelt. Ich wollte da nur noch raus."

Betroffenheit lag in der Luft. Warum hatten sie damals nicht mehr hinterfragt? Die Eltern waren immer freundlich gewesen, bürgerlich und unauffällig. Caro und Jessi hatten aber schon gemerkt, dass sie immer versuchten, den guten Schein zu wahren. Jetzt erinnerte sich Caro, dass es in der Familie schon zum Mittagessen für die Erwachsenen Wein gab, das kannte sie von zu Hause nicht. Einmal hatte Annalenas Vater ihr mit einer Fahne die Tür geöffnet, er sei gerade von einer Betriebsfeier gekommen. Und die Mutter trug auch im Hochsommer lange Shirts und war meistens stark geschminkt. Als ihr klar wurde, warum, musste sie frösteln. Annalena hatte wirklich einen guten Grund, so furchtbar strebsam zu sein. Mit dem einen Ziel vor Augen: Bloß raus aus dieser Misere.

„Das tut mir so leid, Lena!", tröstete Caro sie. „Was hast du bloß durchgemacht! Aber du bist stark und hast das überwunden. Und jetzt hast du eine eigene und ganz wunderbare Familie." Sie verstand nun viel besser, warum Annalena eine ‚heile Welt' so wichtig war.

„Dein Vater sollte mir besser nicht über den Weg laufen! Was hat er bloß dir und deiner Mutter angetan", empörte sich Jessi.

Ein schwaches Lächeln huschte über Annalenas Gesicht. „Danke. Jetzt wisst ihr, warum ich unbedingt Anwältin werden wollte. Das klingt vielleicht naiv, aber ich wollte den Schwachen helfen. Leider wird man im Berufsleben dann ja häufig desillusioniert. Denn auch die Täter wollen Rechtsbeistand haben."

„Dennoch bist du die beste und leidenschaftlichste Anwältin, die ich kenne", meinte Jessi.

„Das kann ich nur bestätigen. Der Beruf ist dir wirklich wie auf den Leib geschneidert." Caro erinnerte sich nur zu gut an den Prozess gegen Edgar Janssen. Nun waren sie zwar wieder bei ihm gelandet, aber sie waren sich nähergekommen als in den letzten Jahren zuvor. Ihre Freundinnen hatten ihr Innerstes nach außen gekehrt. Ein wenig schämte Caro sich, dass sie mit einer so banalen Sache um die Ecke gekommen war. Doch es gab ein Tabu-Thema, über das sie nicht reden konnte. Gerade weil es bis vor kurzem noch ganz massive Auswirkungen auf ihr Leben hatte: die letzten Minuten mit ihrem Vater. Irgendwie hatte Caro jetzt das dringende Bedürfnis nach frischer Luft. Sie musste sich ein bisschen die Beine vertreten, um den Kopf freizubekommen. „Mädels, die erste Raststätte in Frankreich ist unsere!"

„Klar, gute Idee!", stimmte Jessi zu, „Ich bin im Übrigen so froh, dass wir uns haben!" Und sie sprach damit allen aus dem Herzen.

„Schaut, wir sind tatsächlich schon in Frankreich!"

Sie hatten es fast gar nicht mitbekommen.

Während Jessi ihren GTI tankte und Annalena die Toilette aufsuchte, schritt Caro die Raststätte ab. Sie war voll innerer Unruhe. Das Wissen um Edgars Flucht und die Geständnisse der Freundinnen hatten sie sehr aufgewühlt. Und es waren bei ihr wieder Sachen hochgekommen, die sie lieber verdrängt hätte, auch wenn in ihrer Familie nun einiges geklärt war. Sie war froh, dass die Raststätte so weitläufig war. So konnte sie ihrem Bewegungsdrang nachkommen und innerlich wieder zu sich finden.

Caro ging bis ans Ende des Parkplatzes, an dem die Lastwagen standen. Als sie zwischen zwei Lkw durchschaute, stutzte sie. Denn dort wurde ein Mann ganz offensichtlich bei seinem Wagen von zwei Männern bedrängt. Caro trat näher. Es war ein roter Porsche. Mit portugiesischen Länderkennzeichen. Sie hatte die Situation doch nicht etwa falsch eingeschätzt? Ohne weiter darüber nachzudenken, startete Caro auf ihrem Handy eine Videoaufzeichnung und ging auf die Männer zu.

„Hey Sie!", rief sie dem bedrängten Mann in lautem Ton zu „Brauchen Sie Hilfe? Besoin d'aide?" Plötzlich waren ihre angestaubten Französischkenntnisse abrufbar. Die beiden Männer, die den Porschefahrer in die Mangel genommen hatten, drehten sich abrupt zu ihr um. Der Portugiese nutzte das Überraschungsmoment und versuchte, sich aus der Umklammerung zu befreien. „Oui, police!" Ein Schlag in die Magenkuhle setzte ihn erstmal außer Gefecht. Er krümmte sich vor Schmerzen.

Die beiden Angreifer sahen nicht so aus, als wäre mit ihnen gut Kirschen essen. Doch Caro versuchte, sich nicht einschüchtern zu lassen. Auch wenn ihr langsam der Ernst der Lage deutlich wurde. Während der eine Mann den Portugiesen fest im Griff hielt, kam der andere Mann bedrohlich langsam auf sie zu. Seine finstere Miene verhieß nichts Gutes.

„Hilfe! Aide!", brüllte sie lautstark zur Raststätte hinüber. Hoffentlich hörte sie jemand, sonst war sie gleich auch geliefert! Der Mann kam immer näher, breitbeiniger Gang, ihre aufkommende Angst genießend. Caro fuhr ein Schreck durch die Glieder, als sie eine Klinge aufblitzen sah. Er war nur noch wenige Meter von ihr entfernt. Verdammt, sie musste handeln! Sie konnte die blanke Wut in seinen Augen sehen. Schnell! Geistesgegenwärtig griff sie mit ihrer freien Hand in ihre Jackentasche und fand das, wonach sie suchte. Das Pfefferspray, das sie für die Gassigänge mit der kleinen Zazou gerne dabeihatte. Es könnte jetzt ihre Rettung werden. Schnell zog sie es heraus und hielt es entschlossen dem Angreifer entgegen. Als dieser weiter auf sie zukam, drückte sie ohne zu zögern durch.

„Aaahhh!!!" Er schrie vor Schmerzen und fasste sich ins Gesicht, an die brennenden Augen, krümmte sich.

Gerade als der zweite Mann sich auf Caro stürzen wollte, fuhr Jessis schwarzer GTI zügig und laut hupend vor. Das gab den beiden den Rest. Der unverletzte Angreifer zog seinen Komplizen zu ihrem Geländewagen, der vor dem Porsche parkte. Annalena lehnte sich aus dem Fenster, das Handy am Ohr. „Police! Hier wird gerade jemand überfallen." Geistesgegenwärtig merkte sie sich das Nummernschild und schrieb es sich auf, als sie an ihnen vorbeirauschten. Das war ihr Glück, denn vom Überfallkommando war schon bald nichts mehr zu sehen. Der Wagen wirbelte ordentlich Staub auf, bevor er verschwand. Es war eine Szene wie aus einem Film.

Die drei Freundinnen und der Portugiese machten ihre Aussage bei der Polizei, die überraschend schnell vorfuhr. Per Funk wurde ein weiterer Streifenwagen gerufen, der die Verfolgung aufnahm. Auch an den nächsten Raststätten würde die Polizei stehen. Der Capitaine, ein charmanter älterer Mann mit Vollbart, blieb die Ruhe selbst. „Spätestens an der nächsten Mautstation bekommen wir ihn." Er nickte ihnen freundlich zu. Und nachdem sie bekräftigten, dass sie keine ärztliche Betreuung brauchten, wünschte er ihnen eine gute Weiterreise.

„Darf ich die Damen auf den Schreck zu einem Kaffee einladen?" Der Portugiese sah gut aus, und er hatte ein gewinnendes Lächeln. Caro lächelte zurück. Sie wandte sich ihren Freundinnen zu. „Was meint ihr? Die Zeit für einen Kaffee nehmen wir uns, oder?"

Ihr Interesse war den Freundinnen natürlich nicht entgangen. Jessi grinste nur. Schließlich konnte er sie sogar zu einem Baguette überreden. Er wollte ihren Aufwand und die Aufregung wieder gutmachen, sozusagen als Dankeschön.

46

„Sie sind wirklich die mutigste Frau, die ich jemals getroffen habe", schwärmte er Caro an und sie musste erneut sein Lächeln erwidern. Dann hob er die Hand. „Ich muss mich korrigieren. Denn Ihre Freundinnen haben ebenfalls sehr mutig reagiert."

Geschmeichelt winkten die drei ab.

„Ich bin übrigens Pedro Fernandes. Und Sie sind Carolyn Schneider, nicht wahr?" Er hatte gut aufgepasst, als der Capitaine sie angesprochen hatte. Caro nahm ihn noch mal genauer in Augenschein. Er sah sogar verdammt gut aus. Südländischer Typ, kurze schwarze Haare, in denen sich ein paar graue Strähnen zeigten, eine sportlich durchtrainierte Figur, ungefähr Mitte vierzig.

„Das stimmt, aber alle nennen mich Caro." Sie ergriff lächelnd seine Hand. Sein Händedruck war warm und fest, sein Blick betörend und sie spürte, dass sie sich durchaus zu ihm hingezogen fühlte. Versuchte er etwa, mit ihr zu flirten? Sie musste grinsen. „Und das sind Jessi und Annalena."

„Das freut mich. Ich hoffe, wir können zum Du übergehen? Es fühlt sich einfach nicht richtig an, seine Retterinnen zu siezen." Er blickte fragend in die Runde und sah sie lächelnd mit dem Kopf nicken. „Ich kann es übrigens immer noch nicht fassen, dass ihr mich aus einer solchen Misere herausgeholt habt. Vielleicht würde ich jetzt mit einem Messer im Rücken hinter einem Lkw liegen." Ungläubig schüttelte er den Kopf.

„Das war wirklich ein Schock. So etwas kennt man nur aus der Zeitung", nickte Caro verständnisvoll. „Woher kommst du eigentlich genau? Du sprichst hervorragend Deutsch."

„Mir gehört eine Korkfabrik in der Nähe von Lissabon. Wir exportieren viele unserer Produkte in die europäischen Nachbarländer, auch nach Deutschland. Meine Großmutter stammt aus Hamburg, deshalb spreche ich ganz gut Deutsch."

„Jetzt untertreibst du aber", lachte Caro, „Du sprichst fast perfekt. Eine Korkfabrik hast du also, das klingt spannend! Ein faszinierender Rohstoff, den ich für meine Arbeit auch entdeckt habe. Wir kommen aus Deutschland, genauer gesagt Niedersachsen. Und ich habe ein Nähbusiness, entwerfe Taschen. Dabei bin ich auf nachhaltige Materialien spezialisiert. Moment..." Sie kramte in ihrer Handtasche und brachte eine Visitenkarte zum Vorschein. Sie gab ihm die Karte und er holte seine heraus.

„Caro-Design. Wie interessant! Und jetzt seid ihr auf dem Weg in den Urlaub? Ich hoffe, ich darf das fragen. Natürlich geht es mich nichts an."

„Wir sind nur ein paar Tage in Frankreich", fiel Jessi ins Gespräch ein.

„Wenn ihr Lust darauf habt und für den Sommer noch ein wenig Zeit mitbringt, lade ich euch auf meine Yacht ein."

Jetzt kicherte Caro. „Yacht, na klar. Darunter geht es also nicht." Er war also doch nur ein Spinner. Wie hatte sie auch damit rechnen können, an einen ganz normalen Mann zu geraten?

„Du glaubst mir nicht?" Er wirkte ein wenig gekränkt, doch er fing sich schnell wieder. „Ich kann es dir nicht verübeln. Da quatscht so ein gerade geretteter Porschefahrer euch an und faselt etwas von seiner Yacht, auf die er euch einladen will." Er wurde ernst. „Aber ich würde mich wirklich gerne revanchieren für das, was ihr heute für mich getan habt."

Schelmisch grinste er sie an „Aber ich fange erst einmal klein an: Möchtet ihr noch einen Kaffee?"

Da sagten sie gerne zu. Schon bald kamen sie auf Caros Taschenentwürfe zu sprechen, die ihn sehr beeindruckten. „Vielleicht können wir auch tatsächlich ins Geschäft kommen. Komm doch gerne in den nächsten Wochen nach Portugal, ich würde dich gerne einmal durch meine Fabrik führen und dir alles zeigen."

Ein weiterer Trip passte gerade gar nicht in ihren Plan, sodass sie ausweichend antwortete. Caro hoffte, dabei nicht zu unhöflich zu sein. Denn schließlich hatte sie genug damit zu tun, Moritz hinterherzufahren und zu klären, was da gerade in ihrer Beziehung im Argen lag. Kurz darauf drängten die Freundinnen auch zum Aufbruch. „Wir müssen leider weiterfahren, wir haben noch eine lange Strecke vor uns." Als Caro ihm die Hand zum Abschied reichte, war ihr ganz flau im Magen, so sehr spürte sie seine Anziehungskraft.

„Tschau, Caro. Ich hoffe, wir sehen uns wieder! Euch eine gute Fahrt! Ich werde mich melden."

Die Frauen kicherten noch lange nach diesem Vorfall. „Wie er dich angesehen hat, Caro!" Jessi prustete los, während Annalena zustimmte.

„Stimmt, das ist mir auch aufgefallen. Unsere Anwesenheit war bloß schmückendes Beiwerk."

„Ach, ihr spinnt doch. Wirklich. Ich bin schließlich mit Moritz zusammen und habe mit ihm erstmal ein Hühnchen zu rupfen", wiegelte Caro ab.

Doch so ganz konnte sie die Freundinnen nicht überzeugen, und ein wenig ärgerte sie das. Sie rief sich zur Ordnung. Sie würde bald mit Moritz reden. Und sie würde sich davon überzeugen, dass es Lukas gut ging. Da mussten sich portugiesische

Porschefahrer halt hintenanstellen. Caro war sich sicher, dass sie diesen Mann nie wiedersehen würde.

Verwandlung

Vier Uhr nachts, doch Eileen hielt die nackte Angst wach. Es herrschte Totenstille im Auto, als sie Frankfurt erreichten. Edgar dirigierte sie von der Autobahn herunter. Die Skyline der Stadt funkelte ihnen entgegen. Doch Eileen machte sich trotz Trubel des Nachtlebens keine Illusion, auf sich aufmerksam zu machen, ohne Lukas zu gefährden.

„Halt da vorne an!" Seine Befehle waren knapp und unmissverständlich. Eileen hätte vor Erschöpfung umfallen können und sie mochte sich gar nicht ausdenken, wie es Lukas ging. Seine vor Angst starren Augen blickten ihr im Rückspiegel entgegen. Innerlich betete sie, dass ihr Sohn stark blieb. Sie sah hinaus. Die Gegend sah unwirtlich aus.

„Ich brauch' einen Pass, für alle Fälle. Da drüben bei den Junkies und Obdachlosen wirst du schon fündig. Geh da rüber und besorg mir einen Ausweis!", befahl er ihr.

„Wie soll ich das anstellen? Den gibt mir doch wohl kaum jemand freiwillig." Verzweiflung sprach aus ihrer Stimme.

Als Antwort drückte er ihr einen Schein in die Hand. „Du hast genug Gründe, dass du es irgendwie schaffst", herrschte er sie an. „Hauptsache männlich, Rest egal. Falls doch mal 'ne Kontrolle kommt. Und jetzt mach schon!"

Zitternd öffnete sie die Tür, zuckte zusammen, als sie ihren Sohn wimmern hörte.

„Ruhe!" Ein Wort reichte, und Lukas gab keinen Mucks mehr von sich.

Eileen kam fast um vor Sorge um ihren Sohn. Zögernd näherte sie sich einem Verschlag, in dem ein Mann schlief, eingewickelt in Lumpen. Die Angst um Lukas verlieh ihr Flügel. „Hey, du!", rief sie dem Schlafenden zu und erntete nur ein Grunzen und Gemurmel. Ungeduldig schüttelte sie den Mann an der Schulter. „Willst du dir einen Hunderter verdienen?"

Das wirkte, er regte sich in seinem Verschlag. „Pscht, nicht so laut! Worum geht's?", kam es verpennt zurück.

„Wenn du einen gültigen Personalausweis hast, kannst du schnell 100 Euro bekommen."

„Aha." Der Mann richtete sich erstaunlich geschmeidig auf. Er schien noch nicht alt zu sein, aber bereits im Licht der entfernten Straßenlaterne konnte man erkennen, dass das Leben auf der Straße und die Drogen ihn gezeichnet hatten.

Sie konnte ihr Glück nicht fassen, Edgar würde zufrieden sein. Sie hatten sogar ungefähr dieselbe Größe. Jetzt musste der Mann nur noch seinen Pass rausrücken.

„Gib den Schein her!", forderte er sie auf.

Eileen wich zurück. „Gib erst den Perso raus!"

Er tastete in seinen Lumpen und zog etwas hervor. „Hier, und jetzt den Schein!"

Schein und Pass tauschten ihre Besitzer. Doch plötzlich griff er nach ihr. Sie schrie auf. Ich muss sofort zu Lukas zurück, war ihr einziger Gedanke, als sie ihn mit den Armen abwehrte und ihm noch einen ordentlichen Tritt verpasste. Er schrie auf und kam aus dem Gleichgewicht. Sie schubste ihn mit aller Kraft, sodass er stürzte. „Du hast das Geld, verdammt! Das war die Abmachung!"

Eileen machte auf dem Absatz kehrt und sprintete zum Auto. Sie hatte etwas abzuliefern, sonst war ihr Sohn in Gefahr. Sie öffnete die Tür, setzte sich rein. Zitternd wartete sie auf neue Anweisungen.

„Gib her!"

Sie reichte Edgar den Ausweis nach hinten. Der bleckte die Zähne, als sich ihre Augen im Rückspiegel trafen. Sie zuckte zusammen.

„Du bist ja echt zu etwas zu gebrauchen. Und jetzt suchen wir nach vorzeigbaren Klamotten für mich. Dann wirken wir doch fast wie eine kleine Familie."

Sie hätte sich übergeben können bei diesem Spruch, doch er hatte sie in der Hand. Also nickte sie nur, traute sich, ihren Kopf ein wenig zu drehen. Lukas war in einen unruhigen Schlaf gefallen, ganz ohne seinen Dino und mit diesem Verbrecher neben sich.

„Fahr weiter, uns fällt schon was ein. Zur Not musst du irgendwo einbrechen."

Eileen erschauderte. Wozu würde er sie noch treiben? Kurz dachte sie an den Obdachlosen. Vielleicht würde er heute einen guten Tag haben. Sie hoffte, dass sie anders als durch einen Einbruch an Klamotten für diesen Unmenschen kommen würden. Sie hatten die Autobahnauffahrt noch nicht erreicht, da kam ihr eine Idee. „Vielleicht hängen irgendwo Sachen auf der Leine zum Trocknen?", äußerte sie zögernd ihren Vorschlag.

„Du bist nicht dumm. Na, dann halt mal Ausschau!"

Sie fuhren durch die menschenleeren Straßen eines Wohnviertels in Frankfurt. „Da drüben." Sie zeigte auf ein kleines Haus mit Garten.

„Dann los", forderte er sie auf.

Eileen hielt ein Stück abseits und stieg aus. Sie hoffe inständig, dass diese Aktion genauso gut klappen würde wie die vorherige. Sie ging in Richtung des Hauses, schlich leise eine kleine Stichstraße entlang und schwang sich über den Zaun. Sie hoffte inständig, dass kein Hund anschlug oder sie gar ansprang. Ihr schlotterten die Knie, als sie zur Wäscheleine trat. Doch sie hatte wieder Glück: Eine Jeans, ein schwarzes T-Shirt, die halbwegs passen müssten. Eine Unterhose und Socken. Wie es der Zufall wollte, lagen noch ein paar ausgetretene schwarze Herren-Sneaker im Garten. Sie sammelte sie ein. Dann schlich sie mit ihrer Beute auf demselben Weg zurück, auf dem sie gekommen war.

„Das ist ja wie bei Bonnie und Clyde." Er lachte über seinen eigenen Witz, während er sofort begann, sich umzuziehen.

Sie hätte auf seine seltsame Anerkennung verzichten können. Ihre Lippen fest aufeinandergepresst startete sie den Motor.

Sie fuhren ein paar Straßen weiter und Edgar ließ sie aussteigen. Lukas war sein Faustpfand, sie würde keine Dummheiten machen, dessen konnte er sich sicher sein.

Sie musste seine Krankenpfleger-Klamotten entsorgen. Sie stopfte sie ganz unten in die nächstgelegene Tonne, die zur Abholung an der Straße stand.

Als sie zurückkam, hatte Lukas Hunger. Ein Gefühl, das Eileen in dieser Situation abhandengekommen war.

„Halts Maul!", herrschte Edgar ihn an. „Deine Mutter besorgt uns später was." Er ließ sie wieder auf die Autobahn fahren und an einer Raststätte bei Freiburg halten. „Nimm das Geld und hol uns Frühstück." Er hielt ihr einen Schein hin. „Kaffee, Brötchen, Saft – keine Verschwendung." Sein Blick durchbohrte ihren und sie fühlte sich wie das Kaninchen vor der Schlange. Wortlos nickte sie und stieg aus. Sie wollte sich gar nicht ausmalen, wen er zuvor alles überfallen haben musste, um so viel Geld bei sich zu haben. Doch das war drittrangig. Hauptsache, sie war bald wieder bei Lukas. Die Raststätte war geöffnet und sie war die einzige Kundin. Wie befohlen bestellte sie zwei Kaffee to go, einen Apfelsaft und drei belegte Brötchen. Als sie zum Bezahlen an die Kasse trat, fiel ihr Blick auf den Zeitungsständer daneben. Eine Schlagzeile sprang ihr ins Auge: ‚Gewalttätiger Schwerverbrecher auf der Flucht'.

Eileens Herz raste, und ihre Hände zitterten so stark, dass ihr der Schein herunterfiel. Die müde Servicekraft sah sie skeptisch an, als wäre sie eine Trinkerin. Sie atmete scharf aus und verbat sich einen zweiten Blick auf die Zeitung, als sie ihn aufhob.

„Macht 23,50." Es klang genervt. Eileen beeilte sich, zu bezahlen, und steckte sich das Wechselgeld in die Hosentasche ihrer Jeans. Dann schnappte sie das Frühstück und ging mit eiligen Schritten hinaus zum Auto. Oh ja, gemeingefährlich war er. Eileen zitterte am ganzen Leib, als sie voller Widerwillen ins Auto einstieg. Das hätte man ihr nicht extra sagen müssen.

„Mama, endlich!", empfing Lukas sie, als sie die Autotür öffnete und einstieg. Er wurde sogleich von Edgar angeblafft und zum Schweigen gebracht.

Wortlos und eingeschüchtert reichte sie das Frühstück nach hinten. Schweigend aßen sie. Eileen wunderte sich, dass sie überhaupt einen Bissen runter bekam. Aber sie musste sich bei Kräften halten. Für Lukas. Angstvoll schaute sie in den Rückspiegel, ihre Augen trafen die ihres Sohnes. Angst sprach auch aus seinen Augen, doch auch er aß tapfer sein Frühstück auf, ohne einen weiteren Mucks.

„Los, fahr weiter!", forderte Edgar sie auf, nachdem sie die leere Brötchentüte zusammengeknüllt hatte.

Und das tat sie auch, immer bereit, sofort auf seine Anweisungen zu reagieren. Die französische Grenze passierten sie fast unbemerkt.

Stunden später befahl er ihr, die Autobahn zu verlassen. Eileen fuhr in Besançon ein und er dirigierte sie in die Innenstadt. „Park hier und geh zum R'Center. Besorg mir eine Sonnenbrille und etwas zum Haare färben für unterwegs. Mit dunklen Haaren wird man mich weniger erkennen." Er überlegte kurz und ergänzte seine Einkaufsliste. „Dazu ein Aftershave und eine Prepaid fürs Handy. Vergiss das Registrieren nicht. Und jetzt los!"

Eileen nahm den Schein, den er ihr reichte und machte sich auf den Weg. Sie würde alles tun, damit dieser Mann hier nicht auffiel. Vielleicht war das ihre einzige Überlebenschance. Hastig sammelte sie die Sachen in dem Laden zusammen und stellte sich an der Kasse an.

Sie dachte an Lukas, der so tapfer war. Und an Camille. Die Arme würde den Schreck ihres Lebens bekommen, wenn sie zusammen mit diesem Psychopathen in wenigen Stunden bei ihr auftauchten. Doch sie würde es nicht verhindern können.

„Bonjour, madame. Ça fait 99,90", riss eine freundliche Stimme sie aus ihren Gedanken.

Sie schreckte zusammen. Rasch bezahlte sie und eilte mit den Einkäufen zu ihrem Geiselnehmer zurück.

Ein Blick auf ihren Sohn ließ sie aufatmen. Er war tatsächlich vor Erschöpfung wieder eingeschlafen. Ein Luxus, den es für sie so bald nicht geben würde.

„Nicht schlecht", pfiff Edgar durch die Zähne, als sie ihm die Einkäufe reichte. Schon bald roch es im Auto nach dem großzügig verteilten Aftershave. Als sie wieder auf die Autobahn fuhren, beobachtete Eileen im Rückspiegel, wie Edgar sich Plastikhandschuhe überstreifte und die dunkle Farbe auf seinen Haaren verteilte. Zusammen mit der Sonnenbrille schien er tatsächlich wie verwandelt. Er nickte zufrieden, als er die Kamera ihres Handys als Spiegel nutzte. Hinter Lyon ließ er Eileen noch ihre Tante anrufen.

„Ist immer gut, wenn das Essen fertig ist, wenn man kommt. Aber halt dich kurz!"

Eileen war zu erschöpft, um irgendwelche Andeutungen zu machen. Es zerriss sie innerlich, dass Camille nicht einmal eine Ahnung hatte, was da in Kürze auf sie zurollte.

„Und jetzt das Handy wieder her!", blaffte er sie an, während er sich die Prepaid-Karte griff, „Du wirst's nicht mehr brauchen."

Seltsame Gäste

Der Duft der köchelnden Zwiebelsuppe konkurrierte mit dem geschmorten Boeuf Bourguignon aus dem Ofen. Es roch einfach köstlich. Das Risotto war fertig und Camille füllte es in eine Schüssel. Sie rührte die Ratatouille um und schmeckte sie ab. Sie war zufrieden mit sich, es würde ihren Gästen hoffentlich ganz wunderbar schmecken. Denn heute gab es nur, was Lukas sich gewünscht hatte. Sie freute sich sehr, ihn und Eileen endlich wiederzusehen. Camille hatte schon viele Pläne geschmiedet, was sie alles unternehmen konnten, doch das würde bis morgen warten müssen. Ihr Esel und die Hühner würden Lukas hoffentlich den heutigen Tag beschäftigen, damit sich Eileen einmal aussprechen konnte. Denn dass es in ihrer Ehe schon länger kriselte, war Camille auch aus der Ferne nicht entgangen.

Sie sah auf die Uhr, alles war rechtzeitig fertiggeworden. Gegen 14 Uhr würden sie wohl eintreffen, hatte Eileen ihr mitgeteilt. Am Telefon war sie sehr kurz angebunden gewesen. Das war eigentlich gar nicht ihre Art, sie musste wirklich erschöpft sein. Kein Wunder, sie war die ganze Nacht durchgefahren. Doch ein leckeres Essen und ein guter Tropfen Wein würden sie schon wieder auf die Beine bringen, zusammen mit einer Mütze Schlaf.

Camille öffnete den Kühlschrank und prüfte die Festigkeit der Mousse au Chocolat. Sie war perfekt. Denn das Dessert durfte natürlich nicht fehlen, darauf hatte Lukas bestanden.

Der Tisch war gedeckt, der Beaujolais entkorkt. Sie goss sich einen kleinen Schluck ein, kostete ihn, während sie aus dem Fenster sah. Mon Dieu, da fuhren sie schon in die Hofeinfahrt ein! Camille stellte ihr Glas ab und lief freudig zur Tür.

Sie sah, wie ihre Nichte ihr zuwinkte, als sie aus dem Auto stieg. Sie konnte sich kaum noch auf den Beinen halten, als sie ihren Sohn aus dem Autositz befreite. Camille schob es auf die lange Fahrt, dass sie keine gut gelaunten Gesichter sah. Die Urlaubsstimmung würde sich bald einstellen, dafür würde sie schon sorgen. Erst dann sah sie überrascht, dass auch ein Mann ausstieg. Und es war nicht Moritz. Ein neuer Mann in Eileens Leben? Eigentlich ein Grund zur Freude. Doch warum zuckte ihre Nichte zusammen, als er sich ihr zuwandte? Und auch Lukas blieb stocksteif im Hof stehen, anstatt zu ihr zu laufen. Gemeinsam kamen die drei auf sie zu.

Während sie herzlich ihre Nichte umarmte, flossen die Worte nur so aus ihr heraus: „Chérie, ich bin so froh, dass ihr gut angekommen seid! Ihr müsst vollkommen übermüdet sein! Habt ihr Hunger mitgebracht? Das Essen ist gerade fertig geworden." Sie drückte Lukas an sich. „Natürlich habe ich extra für dich Mousse au Chocolat gemacht, mon Chéri. Und Nougat habe ich auch besorgt."

Keine Reaktion. Was war da bloß los? Er war doch sonst nicht so schüchtern. Und dieser Mann? Fragend sah sie zum Fremden hinüber, der keine Miene verzog. Dunkelbraune, gegelte Haare, eine Sonnenbrille. Seine schlechtsitzende Kleidung machte den ersten Eindruck auch nicht besser. Er wirkte erheblich älter als Moritz, wie sie bei näherer Betrachtung feststelle. Und er war ihr von Grund auf unsympathisch. Sie sah Eileen an, die verlegen wegsah. „Das ist Olaf, ein Freund.“

Ein Freund, aha! Camille rang sich ein Lächeln ab und zwang sich, dem Mann die Hand zu geben. „Herzlich willkommen, Olaf. Ich bin Camille. Eileens Freunde sind auch meine Freunde. Fühlen Sie sich wie zu Hause.“

Ein knappes Nicken, sein Händedruck glich einem Schraubstock. Ihr lief es kalt den Rücken herunter.

„Kommt doch herein! Das Gepäck könnt ihr nachher holen. Jetzt wird erstmal gegessen“, überspielte Camille gekonnt ihre Gefühle. Eileen hätte sie wenigstens über den zusätzlichen Gast informieren können. Hoffentlich wurden sie alle satt. Und hoffentlich besserte sich der Eindruck, den sie von Olaf gewonnen hatte.

Das Gespräch kam nicht recht in Gang, aber wenigstens kam ihr Essen gut an und es reichte. Schweigend saßen sie zusammen. Mit Eileen war heute nichts mehr anzufangen und ihr neuer Freund gab sich zugeknöpft. Also versuchte sie, Lukas aus der Reserve zu locken, fragte ihn über den Kindergarten aus und nach seinen Freunden. Aber auch er war nicht viel gesprächiger als Eileen.

„Wollen wir morgen Grenoble besuchen? Keine Sorge, ich fahre uns natürlich. Die Seilbahn wird dir gefallen, Lukas! Und vielleicht können wir uns im Canyoning versuchen, das wird formidable!“ Ihre Stimme überschlug sich fast vor Begeisterung.

Doch es kam kein Mucks vom Jungen, und auch Eileen blieb stumm wie ein Fisch. Dafür übernahm dieser Mann das Wort. Wie hieß er noch gleich? Olaf.

„Wir fahren morgen nirgendwo hin. Wir sind hier, um uns zu erholen.“

Seine Stimme duldete keinen Widerspruch, zumindest nicht bei ihrer Nichte und ihrem Sohn. Was erlaubte er sich eigentlich? Camilles Widerspruchsgeist war jedenfalls geweckt. „Das werden wir morgen spontan entscheiden", bestimmte sie und wollte ihm fest in die Augen schauen. Jetzt erst realisierte sie, dass er die Sonnenbrille noch immer nicht abgelegt hatte. Wer zum Teufel behielt schon die Sonnenbrille in der Wohnung auf? Der Typ wurde ihr immer suspekter. Sie wandte sich wieder Lukas zu. „Willst du zum Esel? Er wird dich bestimmt wiedererkennen. Er ist noch dickköpfiger geworden seit deinem letzten Besuch! Oh, là, là! Aber mit einem Leckerchen kannst du ihn immer bestechen."

Camille sah, wie Lukas unsicher zu Olaf hinübersah. Der schüttelte nur den Kopf.

„Vielen Dank, Tante Camille, aber ich würde mich lieber schlafen legen."

„Das solltest du auch tun", sagte der Mann zu Eileen.

Es klang nicht wie ein Vorschlag, und ihre Nichte reagierte geradezu unterwürfig. „Ich bin auch hundemüde, Camille. Entschuldige, wir sind heute nicht sehr gesellig. Wir würden uns gerne ein wenig zurückziehen."

Sprachlos sah Camille ihrer Nichte hinterher, die begleitet von Olaf noch schnell die Sachen aus dem Auto holte.

Nachdenklich sah Camille ihnen nach. „Ist alles in Ordnung bei euch?", fragte sie Lukas leise. Er nickte nur, bleich wie eine frisch gestrichene Wand. Sie runzelte die Stirn, als sie in sein verängstigtes Gesicht sah. Wollte er noch etwas sagen? Doch da kam schon dieser Olaf zur Tür herein. Ein finsterer Blick von ihm genügte, und Lukas klappte seinen Mund wieder zu.

61

Camille wunderte sich schon nicht mehr, dass die drei für die Nacht ein Zimmer bewohnen wollten. Olaf hatte es so entschieden. Und was er sagte, schien Gesetz zu sein. Was hatte Eileen nur für merkwürdige Freunde! Camille schüttelte den Kopf über ihre Nichte, doch sie sagte nichts dazu. Moritz hatte auch seine Fehler und Macken gehabt, aber so etwas war ihr noch nicht untergekommen. Ihr graute ein wenig vor der bevorstehenden Woche. Eigentlich hatten sie immer viel Spaß zusammen gehabt. Doch dieser Mann schien jede Freude im Keim zu ersticken.

Sie sah hinaus. Wo steckte eigentlich Olaf? Während Eileen und Lukas schliefen, war dieser merkwürdige Gast nach draußen gegangen und jetzt wie vom Erdboden verschwunden. Offenbar stromerte er irgendwo herum. Ihr war es egal, sie hatte kein Interesse daran, sich mit ihm aus Höflichkeit unterhalten zu müssen. Stattdessen ließ sie den Fernseher nebenbei laufen, während sie die Küche aufräumte und den Abwasch erledigte. Hier ein Streik in Paris, dort eine weitere Protestaktion in Lyon. Nichts Neues also, sie bekam es nur am Rande mit. Als sie das Geschirr in den Schrank räumte, fiel ihr Blick im Vorbeigehen auf den Fernseher. Ein Bild von einem Mann wurde eingeblendet, der ihr irgendwie bekannt vorkam. Sie sah noch mal genauer hin, denn nun wurden Details gebracht. In Deutschland war ein gesuchter Schwerverbrecher aus der Justizvollzugsanstalt Celle ausgebrochen und noch immer auf der Flucht. Edgar Janssen hieß er. Die Polizei bat um sachdienliche Hinweise.

Nochmals wurde sein Bild eingeblendet und nun fiel es ihr wie Schuppen von den Augen. Camille durchzuckte die Erkenntnis wie ein Blitz. Fast wäre ihr die Kaffeetasse, die sie gerade in den Schrank räumen wollte, aus der Hand gefallen.

Kein Wunder, dass dieser Kerl die Sonnenbrille nicht abnahm! Jetzt wurde ihr alles klar. Das eckige Kinn. Die Nasenform. Die Körpergröße, die Figur. Bis auf die dunkleren Haare passte alles, doch die konnte man schließlich färben.

Camille war, als würde ihr das Herz stehenbleiben. Sie musste schnell handeln, bevor der Kerl zurückkam. Hastig griff sie zum Telefon. Die arme Eileen, was hatte sie ausgestanden! Und Lukas erst! Ihr rann der Schweiß den Rücken herunter, als sie mit zitternden Händen die Nummer der Polizei wählte.

„Bonjour, hier ist Camille Mireau. Ich habe…"

Zu spät! Es war zu spät! Sie hatte keine Ahnung, woher dieser Olaf oder Edgar, oder wie auch immer er hieß, aufgetaucht war. Doch dass es ein Messer war, das er ihr an den Hals hielt, musste er nicht sagen. Die Klinge drückte sich in ihre Haut, ritzte sie.

„… mich verwählt. Entschuldigung", brachte sie noch heraus, bevor ihre Stimme brach. Dann legte sie auf.

Ein stummer Schrei

Der frühabendliche Verkehr um Lyon war die reinste Katastrophe und die Freundinnen waren froh, diese Stadt bald hinter sich zu lassen. Trotz Navi hatten sie bei den Blech-an-Blech-Lawinen zweimal die richtige Abfahrt verpasst. Annalena hatte bewundernswerterweise die Nerven behalten, und Jessi war froh, dass sie rechtzeitig einen Fahrerwechsel gemacht hatten. Siedend heiß fiel ihr ein, worum sie sich in der ganzen Aufregung noch nicht gekümmert hatten. Sie zückte ihr Handy und rief ihre Buchungsapp auf. Kurz darauf fluchte sie. Caro dreht sich stirnrunzelnd um. „Was ist los?"

„Wir sind ein bisschen spät dran mit der Unterkunft. Bei Booking.com und Co ist es chancenlos, etwas zu finden."

Caro schlug sich an die Stirn. „So ein Mist! Daran haben wir in der ganzen Hektik gar nicht mehr gedacht."

„Das wird aber eine harte Nacht im Auto", kam es lakonisch von Annalena, „oder glaubt ihr, Eileen ist uns behilflich?"

„Wenn ich dabei bin, bestimmt nicht", seufzte Caro und ärgerte sich über sich selbst.

„Noch ist nichts verloren." So schnell gab Jessi nicht auf. „Die Touri-Info hat noch eine Viertelstunde auf. Drückt mir mal die Daumen, dass ich noch genug Französisch zusammenbekomme." „Office de Tourisme? Avez-vous un hébergement pour trois personnes pour cette nuit?" Sie musste ihre Frage noch einmal wiederholen, bis die Frau am anderen Ende ihr

Französisch verstand. „Oui, merci!" Nach einem weiteren Anruf war alles geklärt. Zufrieden erklärte sie den Freundinnen: „Das wird teuer. Außerdem müssen wir für zwei Nächte bezahlen – so habe ich sie zumindest verstanden. Aber dafür schlafen wir nicht im Auto." Das Lob der beiden Freundinnen nahm sie grinsend entgegen. Nun streckte sie sich zufrieden auf dem Rücksitz aus und schien die Fahrt zu genießen. Ließ die Stadt an sich vorbeiziehen, die ihren Charme gut versteckte.

Der GTI schnurrte die A7 entlang, doch der nächste unfreiwillige Halt ließ nicht lange auf sich warten. Annalena klaubte die Münzen an der Mautstation zusammen, die der Automat als Wechselgeld ausgespuckt hatte, und verstaute sie in ihrem Portemonnaie.

Caro blickte aufs Navi. „Nur noch 1 Stunde 45 Minuten, dann sind wir da!"

„Dann wollen wir mal hoffen, dass sich vor Ort alles aufklärt", meinte Jessi. „Hat Moritz sich endlich gemeldet?"

Caro schüttelte frustriert den Kopf und sah zu ihr nach hinten. „Keine Nachricht, kein Rückruf, und er geht auch nicht ran."

Annalena runzelte die Stirn. „Hauptsache, Lukas ist wohlauf." Sie hatte keinen Hehl daraus gemacht, dass sie am liebsten das Jugendamt eingeschaltet hätte. Rosenkrieg auf Kosten des Kindes, dafür hatte sie absolut kein Verständnis. Umso mehr rechnete Caro ihr an, dass auch sie mitgekommen war, um ihr beizustehen. Schließlich wollte sie Klarheit haben, und das verstanden ihre Freundinnen nur zu gut. Erst recht nach diesem wunderschönen Verlobungsring.

„Vertrau darauf, dass du eine Lösung finden wirst." Jessi drückte Caro die Schulter.

Sie lächelte die Freundinnen dankbar an. „Ich bin jedenfalls froh, dass ihr mich nicht allein habt losfahren lassen. Auch wenn ihr es für eine Schnapsidee halten mögt."

„Aber das ist doch selbstverständlich", kam es wie aus einem Mund, und sie mussten lachen. Sie wuchsen wieder zu einem unschlagbaren Team zusammen.

Den Rest der Fahrt hing jede ihren Gedanken nach. Der Verkehr auf der A7 war jenseits der zurückliegenden Großstadt abgeebbt.

„Hier, wir können abfahren. Châteauneuf-Du-Rhône. Endlich!", rief Caro Annalena zu, die fast vorbeigefahren wäre.

Sie brauchten dennoch einige Zeit, um das etwas abgelegene Haus von Eileens Tante zu finden. Es sah idyllisch aus. Eine kleine Allee aus Mandelbäumen führte direkt auf das ebenerdige Steinhaus zu, das von hochgewachsenem Oleander umsäumt wurde.

„Wunderschön!", rief Annalena, die Jessis GTI direkt neben Eileens Wagen parkte. Sie sah auf die Uhr und dann Caro zweifelnd an. „Es ist gleich zwanzig Uhr – ganz schön unhöflich, um bei jemandem mal ganz spontan und unangemeldet vorbeizuschneien, meinst du nicht?"

Unangemeldet und unerwünscht, ergänzte Caro im Stillen. Frustriert spähte sie nach Moritz' Wagen, doch Fehlanzeige. Ein kurzer Blick aufs Handy zeigte ihr, dass er immer noch auf Tauchstation war. Sie zuckte mit den Schultern. „Einen guten Eindruck mache ich bei Eileen ohnehin nicht mehr, und ihre Tante dürfte mir gegenüber nicht besonders objektiv sein, wenn sie über Moritz und mich weiß. Aber sei's drum. So erfahren wir wenigstens, ob Lukas wohlbehalten bei ihr ist, und vielleicht auch, ob Moritz bei ihnen ist." Sie stieg aus, die Freundinnen folgten ihr.

Selbst die Türklingel war im Landhausstil. Es ertönte ein heller Glockenklang. Die drei lauschten. Nichts passierte im Inneren des Hauses.

Ratlos sah Caro die Freundinnen an.

„Vielleicht sind sie mit Moritz' Wagen zum Essen gefahren", schlug Jessi als Erklärung vor.

Caro zuckte mit den Schultern und probierte es erneut. „Ausgeschlossen ist das nicht." Sie wandte sich enttäuscht ab. Weiter ging ihr Plan nicht. Es war eine durch und durch verrückte Spontanaktion. Sie ärgerte sich, dass sie die Freundinnen mit hineingezogen hatte. Jessi folgte ihr zum Auto. Nur Annalena stand noch kurze Zeit unschlüssig vor der Tür, dann betätigt sie die Klingel erneut. Da, ein Geräusch im Hausinneren nach dem verstummten Glockenton! „Na endlich!" Caro und Jessi fuhren herum.

Eine vollkommen zerzauste Eileen öffnete die Tür. Sie hatte tiefe Augenringe und wirkte total erschöpft. Kein Wunder nach der langen Fahrt, sie sahen wahrscheinlich auch nicht besser aus.

„Ihr hier?" Eileens Stimme klang rau. Ungläubig sah sie Annalena an.

„Hi", sagte sie mit dem gewinnendsten Annalena-Lächeln, das sie sonst nur für die Staatsanwaltschaft bereithielt. „Wir wollen dich nicht lange im Urlaub behelligen, daher machen wir es kurz: Ist Lukas bei dir und geht es ihm gut?"

Wie zur Bestätigung erklang es aus dem Inneren des Hauses: „Das ist Max' Mama! Bitte, darf ich Hallo sagen? Max und Nele sind bestimmt auch mitgekommen!"

Sofort schlich sich ein besorgter Ausdruck in Eileens Gesicht, der sich mit dem barschen „Nein" einer Männerstimme noch verstärkte.

Sofort war Caro an der Tür. „Eileen, ist Moritz hier? Er ist euch nachgefahren." Sie kam sich bescheuert vor, dass ausgerechnet sie Moritz' Frau eine solche Frage stellte.

Vollkommen verunsichert sah Eileen sich um. „Nein, er ist nicht hier. Ich muss euch nun bitten zu gehen." Caro glaubte, Angst in ihren Augen zu sehen. Zitterte sie etwa? Sie sah zu Annalena hinüber, um herauszufinden, wie sie diese merkwürdige Situation einschätzte.

„Geht es dir gut, Eileen?" Annalena redete sanft auf sie ein. „Wir wollten nicht stören, aber hast du vielleicht ein Glas Wasser für uns, wir sind noch ganz geschafft von der Fahrt."

„Mach endlich die Tür zu!", kam es von drinnen. Die Männerstimme ließ Eileen zusammenzucken. Langsam schloss sie die Tür. Doch dann hielt sie noch mal kurz inne, als überlegte sie es sich anders. Plötzlich riss sie ihre Hand in Brusthöhe, den Daumen umklammert von den restlichen Fingern. Ihr Blick wirkte gehetzt. Ihre Hand zitterte, da war sich Caro jetzt sicher. Als ein piepsiges „Mama" aus dem Haus ertönte, schloss sie jedoch eilig die Tür.

Ratlos sahen die Freundinnen sich an und gingen wortlos zum Auto zurück. Jessi wendete den Wagen, und erst jetzt fanden sie ihre Sprache wieder.

„Das war jedenfalls nicht Moritz' Stimme", stellte Caro fest. „Überhaupt war die ganze Situation einfach nur merkwürdig. Ich habe nicht erwartet, dass Eileen uns zum Abendessen einlädt, aber sie war wirklich vollkommen daneben!" Sie merkte selbst, dass sie sich in ihren Ärger hineinsteigerte.

Jessi, die an der Tür hinter den Freundinnen gestanden und nicht alles gesehen hatte, kommentierte nur schulterzuckend: „Sie ist schräg drauf wie immer. Zumindest geht es Lukas gut. Machen wir das Beste aus diesem Trip und nehmen uns eine Mütze Schlaf. Wir haben übrigens zwei Hotelzimmer bekommen und in der Hotelanlage gibt es ein Restaurant. Da wird sich doch sicherlich noch etwas zu Essen auftun lassen. Morgen früh können wir dann gestärkt die Heimreise antreten. Oder willst du etwa doch noch warten, bis Moritz hier auftaucht?"

„Wir werden morgen nicht nach Hause fahren", widersprach Annalena von der Rücksitzbank energisch.

Jessi trat in die Bremse und sah fragend nach hinten. Auch Caro drehte sich überrascht zu ihr um.

Annalena sah die Freundinnen entschlossen an. „Habt ihr die Handbewegung nicht mitbekommen? Das war ein Hilferuf. Hier stimmt etwas ganz und gar nicht. Dem müssen wir nachgehen, und zwar dringend!"

Spontaner Entschluss

„Übertreibst du es jetzt nicht ein wenig, Lena? Eileen war komisch wie immer, ja. Aber hilfsbedürftig war sie sicher nicht." Jessi runzelte die Stirn. „Allerdings habe ich dieses Handzeichen nicht sehen können, ich stand ja hinter euch. Caro, was meinst du?"

„Wir bleiben", entschied sie. „Für zwei Nächte müssen wir doch ohnehin bezahlen, wenn du die Frau aus der Touri-Info richtig verstanden hattest. Bis dahin finden wir sicher heraus, ob mit Lukas und Eileen alles in Ordnung ist. Und außerdem habe ich ein besseres Gefühl, wenn ich noch mit Moritz spreche. Er hat mir einiges zu erklären."

Jessi lenkte ein. „Na gut, überredet. Nun sind wir schon mal hier, da kannst du das Ganze auch klären." Sie sah auf die Uhr. „Wir sollten bald einchecken. Einen Termin muss ich dann verlegen, aber das kriege ich schon hin." Sie setzte ihren GTI wieder in Bewegung, und schon bald hatten sie das Hotel gefunden.

„Hübsch ist es hier. Wenn auch ziemlich klein. Aber wenigstens liegen unsere Zimmer nebeneinander. Wie wollen wir schlafen?" Caro sah Annalena an.

„Wie immer. Eine solche Gelegenheit, in Ruhe durchzuschlafen, kommt in meinem Alltag so schnell nicht wieder." Annalena schnappte sich ihre Tasche und zog ins Einzelzimmer nebenan.

„Und wir auch wie immer?", grinste Jessi.

„Gerne." Caro strahlte und bezog das Bett am Fenster. Schnell hatten sie das Wenige aus ihren Taschen ausgepackt und sahen sich um.

„Mensch, wir haben sogar einen kleinen Kühlschrank, und die Klimaanlage kühlt richtig gut. Das Bad ist auch okay. Na, dann lass uns schnell unter die Dusche hüpfen und dann geht es ab zum Essen, oder? Das Restaurant soll noch aufhaben."

Kurze Zeit später saßen die drei auf der Terrasse, die zum Restaurant gehörte. Die meisten Gäste waren bereits aufgebrochen, sie waren also ungestört.

„Bonsoir, Mesdames! Es tut mir leid, aber wir können nur noch Kleinigkeiten anbieten. Die Küche macht bald zu."

„Das macht nichts, wenn Sie uns einen guten Wein empfehlen können?"

Da hatte Jessi genau das Richtige gesagt. Überschwänglich empfahl er einen Côtes du Rhône und ließ sie kosten.

Sie nickte zustimmend. „Lecker, den nehmen wir." Caro und Annalena verließen sich auf das Urteil ihrer Weinkennerin.

Als ihre Assiette de Fromages serviert war, entwickelten sie einen Schlachtplan für den kommenden Tag und genossen den lauen Abend.

„Wir fahren also bis zur kleinen Haltebucht an der Allee. Dort können wir den Wagen abstellen und das Haus beobachten", schlug Jessi vor und die beiden nickten. „Da haben wir wirklich einen prima Überblick, und niemand kann sich daran stören, dass wir dort stehen."

Caros Blick auf ihr Handy sprach Bände. „Immer noch nichts. Und auf meine Anrufe und Nachrichten reagiert Moritz gar nicht. Ich hoffe, ihm ist nichts passiert!"

„Du meinst so, wie dem Typen heute von der Raststätte?",
fragte Annalena skeptisch. Unnötiges ‚sich Sorgen machen' war
eigentlich nicht ihr Ding.

„Das war zugegebenermaßen schon ziemlich unheimlich,
oder? Man glaubt die Warnungen vor Überfällen auf Raststätten während der Urlaubszeit erst, wenn man einmal selbst
betroffen ist oder so etwas mitbekommt." Jessi sah Caro fragend an.

Doch sie wiegte nur zögernd den Kopf. „Ehrlich gesagt habe
ich eher die Sorge, dass Moritz in einen Unfall verwickelt
worden ist."

„Wir hatten die meiste Zeit das Radio an und von einem
Unfall auf der Strecke war im Verkehrsfunk nichts zu hören.
Aber komisch ist es schon, dass er hier noch nicht angekommen ist. Immerhin hatte er ein paar Stunden Vorsprung. Vielleicht hat Eileen auch nicht die Wahrheit gesagt und wir treffen
ihn später noch bei ihrer Tante an." Jessi wollte ihr Mut
machen, und Caro nickte seufzend. Dieses Grübeln brachte
rein gar nichts. „Möglich ist alles. Mir fällt gerade wieder diese
Macho-Stimme aus dem Off ein. Zu wem die wohl gehört?
Eileen hat keinen neuen Freund, glaube ich. Vielleicht ist es der
Partner ihrer Tante?"

„Dafür sprach er aber gut Deutsch.", bezweifelte Annalena.
„Aber wir haben jetzt zwei Tage Zeit, das herauszufinden. Und
bis dahin wirst du Moritz mit Sicherheit treffen."

Sie brachen zu ihren Zimmern auf, als der Kellner begann, die
Tische zusammenzustellen. Jessi riskierte einen Blick auf das
hoteleigene Schwimmbad im Garten. „Oh prima, das hat bis 22
Uhr geöffnet. Wollen wir noch eine kleine Runde schwimmen?" Doch die beiden Freundinnen winkten hundemüde ab.

Am nächsten Tag standen sie früh auf und bezogen nach einer Dusche und einem schnellen Frühstück Position vor Tante Camilles Landhaus.

„Es ist schon nach 10 Uhr und Lukas war noch immer nicht draußen", wunderte sich Annalena. „Der Junge ist eigentlich ein richtiges Energiebündel und immer früh wach." Sie erinnerte sich an die wenigen Male, an denen Eileen eine Übernachtung erlaubt hatte.

Caro grinste schräg. Sie konnte ein Lied davon singen, wann Lukas gewöhnlich aufstand. Schließlich war er jedes zweite Wochenende bei Moritz und ihr. „Stimmt, um 8 Uhr ist spätestens die Nacht vorbei. Aber vielleicht haben sie ja nach hinten raus eine Terrasse?"

Jessi stieß sie an. „Schaut mal, da kommt jemand."

„Das ist Eileens Tante Camille. Im Haus von Moritz und Eileen standen viele Fotos von ihr. Eileen und sie haben ein enges Verhältnis, auch wenn sie sich nicht häufig sehen können."

Sie sahen zu, wie die Tante aufs Rad stieg. Dann fuhr sie die Allee entlang direkt an ihnen vorbei. Als sie auf ihrer Höhe war, sprach Annalena sie durch das offene Wagenfenster an: „Excusez-moi, Madame! Können Sie uns weiterhelfen?"

Doch die Tante reagierte überhaupt nicht, sie fuhr einfach weiter. „Fast, als wäre sie auf der Flucht", fand Caro.

„Und dabei sind sie hier doch sehr gastfreundlich und offen für Touristen. Ich wusste doch, dass etwas im Argen ist." Annalena fühlte sich bestätigt.

„Und das Komischste ist, sie spricht gut Deutsch", meinte Jessi. Damit hatte sie die Überraschung der Freundinnen wieder auf ihrer Seite. „Woher weißt du das schon wieder? Vielleicht kann sie ein paar Brocken von Eileen." Annalena war skeptisch wie immer.

„Oh nein, ich habe gehört, sie spricht sogar hervorragend Deutsch. Camille hat früher in Marseille als Dolmetscherin gearbeitet, ihre Mutter stammt aus Berlin."

Die beiden Freundinnen starrten sie an. Und so setzte Jessi nach: „Ich habe mich gestern nach dem Schwimmen ein bisschen mit dem Hotelchef unterhalten. Er war ein Schulfreund von Camilles verstorbenem Mann."

„Was du immer herausfindest!" Caro schüttelte den Kopf. „Dann ist sie weder taub, noch versteht sie uns nicht." Sie sah ihr hinterher.

„Nein. Aber offenbar wollte sie uns nicht verstehen. Fahren wir ihr hinterher?"

„Eine von uns sollte besser hierbleiben. Vielleicht tut sich ja etwas im oder am Haus." Caro öffnete die Autotür. „Ein kleiner Spaziergang kann nicht schaden, und Ortsunkundigen verzeiht man ja bekanntlich ein bisschen mehr. Selbst wenn sie sich auf ein Privatgrundstück verirren. Bis nachher, Mädels!"

Jessi sah skeptisch auf den kleinen Weg, der um das Grundstück herumführte. „Alles klar, aber pass auf dich auf! Wir treffen uns wieder hier in der Haltebucht und holen dich ab. Wenn dir etwas merkwürdig vorkommt, ruf durch."

Caro sah ihnen hinterher. Dann drehte sie sich um und schlug einen straffen Gang an, um ihre Nervosität abzubauen. Denn ein wenig flau im Magen war ihr schon. Doch sie beruhigte sich. Das Handy war griffbereit und ihre Freundinnen wären schnell zur Stelle. In großem Bogen umrundete sie das Haus, das gut durch die hohen Büsche geschützt war. Es wirkte verlassen, doch sie sah Eileens Wagen vor der Tür stehen. Eine

Terrasse gab es auf der Rückseite des Hauses nicht, lediglich eine gemütliche Sitzecke im Schatten der Obstbäume. Doch der Platz war verwaist. Sie hörte einen Esel rufen, ein Hahn krähte. Der Hof war der ideale Tummelplatz für ein neugieriges Kita-Kind, doch nach wie vor war keine Menschenseele zu sehen. Auch im Haus schien sich nichts zu rühren.

Ein Feldweg führte am Grundstück vorbei. Caro setzte sich auf einen Holzblock, der ihr als Ausguck diente. Von hier aus hatte sie einen guten Überblick, und die Bäume boten ihr Schutz. Doch ihre Geduld sollte unbelohnt bleiben. Nur die Tante kam bald darauf mit einem prall gefüllten Korb an Einkäufen zurück. Sie bemerkte Caro nicht, sondern schien ganz in ihre Gedanken vertieft.

Ein Blick auf ihr Handy steigerte Caros Frust. Verdammt, warum meldete sich Moritz nicht wenigstens einmal?!

„Das ist doch echt frustrierend", schimpfte Caro, als sie am vereinbarten Treffpunkt wieder in Jessis GTI stieg. „Ich habe nur die Tante gesehen, aber sonst hat sich absolut niemand blicken lassen. So kenne ich Lukas nicht, er ist absolut kein Stubenhocker. Und Eileen ist nicht gerade die beste Kinderbespaßung, aber im Urlaub wird sie sich doch sicher mehr Mühe geben!"

„Auch bei uns sind Neuigkeiten leider Fehlanzeige. Wir sind der Tante nochmals auf dem Markt begegnet, doch sie ließ sich einfach nicht ansprechen. Mehr noch, sie hat uns glatt stehen lassen und weder auf Französisch noch auf Deutsch reagiert." Annalena runzelte besorgt die Stirn.

„Immerhin haben wir etwas rausgefunden, als wir beim Bäcker waren. Camille stand weiter vorne an. Die beiden Verkäuferinnen unterhielten sich über sie, als sie zur Tür heraus war. Sie haben sich gewundert, wie viel ihr Besuch zu essen scheint. Appetit wie drei Männer, so drückten sie sich aus. Eine der beiden vermutete, dass Camilles Nichte wieder schwanger sei." Erst als sie es ausgesprochen hatte, wurde Jessi klar, wie das auf Caro wirken musste. „Das hat ganz sicher nichts mit Moritz zu tun", beschwichtigte sie die Freundin und sah besorgt zu ihr herüber.

Doch Caro war auf diesem Ohr Gott sei Dank taub. „Quatsch, Eileen wollte keine weiteren Kinder. Sie ist doch schon mit Lukas überfordert. Und einen neuen Freund hat sie meines Wissens auch nicht." Sie ließ den Gedanken, dass Moritz ein falsches Spiel mit ihr gespielt hatte, einfach nicht zu. Nein, sie wollte ihn nicht beschuldigen, bevor sie nicht mit ihm gesprochen hatte. „Dann berichte ich mal weiter: Ich hatte einen guten Beobachtungsposten hinter dem Grundstück und konnte alles überblicken. Hinten ist übrigens keine Terrasse, sondern nur eine Sitzgruppe unter den Obstbäumen. Aber es saß niemand draußen. Eileens Wagen wurde nicht benutzt und bei diesem grandiosen Wetter hatten sie nicht einmal die Fenster geöffnet. Was sie die ganze Zeit da drinnen gemacht haben – ich habe keine Ahnung. Aber die Tante hat Hühner und sogar einen Esel, da wäre Lukas doch garantiert rausgelaufen. Komisch, oder?"

Mittlerweile waren sie in ihrem Hotel angekommen und machten es sich auf den Betten so richtig bequem, während die Bäckertüte rumging.

„Vielleicht sind sie ja krank geworden", überlegte Jessi, während sie herzhaft in ihr belegtes Baguette biss.

Annalena schaltete den Fernseher an und zappte durch. Es konnte nicht schaden, wenn man wusste, was es Neues in der Welt gab. Gerade wollte sie weiterschalten, als Edgar Janssens

Bild eingeblendet wurde. Caro fiel vor Schreck fast ihr Baguette aus der Hand. Alle drei starrten auf den Bildschirm und verfolgten den Bericht. Die Polizei hatte Hinweise erhalten, dass der gesuchte deutsche Schwerverbrecher sich mittlerweile in Frankreich aufhalten könnte.

„Wie… kann er so weit kommen?! Er muss sich doch verstecken? Meint ihr, er hatte Komplizen?" Caros Herz raste. Sie hatte sich mehr um Regina und Andy Sorgen gemacht als um sich selbst. Sie hatte Edgar in einem Versteck im Umkreis des Gefängnisses vermutete – aber doch nicht hier in Frankreich! Sofort erschien Edgars rachsüchtiger und hasserfüllter Blick vor ihren Augen.

Annalena ergriff ihre Hand und drückte sie. „Ich will jetzt nicht die Pferde scheu machen, aber ich glaube, wir haben etwas ganz Gravierendes übersehen." Sie sprach ganz bedächtig, sah die Freundinnen direkt an. „Ich weiß nicht, ob es solche Zufälle geben kann. Aber erinnert ihr euch noch genau an gestern Abend? Als Eileen endlich die Tür aufmachte."

„Sie war kurz angebunden. Das wundert mich aber nicht, wir waren sicher nicht ihr Wunschbesuch", sinnierte Caro. „Lukas hat gerufen. Er hatte wohl gehofft, dass du Max und Nele mitgebracht hast."

Annalena nickte. „Und an was erinnert ihr euch noch?"

„An diese barsche Männerstimme, die etwas verboten hatte, was eigentlich selbstverständlich ist."

„Und an wen erinnert euch diese Stimme?" Eindringlich sah Annalena Caro an.

Sie schlug sich entsetzt die Hände vor dem Mund, denn jetzt wusste sie, worauf Annalena hinauswollte. Sie erhaschte noch einen letzten Blick auf Edgar, dann wurde die nächste Nachricht gesendet. Caros Stimme überschlug sich fast vor

Erregung: „Ist das denn möglich? Seine Stimme klang zwar so, das stimmt. Aber glaubst du wirklich, dass…"

Annalena nickte und setzte den Satz fort. „Dass Edgar Janssen in Camilles Haus war."

Jessi sah die beiden nur skeptisch an. „Ich glaube, ihr hört jetzt wirklich die Flöhe husten. Das würde schon nicht mehr mit rechten Dingen zugehen, oder? Der Kerl muss doch zusehen, dass er untertaucht. Der wird hier doch nicht Urlaub machen!"

„Ja zugegeben, das klingt schon verrückt. Aber was wäre, wenn es stimmt? Was passiert dann jetzt gerade in diesem Haus?" Caro sah die Freundin ernst an. „Das wollen wir uns gar nicht vorstellen, oder? Und ganz sicher wollen wir uns im Nachgang nicht vorwerfen, dass wir untätig waren. Nur weil uns noch Puzzleteile zur Aufklärung gefehlt haben."

In Bedrängnis

Der Fernseher war längst ausgestellt worden, und die Tageszeitung lag in ihren Einzelteilen auf dem Fußboden herum. Niemand hatte sich getraut, sie wieder aufzuheben, als Edgar beim Anblick seines Bildes auf der Titelseite einen Tobsuchtsanfall bekommen hatte. Nun herrschte eine Atmosphäre des Schweigens und einer lähmenden Angst, die die Wände langsam hochzukriechen schien. Weder Camille noch Eileen trauten sich, auch nur ein Wort zu sagen. Ihre Körper waren wie erstarrt. Am meisten war Lukas eingeschüchtert. Er klammerte sich an seine Mutter, während die drei zusahen, wie Edgar im Wohnzimmer nervös auf- und abschritt. Das Ticken der Wanduhr war plötzlich unerträglich laut.

„Ihr habt mich verraten, ihr verdammten Schlampen!"

Eileen spürte Camilles Blick auf sich und erwiderte ihn voller Verzweiflung. Sie konnte nicht verhindern, dass sie plötzlich am ganzen Körper zitterte. Lange würde sie diese Tortur nicht mehr durchstehen, und sie wusste, dass Camille das auch spürte. Eileen kannte ihre Tante zu gut, sie würde sich immer vor ihrer Nichte stellen. Vor allem, wenn dieser Psychopath sie körperlich angehen würde. Sie sah Camille an, dass sie überlegte, wie sie Edgar ablenken konnte, um seine Aufmerksamkeit von Eileen und Lukas abzulenken. Vorsichtig schüttelte sie den Kopf und betete innerlich, dass Camille sich zurückhielt. Doch vergebens.

„Blödsinn! Wie hätten wir das tun können? Die kurze Fahrt zum Markt habe ich mit niemandem gesprochen, das hattest du mir ja eingeschärft. Und die restliche Zeit hast du uns nicht aus den Augen gelassen. Wir sind doch vollkommen in deiner Gewalt!"

Camilles Stimme klang fester, als sie sich fühlen musste. Eileen hielt vor Schreck den Atem an. Wie würde ihr Entführer auf diese Auflehnung reagieren?

Edgar machte abrupt kehrt und schritt auf ihre Tante zu. Sein Gesicht kam ganz nah an ihres heran. Eileen wurde schon aus der Entfernung übel von seinem Aftershave, das sie ihm hatte besorgen müssen und das seine starken Körperausdünstungen nur knapp übertünchte. Sie sah, wie Camille angeekelt ihr Gesicht verzog. Erst dachte Eileen, er würde sie schlagen. Doch er starrte sie nur an. Tapfer versuchte Camille, seinem Blick standzuhalten.

Schließlich brüllte er los: „Und das ist auch gut so! Ihr braucht eine harte Hand!" Weiter bohrte sich sein Blick in ihren, doch es war nicht sicher, wer das Blickduell gewinnen würde. Camille schaffte es jedenfalls, die Augen nicht zu senken. Doch Eileen hatte ihre Nervenstärke nicht, und sie spürte, wie Edgars Wut sich steigerte. Da schluchzte sie laut auf, voller Angst, was gleich passieren würde. Damit zog sie seine Aufmerksamkeit wieder auf sich. Er wandte sich ihr zu, taxierte sie. Ein hässliches Grinsen erschien auf seinem Gesicht, als er donnerte: „Was hatte die Schneider mit dieser Anwältin hier gestern zu suchen? Warum sind sie überhaupt aufgetaucht? Und warum lungerte eine heute auf dem Grundstück herum? Meinst wohl, ich krieg' das nicht mit, hä?!"

„Ich weiß es nicht!" Eileen hatte die Augen weit aufgerissen und ihre Gliedmaßen vibrierten, als führten sie ein Eigenleben.

Als er auf sie zuschoss, schrie Lukas gellend auf und stellte sich beschützend vor seine Mama. Sie schaffte es gerade noch, ihn wieder hinter sich zu schieben, bevor er sie erreichte.

„Diese Caro Schneider! Hätte ich sie damals bloß erledigt! Dann hätte ich diese ganzen Schereeien nicht!" Die Erinnerung an diese entgangene Chance stieg wohl in ihm hoch. Er stieß einen hasserfüllten Laut aus, der Eileen Schauer über den Rücken jagte. Gefangen in seinen Fantasien lief er erneut wie ein rasendes Tier im Wohnzimmer herum. Doch die Bewegung steigerte nur weiter seinen Zorn. Eileen verfolgte paralysiert jeden seiner Schritte, sie traute sich kaum zu atmen. Wie würde das hier für sie alle ausgehen?

Das Handy klingelte, das er ihr abgenommen hatte. Eileen war dankbar, dass er sich nach einem Blick aufs Display ein wenig abzuregen schien.

„Ja!", blaffte er in den Hörer. „Das wird aber auch Zeit!" Seine Mimik wechselte von Erregung zu Entschlossenheit. Bei seinem Blick in ihre Richtung wurde ihnen angst und bange. Edgars Situation hatte sich offenbar verbessert. Aber das konnte für sie kaum etwas Gutes bedeuten. Was hatte er vor? Voller Anspannung versuchten Camille und Eileen, aus seiner Miene zu lesen, was mit ihnen geschehen sollte. Eileen presste Lukas noch ein wenig fester an sich.

Er schien während des Telefonats Anweisungen entgegenzunehmen. Die ganze Zeit nickte er zu dem, was der Anrufer sagte. „Geht's nicht schneller? Mir geht hier der Arsch auf Grundeis!"

Ein Tier in Raserei ist gefährlich, schoss es Eileen durch den Kopf. Sie mussten etwas tun – und waren dennoch wie gelähmt.

Er wandte sich einige Meter von ihnen ab. Sie trauten sich nicht, sich auch nur einen Millimeter zu bewegen. Ihr Atem ging flach. Da erblickte Eileen das Fleischmesser, das er auf dem Tisch abgelegt hatte. Camille fing ihren Blick ein. Es schien, als könnten sie gegenseitig ihre Gedanken lesen. Sie hatten den gleichen Einfall, ein kurzes Flimmern einer kleinen Hoffnung. Verdammt, es war ihre einzige Chance. Doch er war viel stärker als sie, und er stand näher am Tisch. Wenn es schief ging, würde er sie auf jeden Fall umbringen. Und was würde aus Lukas werden? Eileen bemerkte Camilles Bewegungsimpuls und deutete ein Kopfschütteln an. Nein, sie soll sich nicht opfern, unter keinen Umständen! Aber gab es eine Alternative? So hätten sie wenigstens alles versucht. Ihre Gedanken überschlugen sich, suchten eine Lösung. Fanden keine. Das Ticken der Küchenuhr schien von Sekunde zu Sekunde lauter zu werden, als zählte es ihre Lebenszeit ab.

„Gut, das ist erledigt." Er hatte alles geklärt, drehte sich wieder zu ihnen um. Ihnen rutschte das Herz in die Hose. Sie hatten ihre Chance vertan.

Da gab Camille sich einen Ruck, bewegte sich langsam auf ihn zu.

„Hey, bleib stehen!", brüllte er, während er drohend die Hand hob. Camille zuckte zusammen, ging aber unbeirrt weiter. In blankem Entsetzen wisperte Eileen ihr flehend zu: „Camille, bitte nicht!" Doch ihre Tante hatte den Peiniger erreicht und hob beschwichtigend die Hände. „Bitte, lassen Sie uns geh..."

Weiter kam sie nicht. Seine erhobene Hand flog auf ihr Gesicht zu und traf sie mit voller Wucht auf die Nase. Es krachte, ein Schrei, Blut rann in Strömen an ihr herunter, und sie stürzte mit lautem Knall auf den Boden. Dann rührte sie sich nicht mehr.

Der spitze Schrei, der Eileens Kehle entrann, wurde abrupt durch einen heftigen Tritt in ihren Magen zum Schweigen gebracht. Sie keuchte nach Luft. Dann schwanden ihr die Sinne.

Als sie wieder zu sich kam, fand sie sich in Dunkelheit wieder. Kein Geräusch war zu hören. Die Kälte, die sie umfing, ließ sie zittern. Er musste sie in einen der Kellerräume verfrachtet haben. Eileen konnte ihre Arme nicht fühlen. Sie versuchte, sich zu bewegen. Doch vergeblich. Er hatte sie zusammengeschnürt wie ein Paket. Sie wollte den Mund öffnen, wollte schreien vor Verzweiflung. Doch sie schmeckte nur den Klebestreifen, mit dem er ihren Mund zugeklebt hatte. Ein undeutliches ‚Mmrpf' entfuhr ihr.

Als ihr ihre Lage so richtig bewusstwurde, erfasste sie blanke Panik. Was war mit ihren Lieben passiert? Sie stemmte sich gegen die Fesseln und ruckelte mit ganzer Kraft an ihnen, wollte ihre Aussichtslosigkeit nicht akzeptieren. Immer wieder und wieder versuchte sie es, bis sie schließlich vollkommen erschöpft zurücksank. Nichts passierte. Rein gar nichts konnte sie an ihrer Situation ändern. Hoffnungslosigkeit übermannte sie.

Da hörte sie es neben sich stöhnen. Das kam eindeutig von einer Frau. Tante Camille. Sie lebte! Dem Himmel sei Dank! Sie war offenbar genauso wehrlos wie sie selbst. Da krampfte eine überwältigende Angst ihr Herz zusammen. Ihr Körper stand in eiskaltem Schweiß, und sie traute sich kaum, den Gedanken zu Ende zu denken, während sich alles in ihr vor Verzweiflung aufbäumte: WO WAR LUKAS?

Ein wenig Licht am Horizont

Die drei Frauen stürzten hinaus zum Wagen, so schnell sie konnten. Jessi lenkte ihren GTI in Windeseile die schmalen Straßen entlang bis zu Camilles Haus. Sie parkte direkt neben Moritz' Wagen. Caros Herz setzte einen Satz aus. Was für eine Überraschung im unpassendsten Moment! Er bog gerade von einem Rundgang um das Haus um die Ecke, als ihm die Kinnlade herunterfiel.

„Wo kommt ihr denn her?"

Caro fing sich schnell wieder. „Das klären wir später! Wir glauben, hier ist etwas Schlimmes passiert." Caro merkte, dass sich ihre Erregung übertrug. Ihre Stimme überschlug sich fast. „Ist dir irgendetwas aufgefallen?"

Moritz schüttelte besorgt den Kopf. „Nein. Hinten ist keiner. Alle Fenster sind zu. Es scheint niemand zu Hause zu sein." Fragend sah er sie an.

„Aber Eileens Wagen steht vor der Tür. Geklingelt hattest du?"

„Natürlich. Und Eileen angerufen, aber sie macht weder auf, noch geht sie ran. Jetzt sag endlich was los ist!"

„Edgar ist ausgebrochen", platzte Caro heraus. „Auch wenn es verrückt klingt, aber wir vermuten, dass er hier sein könnte."

Entsetzt sah er sie an. „Um Himmels Willen! Lukas, Eileen!" Sie packte ihn am Arm. „Komm, lass uns nachschauen!"

Sie stürzten zu Jessi und Annalena, die inzwischen bereits Sturm geklingelt hatten und durch die Fenster spähten. „Nichts zu sehen."

„Wir müssen reingehen." Caro holte ihre Kreditkarte heraus und machte sich gleich ans Werk. „Ich habe ein ganz komisches Gefühl." Sie wandte sich wieder der Tür zu. Ihre Karte drohte bei der Malträtierung fast zu zerbrechen, doch dann gelang es ihr, die Tür zu öffnen.

„Unsere Profi-Einbrecherin." Jessi grinste schief. „Hätte man ihr gar nicht zugetraut, oder?"

Annalena musste schlucken. „Wer weiß, was uns gleich erwartet!"

Sie teilten sich auf, um alle Räume zu durchsuchen. Noch vor Kurzem mussten sie hier gewesen sein. Das halb leer getrunkene Glas Rotwein, die zerstreute Zeitung auf dem Boden. Edgars Bild sprang ihnen entgegen. Caro entdeckte den Blutfleck auf dem Teppich und sah besorgt zu Moritz hinüber. Von Lukas, Eileen und Camille war keine Spur, als wären sie vom Erdboden verschluckt. Tief besorgt sahen sie sich an. Und ratlos.

„Der Keller!", fiel es Moritz siedend heiß ein. Es war schon einige Zeit her, dass er das letzte Mal in den Urlaub zu Camille mitgefahren war. Es war immer viel zu tun gewesen, und ihre Querelen hatte er nicht vor ihr ausbreiten wollen. „Dort entlang, unter der Treppe befindet sich die Tür."

Er ging voran und schob den Vorhang zur Seite, die drei Frauen folgten ihm. Die Tür öffnete sich knarzend. „Eileen! Lukas! Camille! Seid ihr da unten?"

War da ein Geräusch?

„Lass uns nachschauen", sagte Jessi energisch. Moritz suchte den Lichtschalter, knipste ihn an. Doch das Kellerlicht funktionierte nicht. Sie blickten hinein in die Dunkelheit. Caro hatte als Erste die Taschenlampenfunktion ihres Handys angeschaltet, die anderen taten es ihr gleich. Die Kellertreppe war steil und glitschig, und sie hielten sich mit der Hand am schmiedeeisernen Geländer fest.

„Ich bleibe oben, wir wären sonst allzu leichte Opfer, falls Edgar zurückkommen sollte", meinte Annalena und blieb stehen, während die anderen nach unten stiegen. Keller machten ihr seit jeher Angst, doch das hätte sie niemals zugegeben.

Moritz führte sie zum ersten Raum, der als Weinkeller diente. Doch kein Mensch war dort. Auch im angrenzenden Abstellraum war niemand. Entsetzt sahen sie sich an. Was war hier geschehen?

„Ich wünschte, ihr würdet nicht recht behalten", murmelte Moritz voller Sorge. „Wo können sie bloß sein?"

Da hörten sie wieder ein Geräusch. Alle drei fuhren herum. Da war doch jemand! „Das kommt aus dem Wäschekeller!" Moritz ging voran, die Taschenlampe seines Handys wies ihm den Weg. Dort sah er ein verschnürtes Paket am Boden liegen, das sich bewegte.

Eileen zuckte zusammen, als das Licht ihre Augen blendete. Sie stöhnte auf.

„Eileen! Bist du verletzt?" Moritz eilte zu ihr und erkannte erst jetzt das ganze Dilemma. Er rief den Frauen zu: „Sie wurde gefesselt und geknebelt."

Caro leuchtet den restlichen Raum aus. „Hier liegt noch jemand. Camille!" Caro und Jessi versuchten, sie von den Fesseln zu befreien. Moritz hatte die Schnüre bei Eileen bereits entknotet und löste jetzt vorsichtig das Klebeband von Eileens Mund. Es war eine schmerzhafte Aktion. Sie hörten Eileen vor

Schmerzen keuchen, und auch Camille blieb die Tortur nicht erspart. Während Caro und Jessi beruhigend auf Eileens Tante einsprachen, die vor Schmerzen noch benommen war, nahm Moritz seine Frau in die Arme. „Bist du verletzt? Kannst du aufstehen?" Immer wieder rieb er ihre von den Fesseln steif gewordenen Arme.

Doch Eileen hatte nur eine Sorge. Mit letzter Kraft brachte sie es heraus. „Lukas ist nicht hier! Wir müssen ihn finden!"

Der ohnehin schon kühle Raum schien noch um einige Grade kälter zu werden. In Caro krampfte sich alles zusammen. Entsetzt sah sie zu Moritz hinüber. „Oh Gott, das darf nicht wahr sein! Nicht unser Sohn!" Er und Eileen klammerten sich aneinander wie Ertrinkende. Der Schock hatte sie ins Mark getroffen.

„Ruf die Polizei und den Krankenwagen, schnell!", rief Jessi zu Annalena nach oben, die als Erste ihre Worte wiederfand.

„Schon längst geschehen, sie sind gleich da", kam es von ihr zurück.

Caro und Jessi versuchten ganz behutsam, Camille aufzuhelfen. Ihre Nase sah schlimm aus, sie stöhnte vor Schmerzen.

„Wann hast du ihn zuletzt gesehen?" Die Sorge stand Moritz im Gesicht geschrieben. „Gibt es in der Nähe noch ein anderes Versteck?"

Eileen schüttelte verzweifelt den Kopf. „Ich glaube, Edgar Janssen hat ihn mitgenommen." Ihre Stimme brach. Dann konnte sie die Tränen nicht mehr zurückhalten.

Die Rettungskräfte waren schnell zur Stelle. Sie brachten die beiden Frauen nach oben und versorgten sie medizinisch.

Eileen hatte es nicht so schlimm getroffen. Ihre Tante hatte dafür umso mehr abgekommen.

„Können Sie eine Aussage machen?", fragte ein Polizist, der sich als Capitaine Robert vorstellte. Er konnte ihr Englisch verstehen, das machte alles einfacher.

Eileen nickte sichtlich mitgenommen. Sie musste mehrfach ansetzen. „Mein Sohn Lukas und ich wurden in Deutschland… von dem gesuchten Schwerverbrecher Edgar Janssen überfallen und entführt. Er hat mich gezwungen, ihn über die französische Grenze mitzunehmen und hat sich bei meiner Tante mit eingenistet. Heute Mittag bekam er einen Anruf… Danach hat er meine Tante Camille und mich zusammengeschlagen und gefesselt im Keller zurückgelassen. Wir kamen erst später wieder zu uns. Seitdem ist Lukas verschwunden!" Mit flehenden Augen sah sie den Polizeibeamten an. „Finden Sie meinen Sohn!"

Hilflose Retter

Sie hatten mit mehreren Polizeiwagen das ganze Gebiet abgesucht, doch von Edgar und Lukas fehlte jede Spur.

„Sie sind wie vom Erdboden verschluckt! Warum verdammt noch mal suchen sie nicht mit mehr Personal?!" Eileens Verzweiflung ließ sie ungerecht werden, ihre Stimme schnappte fast über. Moritz konnte sie gerade noch davon abhalten, die Polizisten anzugehen. Sie hatte sich bereits eine deutliche Abfuhr abgeholt.

„Wir machen das nicht zum ersten Mal, Madame. Bislang haben wir noch jeden Verbrecher in unserem Revier dingfest gemacht." Capitaine Roberts Stimme klang verbindlich, natürlich verstand er die Sorgen der Mutter. Aber Caro entging nicht, dass er sich mit den Fingern entnervt über die Uniform fuhr, und sie sah mitleidig zu Eileen hinüber.

„Sie sollen aber auch Lukas finden, und zwar lebend!" Eileens Ton war zu laut und ihre Hysterie für die Ermittlung eher hinderlich. Daher hatte man sie gebeten, in Camilles Haus zu warten. Man würde sie umgehend über die Entwicklung informieren. Dass ihre Tante noch im Krankenhaus versorgt wurde, machte die Umstände für Eileen nicht einfacher.

Edgar Janssen war im ganzen Land zur Fahndung ausgeschrieben. Weitere Einsatzwagen waren angefordert und Spürhunde ebenfalls.

„Uns läuft die Zeit davon, warum dauert das bloß so lange mit den Spürhunden?" Eileen war verzweifelt. Moritz zog sie an sich. Beide waren in der Angst um ihren Sohn vereint. „Lukas! Hoffentlich tut er ihm nichts an!"

„Sie werden ihn finden. Sie müssen einfach." Unbeholfen streichelte Moritz ihre Schultern.

Caro sah es und musste wegsehen. Auch wenn sie wusste, dass Moritz in dieser belastenden Situation richtig handelte, gab es ihr einen verflixten Stich mitten ins Herz. Vor zwei Tagen war ihre Welt noch heil gewesen und sie hatten hoffnungsvoll in eine gemeinsame Zukunft geblickt. Jetzt war sie sich nicht einmal sicher, ob Moritz noch ihr Moritz war. Und er wusste es offenbar selbst nicht mehr so genau. Sie schalt sich eine Egoistin. Beide waren vollkommen traumatisiert und es war klar, dass sie sich gegenseitig Trost gaben.

Caro war überrascht gewesen, als Eileen sie und ihre Freundinnen gebeten hatte, bei ihnen im Haus ihrer Tante auf die weiteren Entwicklungen zu warten. Die drei hatten sich kurz darüber beraten. „Können wir hier etwas ausrichten? Was soll man in dieser Tragödie Tröstliches sagen?" Jessi fühlte sich hilflos und wäre am liebsten gefahren.

„Wir haben sie mit gerettet, Jessi. Und manchmal hilft es, einfach nur da zu sein. Moritz scheint ziemlich überfordert, schau ihn dir an. Und ihre Tante ist noch im Krankenhaus. Nein, das können wir nicht ablehnen. Außerdem will ich wissen, was mit Lukas ist!"

„Caro hat recht, wir müssen bleiben", stimmte ihr Annalena zu. „Ich hoffe so sehr, dass das Ganze gut ausgeht! Max und Nele zittern um Lukas, sie haben vorhin die ganze Zeit am Telefon geweint. Ihr bester Freund muss einfach heil zurückkommen!"

„Das hoffe ich natürlich auch! Okay, wir bleiben." Jessi seufzte, sie war überstimmt.

Caro warf ihr ein schwaches Lächeln zu. Sie war fest entschlossen, so lange zu bleiben, bis sich alles geklärt hatte. Und damit war nicht nur das Auffinden von Lukas gemeint, für das sie mitzitterte.

Ein Taxi fuhr vor. Sie konnten durchs Fenster beobachten, wie Eileens Tante bezahlte.

Eileen stürzte zur Tür hinaus. „Camille! Haben sie dich schon entlassen?"

„Nicht freiwillig. Aber ich habe mich geweigert, auch nur eine Minute länger zu bleiben!" Camilles entschlossene Stimme war über den Hof zu hören. Arm in Arm kamen sie beide zur Tür herein. Camille sah zum Fürchten aus, die Nase war dick geschwollen. Sie nickte den drei Frauen freundlich zu und drückte Moritz beiläufig die Hand, bevor sie sich neben ihn setzte. Sie schien Schmerzen zu haben.

„Geht es dir gut? Ich hole dir etwas zum Kühlen. Carolyn, Annalena und Jessika waren so lieb, hier mit uns zu warten." Es war Eileen anzumerken, dass sie über das Eintreffen ihrer Tante erleichtert war. Und es tat ihr gut, etwas zu tun zu haben.

„Vielen Dank für die Rettung!" Camille sah sie mit offenem Blick an. Dann nahm sie dankbar den Kühlakku und die Schmerztablette von Eileen entgegen. „Die Nase ist nur angebrochen, Gott sei Dank. Das wird schon von allein wieder. Aber das ist jetzt völlig unwichtig. Sag lieber, was es Neues von Lukas gibt. Haben sie endlich eine Spur?"

„Nein! Sie haben keine Ahnung, wo er ist. Und die Spürhunde sind immer noch nicht da!" Eileen umarmte Camille, und Moritz überließ ihr den Platz neben ihrer Tante.

In diesem Moment traf sein Blick den von Caro, und sie sahen sich einige Zeit in die Augen. Caro konnte ihre Sehnsucht kaum verbergen. Verdammt, ich liebe dich, schoss es ihr durch den Kopf.

Camille fing den Blick auf und sah von Moritz zu Caro und dann zu Eileen. Und runzelte die Stirn. Sie streichelte ihrer Nichte die Schulter, das schien sie zu beruhigen. Caro sah betreten zur Seite. Sie war sich sicher, dass die reife Camille ihre Beziehung zu Moritz durchschaute, und es war ihr peinlich. Was für eine unangenehme Situation! Moritz holte einen Stuhl aus der Küche und schob ihn zu Eileens anderer Seite. Die Freundinnen rückten ihre Stühle, um ihm Platz zu machen. Er umarmte Eileen und sie lehnte sich an ihn. Spannung lag in der Luft, doch die Fronten schienen erstmal geklärt.

Camille seufzte und erhob sich. Der Blick, den sie Caro zuwarf, schien zu sagen: Macht das unter euch aus, aber zu einem anderen Zeitpunkt.

Stumm nickte Caro ihr zu und sah traurig zu Moritz hinüber, der Eileen innig umarmte.

Camille stellte ein paar Canapés vom Vortag auf dem Tisch und reichte eine Flasche Wasser.

Fast zögernd griffen sie zu. Caro merkte erst jetzt, wie hungrig sie war. Sie aßen und tranken schweigend. Und dann warteten sie weiter, ohne dass sich irgendetwas tat.

Mittlerweile waren bei allen die Nerven zum Zerreißen gespannt. Es waren fast drei Stunden vergangen, und noch immer gab es kein Lebenszeichen von Lukas. Wo mochte Edgar sich bloß verstecken? Oder waren seine Komplizen am Ende doch erfolgreich gewesen und hatten ihn längst außer Landes geschafft? Vielleicht sogar außerhalb der EU? Damit hätte Edgar sich tatsächlich außer Reichweite seiner Fahnder gebracht. War Lukas wirklich bei ihm? Und war er unversehrt geblieben? Sie hofften es alle inständig.

Ein Polizeiwagen fuhr auf den Hof, die beiden Männer darin berieten sich. Mit Blick auf Eileen erhob sich Moritz und ging zu ihnen hinaus, versuchte, etwas herauszubekommen. Doch vergeblich. Frustriert kehrte er zu den Frauen zurück. „Die sind so verschlossen wie eine Auster", schimpfte er. „Aber immerhin kommen die Spürhunde gleich an. Eileen, du sollst schon mal getragene Kleidung holen, damit die Hunde die Spur gleich aufnehmen können."

Eileen holte Lukas' Schlaf-Shirt aus ihrem Zimmer. Zu Edgar zuckte sie nur die Schultern. „Er hatte nur die Kleidung an, die er am Leibe trug. Verdammt, er wusste mit Sicherheit, dass Spürhunde eingesetzt würden." Mutlos senkte sie den Kopf.

„Sein Kopfkissen! Daran müsste doch genügend Körpergeruch für die Spürhunde sein", fiel es Moritz ein.

Eileen schüttelte den Kopf. „Er hat nicht im Bett geschlafen. Damit hätte er ja die Kontrolle abgegeben. Also haben wir nichts, was nach ihm riecht." Sie klang ganz mutlos.

„War er etwa die ganze Zeit wach?"

„Nein, er saß im Wohnzimmersessel, um alles im Auge zu behalten. Ein paarmal ist er wohl eingenickt, aber es war nur ganz kurz." Ihr Blick fiel auf das Kissen im Sessel. „Wir könnten Glück haben", rief sie erleichtert und stürzte hinüber, um den Bezug abzuziehen.

Die Hundeführerin war endlich eingetroffen und trat ins Haus. „Wir werden alles tun, Madame, um Ihren Sohn zu finden. Seien Sie versichert!" Mitleidig sah die Polizistin sie an, während sie die Sachen entgegennahm.

Eileens Gesicht war ganz bleich, doch sie nickte tapfer. Sie musste durchhalten. Für Lukas.

Sie sahen zu, wie die Hunde die Spur aufnahmen und die Beamten ihnen folgten. Jetzt konnten sie nur noch warten und beten. Wenig hoffnungsvolle Aussichten. Die Zeit kroch in unerträglicher Langsamkeit dahin. Und sie wussten, ohne dass es jemand aussprach, dass sie gegen sie arbeitete.

Auf der Flucht

„Die machen erstmal keine Probleme." Edgar sah zufrieden auf die am Boden liegenden Frauen. Hätte es die Alte mal besser bleiben lassen, ihn zu provozieren mit ihrem Beschützerinstinkt. Das machte man nicht mit ihm! Das verdammte Blut würde er nicht mehr wegbekommen, dafür war keine Zeit. Er musste zusehen, dass er hier schleunigst verschwand. Der Junge war sein Faustpfand für die Freiheit. Er sah sich nach seiner Geisel um. Der Knirps schien starr vor Schreck. Seine Kinnlade stand noch immer offen. Mit weit aufgerissenen Augen und kreidebleichem Gesicht starrte er zu seiner Mutter hinunter, die bewegungslos auf dem Boden lag.

Edgar ging mit schnellen Schritten auf ihn zu und schüttelte ihn. Er musste ihn aus dieser Schockstarre holen, er hatte schließlich noch Aufgaben für ihn parat. „Hey, Junge! Schau mich an!"

Er musste es wiederholen, bis er Lukas' Aufmerksamkeit gewann. Er schaute auf, und sofort füllten sich seine Augen mit Tränen. Verweichlichter kleiner Kerl!

„Hör zu, du bist doch ein schlauer Junge?" Edgar wartete keine Reaktion ab. „Deine Mutter lebt, und die Alte auch. Sie schlafen nur. Aber sie werden mich ganz sicher nicht verraten, davon werde ich sie um jeden Preis abhalten. Aber wenn du brav bist und keine Zicken machst, werde ich den Krankenwagen rufen, sobald ich in Sicherheit bin. Kann ich mich auf dich verlassen?"

Lukas reagierte noch immer nicht, er starrte ihn nur voller Angst an.

„Los, geh zum Keller vor! Wir müssen sie runterschaffen." Als Lukas keine Anstalten machte, wurde Edgars Ton merklich schärfer. „Du hast es in der Hand, wie es deiner Mutter ergeht. Also geh jetzt voran!"

Langsam drangen die Worte zu Lukas durch, seine Starre löste sich. Er nickte stumm.

„Los jetzt! Wir haben nicht ewig Zeit!"

Edgar wartete ab, bis Lukas voranging, dann hob er Eileen hoch. Lukas schob den Vorhang unter dem Treppenabsatz beiseite, der den Kellereingang versteckte.

„Öffne die Tür und mach das Licht an!" Seine barsche Stimme ließ den Jungen zusammenzucken. Gut so! Endlich tat er das, was er forderte.

„Und jetzt geh runter!"

Auch das noch, der Junge schien eine Kellerphobie zu haben! Es brauchte eine harte Hand, damit er nicht wieder hysterisch wurde. „Verdammt, mach schon! Du entscheidest, ob deine Mutter heil unten ankommt. Ich kann sie nicht ewig tragen!"

Das half. Lukas setzte sich in Bewegung. Edgar ließ ihn einige Stufen vorgehen, bevor er mit seiner Last nachkam. Gott sei Dank war sie ein Fliegengewicht, die Alte würde ein schwererer Brocken sein. Die Treppe war ungewöhnlich steil, doch das Kellerlicht leuchtete sie gut aus. Endlich waren sie unten angekommen.

Edgar sah sich um, dann ließ er Eileen in einem hinteren Kellerraum zu Boden gleiten. „Gut so, hier ist es richtig." Sah nach Waschkeller aus. Die Waschmaschine stand in der Ecke, mehrere Wäscheleinen waren aufgespannt. Jetzt würde der Raum einen anderen Zweck erfüllen.

Edgar stellte dem Jungen eine Trittleiter auf, die in einer Ecke zusammengeklappt stand. „Du nimmst die Leinen ab, hörst du? Wenn ich wiederkomme, musst du fertig sein, sonst gibt es Ärger!" Er sah ihm in die Augen. „Hast du mich verstanden?"

Lukas beeilte sich, zu nicken, und krabbelte sogleich die Leiter herauf. „Und beeil dich!"

Edgar sah ihm kurz dabei zu, wie er den Knoten der Leine löste. Dann nickte er und schritt nach oben. Der kleine Kerl würde keine Zicken machen, er hatte ihn sinnvoll beschäftigt. Nun musste er noch die Alte runterschaffen. Und dann endlich zum vereinbarten Treffpunkt verschwinden.

Zufrieden stellte er fest, dass kein neues Blut nachgekommen und das alte mittlerweile geronnen war. Es fehlte noch, dass er beim Transport selbst die Spur zu ihnen legte! Sollten die doch ruhig ein wenig länger nach ihnen suchen. Jetzt brauchte er nur noch zwei Dinge. Eilig wühlte er in den Schränken und fand bald, wonach er suchte. Die Schere steckte er in seine Hosentasche und klemmte sich die Rolle Paketband zwischen die Zähne. Dann nahm er seine sperrige Last auf und schaffte sie in den Keller.

Als Edgar sah, dass die Wäscheleinen alle am Boden lagen, war er zufrieden. „Brav, Kleiner!"

„Du… hast versprochen, den Krankenwagen zu rufen." Lukas' Stimme klang piepsig, er schien allen Mut zusammenzunehmen.

Überrascht, dass der Kleine den Mund aufmachte, sah Edgar ihn scharf an. „Erst, wenn ich in Sicherheit bin. Und dabei solltest du mir besser helfen! Hier. Du schneidest die Leine in zwei Teile und reichst sie mir zu, damit es schneller geht." Sicherheitshalber würde er den Jungen beschäftigen. Nicht, dass er noch auf dumme Gedanken kam.

Routiniert fesselte er die beiden Frauen und klebte ihnen den Mund zu. Sie sahen jetzt aus wie zusammengeschnürte Pakete.

„Das sollte reichen." Edgar nickte befriedigt. Doch dann kippte seine Stimmung. Sie hatten viel wertvolle Zeit verloren! „Los jetzt, wir müssen uns beeilen!", trieb er Lukas an. „Steig vor mir die Treppe hoch und mach bloß keine Mätzchen, hörst du? Du willst schließlich, dass wir nachher den Krankenwagen rufen." Jetzt wusste er ja, wie er Lukas zur Mitarbeit bewegen konnte.

Das Tageslicht blendete sie, auch Edgar kniff die Augen zusammen. Gerade als er in die Wohnung treten wollte, hatte er einen Einfall. Warum es den Bullen später leicht machten? Er griff zum Besen in der Ecke und holte zum Schlag aus. Die Kellerlampe zersplitterte klirrend.

An Lukas gehetztem Blick zur Tür konnte er sehen, dass der Knirps tatsächlich überlegt hatte, die Kellertür zuzuschlagen. Um dann etwa Hilfe zu holen? Ein höhnisches Grinsen erschien auf Edgars Gesicht, als er ihn am T-Shirt packte.

„Hab ich dich, Junge. Sicher ist sicher. Mach jetzt bloß keine Dummheiten!" Er schloss die Tür und schob den Vorhang wieder vor. Ganz so, als wäre nichts geschehen. „Wo steht das Fahrrad deiner Tante?" Edgar sah ihn drohend an.

„Im Schuppen." Lukas zeigte die Richtung. „Ich kann's holen."

„Nicht so vorschnell, Freundchen, wir machen von jetzt an alles hübsch gemeinsam!"

„Sie werden garantiert Spürhunde einsetzen", überlegte Edgar laut. „Geil, dass es heute komplett windstill ist, da können die uns schlecht riechen." Er lachte über seinen eigenen Witz. „Aber zuerst werden wir ein paar falsche Fährten legen." Nach einer Weile nickte Edgar. „Dann suchen sie erstmal in der falschen Richtung. Und wir sind weg, bis die es schnallen. Nun komm schon, Kleiner!" Er verfrachtete den Jungen auf den Gepäckträger. „Halt dich brav an mir fest, damit du nicht runterfällst, und halt die Füße aus den Speichen verstanden? Willst dir ja wohl nicht selbst wehtun?!"

Lukas schüttelte ängstlich den Kopf und klammerte sich an ihn.

Sie waren schon eine Weile unterwegs, als sie endlich zur Rhône kamen. Edgar war froh, dass sie nicht vielen Menschen begegnet waren. Ein paar Touris beim Wandern, einem Bauern auf dem Feld. Offenbar wirkten sie wie Vater und Sohn, und fielen gar nicht weiter auf. Er musste breit grinsen, es lief gut für ihn.

Edgar suchte während der Fahrt das Flussufer ab. Bald hatte er die richtige Stelle für seinen Plan gefunden. Ein Platz, der von Bäumen und Sträuchern umsäumt war und ein wenig Schutz bot. Er bremste abrupt. „Absteigen!"

Lukas sprang schnell ab und sie stiegen die leicht abfallende Böschung hinunter zum Fluss. Edgar sah sich um. Niemand, der sie beobachtete. Kein Schiff weit und breit. Besser konnte es gar nicht laufen! Er fackelte nicht lange und schob das Fahrrad in den Fluss hinein. Sie sahen ihm nach, wie es schnell in der Strömung davonschwamm. Er fand eine weggeworfene Plastiktüte, in der er das Handy vorsichtshalber einwickelte. Zumindest für einen Anruf musste es noch halten.

Der Junge war wie erstarrt. Er musste ihn wieder aus seinen Gedanken reißen.

„Hey, kannst du schwimmen?"

Lukas schüttelte entsetzt den Kopf und schaute zum breiten Fluss vor ihnen. „Nein, nur ein bisschen mit Schwimmflossen. Mama hat's verboten, dass ich allein ins Wasser gehe."

„War nicht anders zu erwarten", gab Edgar scharf zurück. Er machte sich gleich an die Arbeit. Lukas sah ihm mit offenem Mund zu, wie er einen abgeknickten Ast heran zerrte. „Müsste klappen. Halt dich gut daran fest!" Lukas' Protest erstickte er mit einem grimmigen Blick. Und dann, mehr zu sich selbst: „Damit rechnen sie nicht, das verwischt weiter unsere Spuren." Edgar war mit sich zufrieden.

Sie wurden viele Meter abgetrieben. Die Strömung war erheblich stärker als erwartet und machte auch einem guten Schwimmer wie ihm zu schaffen. Wenigstens hielt sich der Junge vernünftig am Ast, den er hinter sich herzog. Endlich hatten sie das andere Flussufer erreicht. Und die Hauptsache war, sie waren unbemerkt geblieben.

Tropfend vor Nässe verstecken sie sich im Gebüsch. Edgar holte sein Handy aus der Plastiktüte heraus. Glück gehabt, es funktionierte noch. Scharf wies er Lukas an, keinen Ton von sich zu geben, bevor er anfing, die Nummer einzutippen.

Endlich kam er durch. Doch was er hörte, brachte ihn total in Rage. „Was sagst du?! Bis dahin haben die mich doch erwischt!" Edgar keifte seinen Komplizen wütend an: „Gebt Gas, verdammt noch mal! Holt mich hier bloß rechtzeitig weg! Bin dann mit dem Jungen am Treffpunkt. Wir sind nicht weit entfernt und machen uns wie besprochen auf den Weg."

Es war ein langes Warten in der nassen Kleidung, bei dem Edgar mehrfach der Geduldsfaden riss. Er ließ es wütend an Lukas aus und stauchte den Jungen bei der kleinsten Regung zusammen. Danach brütete er wieder schweigend vor sich hin. Noch war er nicht in Sicherheit, aber sie war endlich zum Greifen nahe. Er sah zu Lukas hinüber. Eine Weile würde er ihn noch brauchen. Ungeduldig verfolgte er die Minuten auf dem Handy. Endlich, sie würden gleich kommen. Das Handy brauchte er jetzt nicht mehr. Edgar warf es weit in die Rhône hinein, er würde nicht riskieren, dass sie ihn orten konnten.

Eine Unruhe erfasste ihn und er stieß Lukas an, der in seinen noch immer feuchten Klamotten zitterte. „Los jetzt! Es geht weiter!" Gemeinsam liefen sie immer weiter, zwischendurch musste er den erschöpften Jungen hinter sich her schleifen. Immer weiter ging es, die Felder entlang, bis sie zu einem großen Feld kamen. Edgar sah sich um. Genauso wie beschrieben, das musste es sein. Hoffentlich kamen sie bald. Seine Ungeduld ließ ihn innerlich fast zerplatzen.

Endlich hörten sie ein Geräusch aus der Luft, das immer näherkam und stärker wurde. Der Junge staunte Bauklötze, als er in die Höhe starrte. „Ja, ein Hubschrauber", bestätigte Edgar. „Das ist doch der Traum eines jeden Jungen, einmal da mitzufliegen!" Doch Lukas reagierte nicht. Schisser! Aber das war Edgar jetzt auch egal. „Los jetzt!" Er packte Lukas am Ärmel seines nassen T-Shirts und riss ihn mit sich. Es blieb dem Jungen gar nichts anderes übrig, als hinter ihm her zu stolpern.

Der Hubschrauber war nicht mehr weit entfernt. Sie würden eine Strickleiter herunterlassen.

Immer widerwilliger lief Lukas mit, das merkte Edgar. Und das machte ihm Sorgen, denn er musste den Jungen dazu bewegen, die Strickleiter selbst hinaufzuklettern. Er konnte ihn schließlich nicht hochschieben. Edgar schrie ihm zu: „Wenn wir da oben sind, rufen wir gleich den Krankenwagen für deine Mutter und die Alte. Und jetzt kletterst du gleich die Strickleiter hoch, hörst du? Wir müssen uns beeilen!"

Plötzlich schien der Junge aufmüpfig zu werden. Bis hier hin hatte es doch so gut funktioniert. Er stemmte seine wenigen Kilos gegen ihn und schrie laut: „Neeein!"

„Schon gut, ich verspreche es! Den Krankenwagen, sobald wir dort oben im Hubschrauber sitzen!" Er wollte ihn wieder mitziehen, doch Lukas winkte wild in Richtung Feldrand. Und Edgar sah auch, warum. Da lief jemand schreiend auf sie zu. Und er traute seinen Augen nicht, als er erkannte, wer es war.

Zu allem bereit

Schon seit einer Stunde hatte niemand in der Runde mehr einen Ton gesagt. Wie selbstverständlich waren die drei Freundinnen weiterhin geblieben und litten mit ihnen mit. Eileen war ihnen dankbar dafür, sie brauchte gerade jetzt jede moralische Unterstützung. Erschöpft sah sie zu ihrer Tante hinüber und fing ihren wissenden Blick ein. Eileen nickte, sie würden alle später noch genug Zeit zum Reden haben. Wenn man nur endlich Lukas finden würde.

Die Zeit des Wartens war eine Qual. Minuten wirkten wie Stunden, und auch diese vergingen, ohne dass sie etwas von der Polizei hörten. Alles wäre leichter gewesen, als untätig herumzusitzen. So sehr sie sich über Camilles Canapés hergemacht hatten, blieb der anschließende Kaffee unangerührt. Fast so, als würde der Abschluss des Essens ein schlechtes Omen für die Suchaktion bedeuten.

Ein plötzlicher Geistesblitz schoss Eileen durch den Kopf. Sie stöhnte leise auf und schlug sich gegen die Stirn. Sofort waren alle Augen auf sie gerichtet. „Mein Gott, warum sind wir nicht gleich darauf gekommen?"

„Was meinst du?" Camille blickte sie fragend an.

„Sie sind gar nicht zu Fuß unterwegs!" Eileen sprang auf. „Ich muss nachsehen, wartet!"

Die Blicke der anderen sahen so aus, als würden sie langsam an ihrem Verstand zweifeln. Denn dass Edgar nicht wie erwartet ihren Wagen zur Flucht genutzt hatte, hatten sie sofort bemerkt. Doch was sie dachten, war Eileen egal. Sie musste es jetzt sofort wissen, genügend Zeit war schon verschwendet worden. Sie eilte nach draußen und ließ die Haustür sperrangelweit auf. Das Quietschen des Schuppentors ging ihr durch Mark und Bein. Ein kurzer Blick genügte. „Verdammt, ich hatte recht!" Fluchend kam sie wieder zur Tür herein. „Camille, dein Fahrrad ist weg!"

Ihre Tante riss die Augen auf. „Das gibt es doch gar nicht. Und die Polizei hat die ganze Zeit nicht danach gefragt? Was sind das nur für Dilettanten! Wir sollten sie sofort informieren." Sie stand auf, um die Telefonnummer auf der Visitenkarte des Capitaines anzurufen, doch Eileen hob die Hände.

„Warte kurz, Camille, ich muss nachdenken." Unruhig lief sie im Wohnzimmer hin und her, doch die Bewegung schien sie nur noch mehr aufzuregen. Drehte sie jetzt durch?

„Ich habe vor einiger Zeit eine Sendung gesehen, in der getestet wurde, ob und wie lange man Spürhunden entkommen kann. Ich krieg's nicht mehr ganz zusammen, aber für kurze Zeit hatte es geklappt. Der Flüchtende in dieser Doku hatte sich in einem Abwasserkanal versteckt."

Die anderen sahen sie verständnislos an. Eileen schaute zu viele komische Sachen. Camille antwortete sanft: „Und was hat das mit Lukas' Verschwinden zu tun?"

„Na, begreift ihr nicht? Mit Lukas auf dem Gepäckträger sind sie viel weitergekommen, als die Polizei sie zu Fuß vermuten würde. Und es ist absolut windstill heute, sie werden nicht viele Duftspuren mit dem Rad hinlassen haben. Und danach ging es ab zum Fluss."

„Zum Roubion etwa?" Moritz versuchte, den Gedankengängen seiner Frau zu folgen.

„So ein Quatsch! Zur Rhône natürlich. Sie sind auf die andere Seite geschwommen. Denkt dran, Edgar ist ein Kampfpaket, er besteht nur aus Muskeln."

„Aber Lukas kann doch gar nicht schwimmen!"

„Das weiß ich wohl selbst am besten, aber vielleicht gab es ein Boot oder ein Holzstück – keine Ahnung. Findig ist Edgar jedenfalls, ihm ist sicher etwas eingefallen."

Zunächst sagte niemand etwas. Es klang total schräg und ergab gar keinen Sinn. Sie waren schließlich nicht am Set eines Actionfilmes.

Moritz wiegte den Kopf, dann dosierte er seine Worte mit Bedacht. „Das könnte natürlich sein. Aber vielleicht hat er auch einfach jemandem aufgelauert, so wie dir. Und ist jetzt mit einem Fluchtauto unterwegs." Es war klar, dass er seine Variante für wahrscheinlicher hielt.

Doch Jessi warf ein: „Aber damit würde er nicht weit kommen! Die Fahndung gegen ihn läuft, und mittlerweile ist er in allen Medien präsent. Da kann er unmöglich mit dem Auto durchs ganze Land fahren. Damit rechnet die Polizei doch am ehesten. Dann müssten sie ihn doch schon längst geschnappt haben!"

Eileen nickte zustimmend. „Das weiß Edgar natürlich. Und seine Komplizen auch. Er wird einen anderen Weg zur Flucht nehmen." Sie sah zu ihrer Tante hinüber. „Kannst du dich noch an den genauen Wortlaut von diesem Telefongespräch erinnern? Bevor er dich zusammengeschlagen hat?"

Camille schüttelte den Kopf. Nur vorsichtig, denn sie hatte immer noch starke Schmerzen. „Nein. Aber als er mit seinem Komplizen gesprochen hatte, war er plötzlich ruhiger. Als wäre er sich absolut sicher, dass ihm seine weitere Flucht gelingen würde."

Eileen nickte. „Genau. Und welcher Fluchtweg hätte für dich die größten Erfolgsaussichten?"

Allgemeines Schulterzucken. Alle starrten Eileen ratlos an und warteten, dass sie sich die Frage selbst beantwortete.

Irgendwann hielt Moritz es nicht mehr aus. „Jedenfalls nicht längere Zeit mit dem Rad. Und das Auto scheidet dann vielleicht doch aus." Er sah sie fragend an.

Eileen nickte. Und sie war sich absolut sicher mit dem, was sie als nächstes sagte: „Er wird versuchen, auf dem Luftweg zu fliehen!"

Für die anderen klang das jetzt vollkommen übergeschnappt, das konnte sie aus ihren Gesichtern ablesen.

Doch Eileen ließ sich nicht mehr beirren. „In den endlosen Stunden, die ich mit Lukas in seiner Gewalt war, habe ich ein bisschen gemerkt, wie er tickt. Er überlässt wirklich nichts dem Zufall, ist absolut durchdacht. Ein Perfektionist, zumindest was seine kriminellen Aktivitäten betrifft. Und er wird uns alle überraschen. Vor allem die Polizei." Sie nickte erneut, wie um sich selbst zu bestätigen. „Seine Komplizen werden mit einem Hubschrauber kommen, und zwar weit genug entfernt, als dass man damit rechnen würde. Vielleicht täuschen sie ja auch einen Notruf vor. Wenn niemand darauf achtet, wird er über diesen Weg entkommen."

Alle starrten sie an. Eileen merkte, dass sie die anderen noch immer nicht überzeugt hatte.

„So viel kann Edgar unmöglich jemandem wert sein", warf Caro vorsichtig ein.

Doch Annalena erinnerte sie: „Denkt dran, der Diamantenraub vor Jahren wurde zwar aufgeklärt, aber die Beute nicht gefunden. Das macht Edgar dann schon für den einen oder anderen interessant, der genügend Dreck am Stecken hat."

Wieder herrschte Schweigen, alle dachten nach. Doch Eileen hielt es nicht mehr aus. Entnervt lief sie in den Flur und zog sich ihre Schuhe an.

„Wo willst du hin?" Moritz lief aufgewühlt hinterher, und alle schlossen sich an.

„Camille, bitte ruf die Polizei an und sag es ihnen mit dem Rad. Und dass sie an der falschen Stelle suchen."

„Moritz' Frage hätte ich aber auch, Eileen." Camille sah sie besorgt an.

„Ich fahre jetzt dorthin, wo ich die beiden vermute. Flussabwärts auf der anderen Seite der Rhône."

Moritz ergriff ihre Hände und hielt sie fest. „Eileen! Sie werden sich deine weitere Einmischung verbitten. Wir müssen darauf vertrauen, dass sie alles tun, um ihn zu finden." Er sprach ganz sanft zu ihr, doch sie befreite sich aus seinem Griff.

„Verdammt noch mal, Moritz! Es geht um unseren Sohn! Nein und nochmals nein! Ich werde hier nicht länger still sitzenbleiben, die Hände in den Schoss legen und abwarten. Ich suche selbst nach Lukas, sonst werde ich hier noch verrückt!" Entschlossen stemmte sie die Hände in die Hüften.

Caro sah von ihr zu Moritz, dann schnappte sie sich ebenfalls ihre Schuhe. „Ich komme mit." Alles war besser, als weiterhin hier herumzusitzen. Und vielleicht hatte Eileen ja tatsächlich recht mit ihrer These. „Wir sollten Eileens Idee zumindest eine Chance geben. Wir suchen selbst nach ihnen die Gegend ab. Schließlich wissen wir nicht, wie die Polizei reagiert. Wenn sie gar nicht out of the box denken können, kann es vielleicht zu spät sein. Und wir wollen alle nicht, dass sie entkommen!"

Das überzeugte Annalena. Sie war jetzt ebenfalls im Begriff, sich ihre Schuhe anzuziehen.

„Hier, nehmt meinen Wagen." Jessi warf ihr den Autoschlüssel zu, den Annalena gekonnt auffing. „Camille und ich werden hier warten. Es muss ja jemand für die Polizei erreichbar sein, und das mit dem Fahrrad erzählen wir ihnen sofort."

Camille nickte. „So machen wir es, Jessi. Wir beide halten hier die Stellung und benachrichtigen die Polizei." Sie drückte ihre Nichte. „Und ihr passt gut auf euch auf!"

Eileen sah Moritz auffordernd an. „Was ist jetzt? Worauf wartest du?"

Sie waren sich schnell einig, dass Annalena für eine solche Fahrt die besten Nerven hatte. Sie fuhren bis an die Rhône und nahmen die erste zu befahrende Brücke, die flussabwärts lag.

„Und jetzt?" Annalena sah sie fragend an.

„So weit werden sie sicher nicht abgetrieben worden sein", schätzte Eileen. „Vielleicht probieren wir es erstmal ein Stück weit wieder flussauf."

„Du meinst etwa, wir fahren jetzt alle Felder ab und halten nach ihnen Ausschau?" Moritz' Ton ließ nach wie vor erahnen, dass er das Ganze für eine Schnapsidee hielt.

Eileen machte sein ständiges in Frage stellen rasend. „Hast du etwa eine bessere Idee? Eben! Jetzt schauen wir, wo ein Hubschrauber zur Not landen könnte."

Sorgfältig fuhren sie mit offenen Fenstern alle Feldwege ab. So würden sie einen möglichen Hubschrauber schon von weitem hören. Doch trotz ihrer Gründlichkeit suchten sie vergebens. Frustration lag in der Luft.

„Vielleicht müssen wir doch ein wenig mehr flussabwärts schauen?" Eileen krampfte sich der Magen zusammen vor

Anspannung. Sie hoffte, dass nicht schon wieder ein dummer Spruch kam. Aber der blieb aus, und Annalena fuhr einfach den Wagen zurück.

Auch hier fuhren sie die ganze Gegend ab. Fuhren an Weinreben und Olivenhainen vorbei, an Lavendel- und Trüffelfeldern. Hoffnungsvolles Suchen und wieder die nächste Enttäuschung. Eileen hätte schreien können vor Verzweiflung. Niemand sagte mehr etwas, doch sie zweifelten alle, dass ihr Bemühen von Erfolg gekrönt sein würde. Ohne dass es jemand aussprechen musste.

„Hat Camille dir geschrieben?" Eileen drehte sich zu Moritz um. Ihr Handy hatte schließlich Edgar.

Er schnaubte frustriert. „Sie konnte den Capitaine nicht erreichen und hat einem Kollegen Bescheid gesagt. Sonst weiß sie auch nicht mehr."

Annalena hielt auf einem Feldweg an. Sie waren alle ratlos.

„Vielleicht brauchen wir ein bisschen frische Luft und vertreten uns einfach etwas die Beine?"

Eileen ging voran, die anderen folgten ihr.

Jede Minute zählte, und sie hatten absolut nichts ausrichten können.

Bäume umsäumten den Feldweg, den sie bis zum Ende gingen. Die Holzbank am Rande ignorierten sie, denn niemand hatte die Ruhe, sich hinzusetzen. Die Minuten vergingen unaufhörlich. Niemand außer ihnen war weit und breit zu sehen oder zu hören. Caro sah auf die Uhr, doch sie sagte nichts. Hatten sie sich geirrt, oder waren sie am Ende zu spät dran? Alle dachten es, doch niemand traute sich, es auszusprechen. Annalena legte tröstend den Arm um Eileens Schulter, wollte sie ins Auto geleiten. „Komm, wir können hier nichts mehr ausrichten. Wir haben versucht, was uns möglich war. Jetzt müssen wir auf die Polizei setzen."

Doch Eileen blieb stocksteif stehen und starrte auf das Feld. Nur mit Mühe konnte sie ihre Tränen unterdrücken. Sie hatte sich geirrt, das durfte nicht wahr sein! Sie wollte nur ihren Sohn wieder in die Arme schließen. Tonlos bewegten sich ihre Lippen wie zu einem Gebet.

Moritz trat auf sie zu. „Eileen, ich hätte mir nichts mehr gewünscht, als dass du recht behalten hättest. Lukas... Ach verdammt!" Auch ihm standen die Tränen in den Augen. In ihrer Verzweiflung umarmten sie sich stürmisch, als wollten sie sich nie wieder loslassen.

Während Annalena in Richtung Auto ging, drehte Caro sich weg vor Schmerz. Sie konnte den Anblick kaum ertragen. Ihr Kopf verstand es, aber ihr Herz sprach eine andere Sprache. Sie war in ihren Gedanken versunken, als sie plötzlich ein Geräusch wahrnahm. Die anderen hatten es auch gehört und sahen irritiert auf. Auch Annalena kam zurück zu ihnen. Caro war die Erste, die ihn sah: „Schaut, ein Hubschrauber! Ich fasse es nicht!"

Sofort flogen alle Blicke in die Richtung, in die sie zeigte. Das Geräusch kam langsam näher, und der Hubschrauber umkreiste das Feld. Er schien auf etwas zu warten. Mit offenem Mund starrten sie hinauf. Sie konnten es kaum glauben, dass Eileen mit ihrer schrägen Theorie vielleicht sogar recht behalten sollte. „Dort hinten, schaut mal!" Annalena entging nichts, sie hatte Augen wie ein Adler. Die Blicke der anderen folgten ihrer ausgestreckten Hand. Und dann sahen sie es auch: Zwei Personen schälten sich aus ihrem Versteck. Sie liefen über das Feld. Ein Erwachsener und ein Kind. Der Hubschrauber zeichnete kleinere Kreise, während er langsam tiefer flog. Als hätte er auf sie gewartet. Dann sahen sie, wie eine Strickleiter heruntergelassen wurde.

„Neeeein!!!" Eileen ließ Moritz' Hand los und schrie gellend, als sie ohne weiter nachzudenken aufs Feld lief. „Stopp!" Da hinten war Lukas, noch immer in Edgars Gewalt. Die Angst um ihren Sohn gab ihr Auftrieb, sie lief so schnell wie noch nie in ihrem Leben.

Jetzt erst schien Moritz aus seiner Starre zu erwachen. Er hatte Mühe, sie einzuholen, dann packte er sie und hielt sie fest. Fast wären sie gestürzt „Nicht, Eileen! Ich werde gehen!"

Doch sie riss sich mit aller Kraft von ihm los. „Lass mich! Niemand hält mich auf, wenn es um meinen Sohn geht!"

Und sie lief weiter schreiend aufs Feld. Dieser Psychopath musste sie einfach hören! „Eeedgaar! Edgar, warte gefälligst!"

Es war ein Wunder, dass Lukas sie bemerkt hatte und auf sie deutete. Ihr tapferer Junge! Nun sah Edgar sich endlich auch um. Sie waren vielleicht hundert Meter voneinander entfernt. Eileen konnte ihm seine Wut im Gesicht ablesen, als sie zum Stehen kam. Die Unterbrechung seiner Flucht machte ihn schon aggressiv genug, sie wollte ihn nicht weiter provozieren. Der Hubschrauber überflog sie weiterhin, blieb in der Luft stehen. Fast als wollten sie sondieren, was sich da unten auf dem Acker tat. Eileen schrie ihm so laut, wie sie nur konnte, entgegen: „Edgar, lass meinen Sohn gehen!"

Er hatte sie verstanden. Und hielt inne. Sie merkte, dass er abwog. Erneut setzte sie lautstark an: „Bitte lass ihn gehen!" Die Zeit schien stehenzubleiben. Alles hing von Edgars Entscheidung ab.

Seine Stimme war trotz des Lärms zu verstehen. „Nur im Austausch zu dir! Komm her!"

(K)ein sicheres Entkommen

Sie hatte es geschafft – Lukas kam frei! Sollte sie riskieren, ihn einfach zu schnappen? Doch ein Blick nach oben reichte ihr als Antwort. Der zweite Mann lehnte sich aus dem Hubschrauber. Eileen sah die Waffe und musste schlucken. Niemals würde sie Lukas' Leben in Gefahr bringen.

„Los, komm endlich rüber!"", befahl er barsch.

„Nur, wenn du Lukas gehen lässt."

Nun schien die Zeit tatsächlich stehenzubleiben. Ihre Blicke trafen sich. Sie war stärker, als sie erwartet hatte.

„Ihr beiden legt die Hälfte der Strecke zurück und trefft euch in der Mitte! Dann kommst du rüber!"", befahl Edgar schließlich, und gab Lukas das Signal zu gehen. Endlich! Alles kam ihr vollkommen surreal vor, wie in einem schlechten Traum. Aus dem sie niemals wieder aufwachen würde. Und doch passierte es gerade jetzt. Aber es war ihr gleich, was mit ihr selbst geschah. Hauptsache, ihr Sohn war in Sicherheit, und dafür würde sie bis zu ihrer letzten Sekunde kämpfen.

Moritz rief verzweifelt hinter ihr: „Bitte geh nicht!" Doch sie ignorierte es. Blendete ihre Begleiter am Rand des Feldes komplett aus. Denn sie hatte gewählt: Das Leben ihres Sohnes gegen ihr eigenes. Sie verdrängte die Waffe, die auf sie gerichtet war, so gut sie nur konnte. Vielleicht fünfzig Meter lagen vor ihr, bis die Mitte zwischen ihnen erreicht war. Es ging um

Lukas, das war alles, was zählte. Konzentrier dich, ermahnte sie sich selbst mit jedem Schritt.

„Mama!" Lukas war bei ihr, sie konnte ihn endlich in die Arme schließen. Noch ein allerletztes Mal. Was für ein warmer, kostbarer Moment. Sie roch sein Haar, drückte ihn an sich, hörte Edgars barsches „Na, wird's bald! Komm her!"

„Lukas, du gehst jetzt zu deinem Papa. Er muss wissen, dass es dir gut geht."

„Nur mit dir zusammen!" Er klammerte sich an ihre Hüfte, wollte sie gar nicht mehr loslassen.

„Papa hat Dino mitgebracht. Er vermisst dich schon ganz doll." Sie biss sich auf die Lippen für diese Notlüge. Und hoffte dabei, er würde sie ihr irgendwann verzeihen. Wenn er mehr verstand. „Du musst jetzt losgehen, mein Schatz. Sofort!" Sie sah ihm zärtlich in die Augen, strich ihm noch einmal übers Haar zum Abschied. Dann wandte sie ihren Kopf und sah ihm nach, wie er erst zögernd, dann immer schneller werdend, zu seinem Vater lief.

Leb wohl, mein Schatz! In ihren Augen brannten Tränen, als sie mit schweren Schritten zu ihrem Geiselnehmer ging. Ich tu's für Lukas. Für meinen Sohn. Damit er ein ganz normales Leben führen kann.

„Na endlich!" Edgar riss sie an sich. Bleckte die Zähne, sah sie gierig an. Ihr wurde bereits von seiner Nähe schlecht. Künftig würde ihr jeden Tag in ihrem Leben übel sein. Für Lukas, machte sie sich selbst Mut. Es würde ihr Mantra werden.

„Steig die Leiter rauf!"

Eileen sah zum baumelnden Strick hinüber. Sie hatte gar nicht bedacht, dass sie überhaupt nicht schwindelfrei war.

113

Allein bei dem Gedanken an dieses wackelige Konstrukt drehte sich ihr der Magen um.

„Hey, beeil dich endlich! Oder war das alles nur ein Trick?! Dann wirst du mich aber richtig kennenlernen!"

„Nein, nein", beschwichtigte sie ihn eilig. Sie erkannte den Ton ihrer eigenen Stimme nicht mehr. Dann straffte sie sich innerlich, während sie die erste Etappe der Strickleiter nahm und sich immer weiter hoch quälte. Er folgte dicht hinter ihr. Entsetzt bemerkte sie, dass der Hubschrauber höher stieg. Tapfer schluckte sie die aufkommende Übelkeit herunter. Sie versuchte alles, um nicht hinabzusehen. Dahin, wo der Boden zu schwanken schien. Und auch den Blick nach oben verbat sie sich. Dort, wo die Mündung der Waffe auf sie zielte. Es ging Schritt für Schritt hinauf. Sie musste sich konzentrieren wie noch nie in ihrem Leben.

„Schneller!", brüllte Edgar wütend.

„Ja doch!"

Eileen verdrängte den Gedanken, was mit ihr würde. Sie akzeptierte, dass ihr Ende besiegelt war. Aus den Augenwinkeln sah sie Blaulicht heranrasen. Sie waren ganz in der Nähe. Doch sie waren zu spät gekommen. Zumindest für sie. Lukas! Sie würde ihn nie wiedersehen. Mühsam stieg sie die Strickleiter immer weiter hinauf. Das Herz wurde ihr so schwer wie Blei. Aus den Augenwinkeln sah sie, dass der Waffenmann auf die Gruppe von Menschen zielte, die zusammen am Feldrand standen. Panik erfasste sie. Denn dort war jetzt auch Lukas! Dann hätte sie sich umsonst geopfert! Sie musste diesen Mann ablenken. Um jeden Preis. Und wenn es ihr eigenes Leben kostete.

Bewusst langsam hob sie ein Bein auf die nächste Sprosse der Leiter und bewegte sich nicht weiter. Edgar hatte es nicht mitbekommen und blieb in seinem Klettertempo. Zog mit einer Hand nach, wo gerade ihr Fuß gestanden hatte. Nun konnte sie genug Schwung holen und trat zurück, ihm direkt auf die Hand. Edgar brüllte erneut los. Diesmal vor Schmerz. Dann weißt du ja jetzt, wie es für andere ist, denen du Schaden zufügst, dachte sie bitter. Und sie hatte erreicht, was sie wollte. Der Waffenmann konzentrierte sich jetzt wieder voll auf sie. Eileen dachte nur für den Bruchteil einer Sekunde nach, dann hatte sie sich endgültig entschieden. Was sollte es? Ihr Leben war ohnehin verwirkt. Sie hatte Lukas gerettet, und nun hatte sie nichts mehr zu verlieren. Es würde zumindest schnell vorbei sein, wenn sie diese Männer bis aufs Blut provozierte. Und genau das hatte sie jetzt vor. Mit voller Wucht holte sie mit ihrem Fuß aus und trat in Edgars Gesicht. Trotz des Hubschrauberlärms hörte sie es knacken. Sie wusste nicht, wie die Knochen im Gesicht hießen, aber sie hatte ganze Arbeit geleistet. Edgars Gebrüll hörte sich nach unerträglichen Schmerzen an. Doch Eileen wollte nichts dem Zufall überlassen. Für Lukas, dachte sie erneut, während sie ruckartig zum zweiten Tritt in Edgars Gesicht nachsetzte. Er gelang ihr noch besser als der Erste. Ungerührt sah sie hinunter, wie Edgar das Gleichgewicht verlor. Voller Panik suchte er nach Halt und griff nach ihrem Fuß, bekam ihn zu fassen.

Nein! Sie musste verhindern, dass er sich wieder fing! Wenn sie sich jetzt fallen ließe, würde sie direkt auf ihn fallen. Ihr Körper war mit Adrenalin überflutet, so dass sie keine Angst verspürte. In dieser Sekunde nahm sie Abschied vom Leben, während sie mit Schwung absprang und sich an dem festhielt, was sie von ihm zu fassen bekam. Es ist vorbei, dachte sie noch, während sie fiel.

Der Ruck ihres Gewichts riss den angeschlagenen Edgar mit nach unten. Wie ein Knäuel stürzten sie in die Tiefe. Eileen sah den Boden auf sich zukommen. Sie schloss ihre Augen, bereit für das Unvermeidliche.

Sie hörte Schüsse, die nicht enden wollten. Ein lautes Kreischen. Das Geräusch des Hubschraubers wurde leiser. Oder waren es nur ihre Lebensgeister, die dahinschwanden? Denn der Schmerz, der sich beim Aufprall in ihrem ganzen Körper ausbreitete, raubte ihr die Sinne. Das Letzte, woran sie dachte, war Lukas.

Zwischen Hoffen und Bangen

Die Ereignisse überschlugen sich. Die Zeit um sie herum schien stillzustehen, als sie Eileens Kampf gegen Edgar hilflos zusehen mussten. Der Fall aus viel zu großer Höhe ließ allen den Atem stocken. Caro war wie schockerstarrt, während ihr Herz wild schlug. Ein Schuss löste sich aus der Waffe des Mannes im Hubschrauber. Die Kugel schlug keinen Meter entfernt neben Caro in eine Holzbank ein. Erst viel später würden sie realisieren, welches Glück sie alle gehabt hatten. Doch der Knall des Schusses brachte die Emotionen zum Überlaufen. Caro schrie laut auf und sah mit aufgerissenen Augen zu der Stelle hin, an der Eileen aufgeprallt war, betete um ein Wunder. Sie hatte sich eine Klärung der Situation zwischen ihr und Moritz gewünscht, als sie nach Frankreich gefahren war. Aber nicht das! Konnte man einen solchen Sturz überleben?

Dass die Polizei mittlerweile eingetroffen war, nahm sie erst wahr, als sie auf den Schuss aus dem Hubschrauber mit einer wahren Schusssalve reagierte. Endlich drehte der Hubschrauber ab. Der Polizeiwagen und ein gerade eingetroffener Krankenwagen rasten zur Unfallstelle, ein weiterer folgte kurz darauf. Caro wollte helfen und war doch hilflos. Da sah sie aus den Augenwinkeln, wie Lukas schreiend zu der Stelle rannte, an der Eileen abgestürzt war. Caro und Moritz stürzten zeitgleich hinterher und konnten ihn gerade noch erwischen. Lukas versuchte verzweifelt, sich loszureißen, wollte unbedingt zu Eileen.

Doch Caro ließ ihn nicht los, und so weinte er bitterlich in ihren Armen. Moritz hielt sie beide ganz fest, strich ihm über den Rücken. Murmelte beruhigend auf ihn ein. Annalena kam wankend auf sie zu, weiß wie eine Wand. Sie standen zusammen und sahen, wie die Sanitäter aus dem Wagen sprangen. Eine Person wurde vorsichtig auf die Bahre gehoben und Staub wirbelte um sie herum auf, als der Krankenwagen mit Blaulicht direkt an ihnen vorbeischoss.

Sie beobachteten, dass auch die verbliebene Person auf eine Bahre gehoben wurde. Als der zweite Krankenwagen an ihnen vorbeifuhr, wurde sein Blaulicht ausgestellt. Was das bedeutete, war ihnen schlagartig klar. Niemand sagte ein Wort, doch alle hatten denselben Gedanken: Wer von beiden hatte überlebt?

Als der Polizeiwagen an ihnen vorbeikam, stellte sich Moritz ihm in den Weg. Caro sah in sein kalkweißes, aber entschlossenes Gesicht und spürte, dass es ihn alle noch verbliebene Kraft kostete. Er brauchte Gewissheit. Nichts in der Welt würde ihn davon abhalten, Antwort auf die Frage zu bekommen, die in der Luft hing.

„Hat meine Frau überlebt? Nun sagen sie schon! Wer war im ersten Krankenwagen?", brüllte er den Polizisten durch das heruntergelassene Fenster zu.

Caro stockte der Atem. Diese Fragen fühlten sich an, als hätte sie einen Schlag ins Gesicht bekommen. Doch sie ermahnte sich energisch. Sie musste ihre verwirrten Gefühle in den Griff bekommen. Sie herunterschlucken. Alles andere wäre einfach zu egoistisch. In dieser furchtbaren Situation war es doch klar, wem Moritz' Aufmerksamkeit galt. Und dass er das wissen musste, für sich und vor allem auch für Lukas. Instinktiv drückte sie den Jungen fest an sich.

Capitaine Robert lehnte sich aus dem Fenster, und sie hingen an seinen Lippen. Mit sanfter und dennoch fester Stimme sagte er: „Oui, Monsieur. Ihre Frau war im ersten Wagen. Die Ärzte tun alles, um sie zu retten. Es stand noch nicht fest, welche Klinik ihr am besten helfen kann." Lange sahen sie dem Wagen hinterher, sich umarmend, während sie Lukas fest an sich drückten.

Der Schock über die Ereignisse saß tief. Annalena hatte sie sanft in Jessis Wagen verfrachtet und schweigend waren sie zu Camille gefahren. Schweigend saßen sie auch wenig später am Tisch. Camille hatte Lukas und Moritz fest in ihre Arme geschlossen. Sie konnte ihre Tränen nicht länger zurückhalten. Ihre geliebte Eileen! Sie mussten Klarheit haben, wissen, wie es weiterging.

Tapfer straffte sie sich. Sie wollte nicht warten, bis man sie endlich informierte. Dazu lagen ihre Nerven zu blank. Und sie war schon bald erfolgreich.

„Eileen ist außer Lebensgefahr. Sie liegt im Hôpital de Montélimar und wird gerade notoperiert. Ich hoffe, wir können sie morgen besuchen! Sie hat mehrere schwere Brüche. Gott sei Dank ist ihre Kopfverletzung nicht so schwer, wie sie erst dachten." Die Worte flossen aus Camille nur so heraus, sie lächelte unter Tränen. Lukas stieß einen Freudenschrei aus. Vater und Sohn lagen sich in den Armen, nahmen Camille in ihre Umarmung mit auf. Was für eine hoffnungsvolle Nachricht! Die Lukas auf den Punkt brachte: „Mama wird leben!"

Moritz hielt seinen Sohn ganz fest und wollte ihn gar nicht mehr loslassen. Auch die anderen fielen sich erleichtert in die Arme. Was war das für ein Tag! Camille ließ es sich nicht nehmen, ihre Gäste zu bewirten. Das Schweigen war gebrochen, sie mussten über das sprechen, was sie heute erlebt und erlitten hatten. Sie überschlugen sich fast. Und in einem waren sich alle einig: Eileen war eine Heldin!

Glück ist eine Entscheidung

Die Freundinnen waren lange geblieben und erst abends in ihr Hotel zurückgekehrt. Sie mussten sich beraten, was sie weiter tun wollten. Noch telefonierte Annalena mit ihrer Familie. Sie musste ihren Kindern alles brühwarm berichten. „Wie geht es Lukas' Mama?", hatte Nele gefragt, und Annalena hatte ihr versprechen müssen, dass sie Eileen besuchen würde.

„Wir vermissen dich ganz doll! Und wir vermissen Lukas!"

„Ich vermisse euch auch, meine Schätze!" Nach einem kurzen Gespräch mit Patrick war für sie geklärt, dass sie noch zwei Tage bleiben konnte. „Bis bald, dicken Kuss!"

Sie sah von Caro zu Jessi. „Wie sieht es bei euch aus? Könnt ihr auch verlängern?"

„Ich habe ohnehin meine Termine bis Mitte nächster Woche abgesagt. Wir können die zusätzliche Zeit zum Wandern nutzen und uns ein wenig von dem Schock erholen. Es soll herrliche Wanderwege geben und das Essen ist hier ja auch köstlich. So einen kleinen Urlaub haben wir uns nach diesem Schrecken wirklich verdient! Es ist ohnehin viel zu lange her, dass wir etwas Schönes zusammen unternommen haben." Jessi war außerdem klar, dass Caro noch nicht fahren konnte, und so nahm sie ihr die Entscheidung ab. Nachdenklich sah sie zu ihr hinüber. Sie sah blass aus und war in sich zusammengesunken. Ihre Freundinnen hatten gespürt, dass sich durch diese heftigen Ereignisse etwas im Beziehungsgefüge getan hatte, und es war

121

nicht zu Caros Gunsten. Klar, dass ihr das ziemlich zu schaffen machte.

Dankbar sah sie die Freundinnen an. „Ja, wir bleiben noch und werden ein bisschen Urlaub machen. Und ich komme mit, wenn du Eileen besuchst, Lena. Soweit sie so viel Besuch schon verträgt.“

Annalena nickte zustimmend. Für sie war es selbstverständlich, schließlich kannten sich die Frauen über ihre Kids. Sie freute sich, dass Caro mitkam, und sah zu Jessi hinüber.

Doch Jessi schüttelte den Kopf. „Es war so mutig von ihr, wie sie sich für ihren Sohn geopfert hat. Und wie sie Edgar auch noch zur Strecke gebracht hat. Aber ich habe keine persönliche Beziehung zu ihr, auch wenn mir die Geschehnisse sehr nahegehen. Wahrscheinlich tut ihr zu viel Besuch auch gar nicht gut.“

Caro nickte. „Vielleicht hast du damit recht, Jessi. Danke, dass wir noch zusammen hierbleiben! Es tut gut, dass ihr mir die Stange haltet bei diesem ganzen Chaos.“ Sie konnte schon wieder ein wenig lächeln. „Lena, dann werden wir Eileen am Montag besuchen. Und eine Wandertour ist wirklich eine tolle Idee!“ Nachdenklich fügte sie hinzu: „Bis Dienstag wird sich auch hoffentlich eine Gelegenheit ergeben, mit Moritz zu sprechen.“

„Wie gut, dass ich mit dem Hotelchef schon per Du bin. Das wird sicher auch noch zu so später Stunde klappen mit der Verlängerung. Bis gleich.“ Jessi grinste, während die Freundinnen sie aufzogen, sie würde Tim noch eifersüchtig machen. Sie wiegelte ab. „Da steht er drüber. Außerdem ist er meine Number One – und das weiß er auch. Mehr kann er wirklich nicht von mir verlangen.“

Kurz darauf kam sie mit strahlendem Lächeln zurück. „Kein Problem mit der Buchung. Wir müssen nicht einmal die Zimmer wechseln. Und Tipps für die Wanderungen habe ich auch gleich bekommen, inklusive einer Wanderkarte."

Caro hatte mit Moritz telefoniert, der Eileen mittlerweile besuchen durfte. „Ihr Hüftknochen ist gebrochen und ihr rechter Arm. Und sie hat eine heftige Gehirnerschütterung. Ansonsten hat sie unglaubliches Glück gehabt. Die Ärzte hoffen, dass sie in absehbarer Zeit wieder gehen kann. Aber selbst wenn alles gut verläuft, wird es noch lange dauern, bis die Verletzungen heilen." Er musste schlucken. Er konnte seine Betroffenheit und Sorge um seine Frau nicht verbergen. „Eileen hat es unglaublich tapfer aufgenommen. Sie will dafür kämpfen, dass sie wieder ganz gesund wird." Die Nachrichten hätten eindeutig schlechter sein können, aber natürlich war beiden klar, dass diese geänderte Situation ganz massive Auswirkungen auf ihre Beziehung haben würde.

Doch Caro schob den Gedanken beiseite. „Natürlich wird sie wieder auf die Beine kommen! Ich bin so froh, dass das Schlimmste überstanden ist. Wie geht es Lukas?"

„Er ist ganz schön verstört. Ich hoffe, er wird das Erlebte irgendwann verarbeiten können. Vielleicht werden wir auch psychologische Hilfe in Anspruch nehmen müssen, das bleibt noch abzuwarten. Aber erstmal ist er überglücklich, dass es seiner Mama besser geht und er sie besuchen kann. Ich bleibe hier mit ihm zusammen bei Camille. Sie kümmert sich wirklich voller Hingabe um Lukas."

Stille entstand zwischen ihnen. Stille, die es vorher nicht gegeben hatte.

Caro schluckte den Kloß im Hals herunter. Was für eine vertrackte Situation! Mühsam beherrschte sie sich. „Ich bleibe mit den Mädels noch zwei Tage. Lena und ich wollen Eileen gerne besuchen, wenn es für sie okay ist."

Moritz zögerte kurz, bevor er zustimmte. „Sie freut sich über euren Besuch."

Es war wie eine unausgesprochene Vereinbarung zwischen ihnen, so schwer es beiden fiel: Ihre Gefühle lagen erst einmal auf Eis.

Ein wenig unsicher ging Caro mit Annalena den Krankenhausflur entlang. Sie hatten den größten Strauß Blumen ausgewählt, den sie im Blumenladen am Krankenhaus gefunden hatten. Auf ihrer Wandertour hatten beide Frauen ordentlich Farbe bekommen und sahen gut erholt aus. Umso stärker war der Kontrast zu Eileens bleichem Gesicht. Ihre rote Mähne lugte unter einem Kopfverband hervor. Etliche Schrammen verunzierten ihr Gesicht, ihren Hals, ihren freien Arm. Ihre Decke war verrutscht, sie sahen, dass Eileen unterhalb des Bauchnabels einbandagiert war. Ihr rechter Arm lag im Gips. Es sah nicht so aus, als würde sie ihr Krankenhauszimmer schon bald selbstständig verlassen können. Die Schwester hatte das Kopfteil vom Bett weiter aufgerichtet und warf Eileen im Hinausgehen einen aufmunternden Blick zu. Trotz der schrecklichen Zeit, die hinter ihr lag, und den Schmerzen, die sie haben musste, strahlte sie die beiden Freundinnen zur Begrüßung an. „Schön, dass ihr gekommen seid!"

Die vergangenen Ereignisse schoben die Tatsache in den Hintergrund, dass sie denselben Mann liebten.

Caro ging beherzt auf sie zu. „Du bist eine Heldin, Eileen! Du hast nicht nur deinen Sohn gerettet, sondern auch Edgar an der Flucht gehindert. Und daran, dass er noch anderen Menschen Schaden zufügen kann."

Eileens Blick verfinsterte sich. „Ja, dieses Monster in Menschengestalt wird nun niemandem mehr Leid zufügen. Aber lasst uns bitte nicht länger von diesem Mann reden. Das wäre zu viel der Ehre." Geschwind wechselte sie das Thema. „Was für schöne Blumen habt ihr mir da mitgebracht!" Sie streckte ihre unversehrte Hand aus und Caro hielt ihr den Strauß hin. Sie sog den Blütenduft ein, als könnte er die Bilder der letzten Tage vertreiben. „Danke, das ist lieb von euch!"

Annalena versorgte die Blumen und stellte sie ans Fenster. Dann drückte sie sie. „Chapeau, Eileen! Du hast uns allen einen ordentlichen Schrecken eingejagt. Nele meinte, du musst sicher sieben Leben haben. Wie die Katze unseres Nachbarn."

„Vielleicht stimmt das sogar." Ein feines Lächeln huschte über Eileens Gesicht. „Aber ich habe wirklich die ganze Zeit nur an Lukas gedacht. Das ist eigentlich alles. Das hätte jede Mutter so gemacht. Und nun ja, ich werde wohl noch ziemlich lange in diesem Gipskorsett bleiben. Aber es hätte wirklich alles sehr viel schlimmer ausgehen können."

Da mussten Caro und Annalena ihr recht geben. Die Stimmung war gelöst, als sie sich nach einer Weile verabschiedeten. Die Schwester hatte sie schon ermahnt, damit Eileen zur Ruhe kommen konnte. Und sie mussten schließlich noch packen, denn am nächsten Tag würde es nach Hause zurückgehen. Noch wusste Caro nicht, wie es in ihrer Beziehung weitergehen würde. Und so etwas klärte man nicht am Telefon. Caro musste ihre Gedanken an Moritz mühsam verdrängen.

Eileen fing ihren Blick ein. Sie schien zu spüren, was sie dachte, und es musste ihr ähnlich gehen. Fast war es, als könnten sie einander lesen wie ein Buch. Und den Schmerz der anderen verstehen. Eileen nickte ihr fast unmerklich zu und schenkte ihr ein Lächeln mit so viel Wärme, dass Caro es einfach erwidern musste.

„Pass auf dich auf, Eileen! Ich wünsche dir alles Gute und dass du schnell wieder gesund wirst!"

„Tschüss, ihr beiden. Und habt morgen eine gute Heimreise!" Annalena war bereits zur Tür heraus, da rief sie ihnen nach: „Es war schön, dass ihr da wart!" Es lag eine Herzlichkeit in ihrer Stimme, die Caro tief bewegte.

Die beiden Freundinnen schwiegen betroffen, als sie die langen Krankenhausflure entlanggingen. Erst draußen fand Caro wieder ihre Worte: „Ich möchte jetzt wahrlich nicht in ihrer Haut stecken. Es wird viele Monate dauern, bis das alles wieder in Ordnung kommt. Wenn überhaupt."

„Aber sie lebt und kann für ihren Sohn da sein. Und sie wird ihn aufwachsen sehen. Das ist die Hauptsache. Ich bin mir sicher, dass sie so denkt."

Caro sah Annalena lange nachdenklich an. „Du hast so recht damit. Wenn es hart auf hart kommt, weiß man, was wirklich im Leben zählt."

Sie hatten noch in der Hotelanlage zu Abend gegessen und waren früh zu Bett gegangen. Ihre wenigen Sachen hatten sie abends noch schnell zusammengesammelt. Der morgige Tag würde mit der langen Rückfahrt noch anstrengend genug sein.

Nach einem frühen Frühstück checkten sie aus und fuhren zum Landhaus von Camille, um sich zu verabschieden. Camille hatte Kaffee gekocht, und sie setzten sich an den Wohnzimmertisch. Lukas schmiegte sich an Caro. Im Moment war er glücklich, ganz gleich, was er zuvor alles durchgemacht hatte.

Es war faszinierend, wie es Kindern so viel besser als Erwachsenen gelang, sich ganz auf das Hier und Jetzt zu konzentrieren. Moritz und Caro sahen sich unsicher an. Sie waren die Einzigen, die sich nicht am angeregten Gespräch beteiligten. Sie merkten beide, dass sie sich gekonnt um eine Aussprache drückten. Doch langsam wurde es Zeit, miteinander zu reden. „Wollen wir rausgehen?", schlug Moritz vor. „Da sind wir ungestört."

Caro nickte und kurz darauf saßen sie beklommen unter den Obstbäumen nebeneinander, starrten vor sich hin. Sie wusste nicht, wie sie anfangen sollte und schaute verstohlen zu ihm hinüber. Er schluckte vernehmlich, schwieg. Es schien ihm genauso zu gehen. Die unsichtbare Mauer zwischen ihnen war fast greifbar, ließ einen abprallen. Caro fröstelte. Was war in dieser kurzen Zeit nur passiert! Die Ereignisse flogen wie ein innerer Film an ihr vorbei. War ihr Geburtstag wirklich erst fünf Tagen her? Sie fühlte sich in die Situation hinein, als Moritz um ihre Hand anhalten wollte. Sah sein liebevolles Gesicht vor sich, seine plötzliche Unsicherheit. Das hübsch verpackte Kästchen, das er ihr reichte. Bis sie so abrupt unterbrochen wurden. Es kam ihr vor, als wäre das Lichtjahre her.

Caro seufzte, dann gab sie sich einen Ruck. „Ich habe das Päckchen aufgemacht. Der Ring ist wirklich ein Traum!" Ihre Stimme brach, sie musste kurz wegsehen, um ihre Gefühle wieder in den Griff zu bekommen.

Ihre Blicke trafen sich. Fragend sah er sie an, als wartete er auf ihre Antwort. Als er ihre feuchten Augen sah, blickte er nach unten. Fast als wüsste er, was sie jetzt sagen würde – und was er gar nicht hören wollte. Eine Weile schwiegen sie, dann überwand er sich doch, als wollte er nichts unversucht lassen. Sanft ergriff er ihre Hand, sah ihr in die Augen. „Es ist so viel passiert, was ich nicht ungeschehen machen kann. Aber es hat an meinen Gefühlen für dich nichts geändert. Ich liebe dich, Caro, und ich kann mir nichts Schöneres vorstellen, als mein restliches Leben mit dir zu verbringen. Willst…"

Weiter kam er nicht, Caro streichelte seine Hand, bevor sie losließ.

„Es tut mir so leid, Moritz. Noch vor einigen Tagen hätte ich mir nichts lieber gewünscht als das." Sie sah ihn traurig an. „Aber manche Ereignisse sind einfach zu einschneidend. Sie verändern alles."

Er versuchte zu widersprechen, doch sie schüttelte nur den Kopf. „Nicht, dass du mich falsch verstehst. Ich bin froh, dass Eileen den schrecklichen Sturz überlebt hat. Und dass Lukas noch seine Mama hat." Nach kurzem Zögern sah sie ihm direkt in die Augen, bevor sie weiterredete. „Und du deine Frau."

Moritz zuckte zusammen. „Caro, ich bin dankbar über diesen Ausgang. Nicht auszudenken, wenn Eileen es nicht geschafft hätte." Seine samtbraunen Augen schauten sie intensiv an. „Aber ich will dich nicht verlieren! Caro, ich liebe dich!"

Sie nickte, sprach sanft weiter. „Ich weiß. Und ich dich auch, Moritz. Wenn ich einen Wunsch frei gehabt hätte, würde ich mir für uns beide einen anderen Ausgang wünschen. Aber du liebst auch Eileen. Noch immer. Und das kannst du nicht verbergen." Es war eine Feststellung, kein Vorwurf.

Er nickte zögernd. „Ja, sie ist die Mutter meines Sohnes. Und wir hatten auch schöne Zeiten miteinander. Aber ich kann mir ein Leben ohne dich nicht mehr vorstellen!" Verzweifelt sah er sie an.

„Mach dir nichts vor, Moritz. Du hast immer noch Gefühle für sie. Und so bewundernswert und heldenhaft, wie sie sich verhalten hat, kann ich das mehr als verstehen. Und sie braucht dich jetzt! Und da kommt unser persönliches Drama ins Spiel. Wir haben die klassische Dreiecksgeschichte laufen, ein Mann zwischen zwei Frauen. Das ist für niemanden eine gute Konstellation. Und ich halte sie auch nicht länger aus." Caro holte das Kästchen aus ihrer Tasche hervor und reichte es ihm mit zittrigen Händen.

„Du hattest den Ring die ganze Zeit dabei?" Er war fassungslos, fast gerührt. Seine Gefühle waren einmal mehr in Aufruhr.

„Ja. Er hat mich die ganze Zeit begleitet. Aber er fühlt sich jetzt ein bisschen an, als wäre er aus einer anderen Zeit."

Sie hielt ihm das Kästchen hin. Und nur widerwillig nahm er es entgegen.

„Danke, dass du mich fragen wolltest. Aber wir wissen beide, welche Antwort jetzt die Richtige ist, auch wenn es für uns beide nicht leicht sein wird."

Erneut ergriff er ihre Hand, als könnte er sie doch noch umstimmen. „Bitte, Caro, lass uns eine so wichtige Entscheidung nicht unter diesen Umständen treffen! Es war etwas Besonderes mit uns, gib uns eine Chance!"

Aber sie sah ihn nur traurig an und schüttelte den Kopf. Ihre Entscheidung war gefallen. Unverrückbar. „Ich muss gehen, Moritz, auch wenn mir noch nichts im Leben so schwergefallen ist."

Lange sahen sie sich an. Die Zeit schien stillzustehen. Gab ihnen Zeit, Abschied voneinander zu nehmen.

Caros Augen brannten vor Tränen, als sie aufstand. Sie spürte seinen Blick, als sie zum Wagen ging. Jessi und Annalena waren schon eingestiegen und warteten auf sie. Caro winkte zu Lukas und Camille hinüber. Für einen längeren Abschied hatte sie keine Kraft mehr. Dann stieg sie ein und nickte ihren Freundinnen zu. Sie war bereit, loszufahren und alles hinter sich zu lassen. Jessi sah ihr ins Gesicht und verstand sofort. Ohne ein weiteres Wort ließ sie den Motor an.

Caro sah aus dem Fenster und ließ die letzten Tage in Gedanken an sich vorbeiziehen. Sie brauchte Zeit zum Verarbeiten, und die Freundinnen akzeptierten ihr Schweigen. Dieser Trip war so vollkommen anders verlaufen, als sie es erwartet hatte. Anstatt um Moritz zu kämpfen oder ihm eine Entscheidung abzuringen, hatte sie selbst diese Entscheidung getroffen und ihn freigegeben. Weil genau das sich richtig für sie anfühlte. Sie hoffte nur, dass der Schmerz irgendwann nachlassen würde.

Sie wusste, sie war nicht allein. Mit diesen beiden wunderbaren Frauen, deren Freundschaft sie fast ihr ganzes Leben lang verband, würde sie auch diese Ereignisse überwinden können. Irgendwann.

Im Alltag zurück

„Mama!" Die Zwillinge stürzten sich zeitgleich in Annalenas Arme, und sie drückte ihre Kinder an sich. Die Wiedersehensfreude war riesig. Patrick umarmte seine Familie. Die Erleichterung, dass alle drei unversehrt wieder zu Hause waren, stand ihm ins Gesicht geschrieben. „Ihr müsst uns alles ganz genau erzählen!"

Gebannt hörten sie zu, was Annalena, Caro und Jessi zu erzählen hatten. „Wann kommt Lukas wieder?" Max vermisste seinen besten Freund sehr. Er versuchte, tapfer zu sein, als er hörte, dass Lukas mit seinen Eltern noch längere Zeit in Frankreich bleiben würde.

„Er wird nach Hause kommen, sobald seine Mutter transportfähig ist", versprach Annalena, die es genoss, sich wieder voll und ganz auf ihre Lieben zu konzentrieren.

„Zumindest wurde dieser böse Mann besiegt", erklärte Nele altklug, als sie sich auf Caros Schoß kuschelte. Ihr Weltbild war gerettet.

„Das stimmt, er wird keinen Schaden mehr anrichten können. Eileen war unglaublich mutig."

„Sie ist mein großes Vorbild!", war sich Max sicher.

Als die Zwillinge wieder unbefangen im Garten herumtobten, brachen Caro und Jessi auf. Es wurde Zeit, zu Hause nach dem Rechten zu sehen und sich von den Strapazen zu erholen. Sie winkten den Kids zu und verabschiedeten sich von

Annalena und Patrick. „Grüß Ma von mir", sagte Caro und war insgeheim ein wenig froh, dass ihre Mutter zu einer Gesundheitswoche aufgebrochen war. So konnte sie ihr nicht zu viele Fragen zu Moritz stellen, die sie selbst nicht beantworten konnte.

Das Rufen und Toben der Zwillinge hörten sie noch auf dem Weg zum Auto. Und ihre Lebensfreude hatte auch ein wenig auf Caro abgefärbt.

Jessi fuhr vor Caros Haus vor. „Was für eine Tortour! Mit einem solchen Drama hätte man wirklich nicht rechnen können." Sie sah Caro prüfend ins Gesicht, ahnte sie doch, wie es ihrer Freundin gehen musste. „Wirst du klarkommen?"

Caro seufzte. „Es muss ja irgendwie weitergehen. Am besten werde ich gleich Zazou abholen, dann habe ich wieder Leben in der Bude. Und Regina wird mich nach meiner Nachricht sicher löchern, wie alles verlaufen ist. Sie ist bestimmt tausend Tode gestorben, als sie vom Ausbruch ihres Stiefbruders gelesen hat und weiß nur, dass er tot ist. Sie hat noch keine Ahnung, wie sehr Edgar auch Eileen und Lukas gequält hat."

Sie holte ihre Reisetasche aus dem Kofferraum und die Freundinnen umarmten sich zum Abschied. Caro winkte Jessi nach, bis sie um die Ecke abgebogen war. Dann straffte sie sich innerlich und schloss die Tür zu ihrer Wohnung auf. Die Einsamkeit traf sie wie ein Schlag in die Magengrube. Überall lagen Moritz' Sachen herum. Alles erinnerte sie an ihre wunderschöne gemeinsame Zeit, die ihr jetzt wie ein Traum vorkam. Schnell packte sie ihre Reisetasche aus, und legte dann Moritz' Sachen ordentlich zusammen auf einen Stapel. Es sollte gar nicht erst so aussehen, als würde er jeden Augenblick in ihr Leben zurückkommen. Denn es gab kein Zurück für sie beide nach all dem, was passiert war. Sie hatte ihm die Entscheidung abgenommen. Es war besser, wenn sie jetzt lernte, damit umzugehen.

Sie fuhr ihren Laptop hoch. Ein kurzer Blick in ihre Mails zeigte ihr, dass in ihrer kurzen Abwesenheit genügend neue Aufträge hereingekommen waren, sodass sie sich in den nächsten Wochen mit Arbeit ablenken konnte. Doch jetzt würde sie erst einmal Regina besuchen und ihre treue kleine Begleiterin zu sich zurückholen.

Caro hatte kaum den Hof betreten, als ihr ein kleines silbergraues Wollknäuel entgegen hüpfte. „Zazou!" Sie hob die Hündin hoch und kraulte intensiv ihr langes Fell. Die Wiedersehensfreude war überwältigend, der kleine Hundekörper wand sich in ihren Armen und das eine oder andere Hundeküsschen landete in Caros Gesicht.

Da hörte sie Regina nach der Hündin rufen. Zazou spitzte die Ohren und wurde noch zappeliger.

„Alles gut, Regina, ich bin wieder da", rief Caro lachend, während sie Zazou absetzte, die Regina sofort entgegenlief.

Die beiden Frauen umarmten sich, als hätten sie sich eine Ewigkeit nicht gesehen.

„Edgar kann niemandem mehr etwas zu Leide tun, es ist endgültig vorbei!" Die Freundinnen sahen sich direkt in die Augen.

„Was hatte ich für eine Angst, Caro! Ich bin einfach nur erleichtert, dass er tot ist. Auch wenn er mein Stiefbruder war."

Wie erwartet musste sie Regina alles detailliert erzählen. Ihre Augen weiteten sich bei Caros Bericht und sie musste schlucken, fand erst nach einer Weile ihre Worte wieder. „Edgar hat wirklich jedem Schaden zugefügt, auf den er getroffen ist. Wie geht es Lukas? Und Eileen?"

„Lukas hat sich relativ schnell wieder erholt. Zumindest nach außen hin. Seine Großtante päppelt ihn kräftig auf. Und Eileen ist mit dem Leben davongekommen. Ihre Verletzungen sind schwer. Ob sie jemals wieder richtig gehen kann, wird die Zeit bringen. Und die Ärztekunst."

Regina sah sie direkt an, doch sie zögerte. Als prüfe sie, ob sie die Frage überhaupt stellen durfte. Oder sich das nach den Erlebnissen verbot. „Und Moritz?"

Caro atmete hörbar aus. Ihre Gefühle konnte sie ohnehin nicht lange verbergen. „Er ist bei seiner Familie geblieben."

Regina verstand und nickte. Ein wenig ungelenk, aber voller Mitgefühl umarmte sie die Freundin. Zeigte ihr, wie sehr sie mit ihr litt. „Das tut mir leid. Du hättest das Glück so verdient!"

Caro nickte. „Eine schwierige Situation, in der eine Entscheidung fallen musste. Eileen und Lukas brauchen Moritz jetzt dringender als je zuvor, und ich kann nicht ewig in Warteposition bleiben." Sie wusste, sie konnte nicht überspielen, wie nah ihr das alles ging. Dennoch zwang sie sich zu einem tapferen Lächeln und sagte zu ihrer Hündin: „Ein kleiner Abendspaziergang wird uns guttun, was, mein Mädchen? Lass uns aufbrechen." Zazou spitzte die Ohren, als könne sie jedes Wort verstehen, und holte dann schwanzwedelnd ihre Leine.

Schon bald hatte Caro ihren Arbeitsrhythmus wiedergefunden. Ihre Tage waren gefüllt mit Arbeit und Zazous Bedürfnissen. Und sie setzte endlich das um, was sie sich an ihrem Geburtstag vorgenommen hatte: Sie stellte eine Mitarbeiterin ein. Denn anders waren die vielen Kundenaufträge kaum noch zu bewältigen.

Amanda war ein Glücksfall fürs Geschäft. Aber auch für Caro persönlich. Sie hatten sich über ihre Hunde kennengelernt, denn Amandas Labradorrüde war ausgebüxt, um Zazou nahezukommen. Caro staunte nicht schlecht, als der schwarze gutmütige Riese plötzlich in ihrer Nähwerkstatt stand und um die winzige Zazou warb.

Amanda, die ihrem Hund nacheilte, stand kurze Zeit später ebenso unangekündigt vor ihr und entschuldigte sich immer wieder. Doch Caro winkte ab. Gemeinsam sahen sie die beiden durch den Garten tollen und so hatte Amanda Zeit, Caros Arbeiten zu bewundern.

„Ich habe mich noch gar nicht vorgestellt. Ich bin Amanda Kurzner. Und das ist Buddy. Keine Sorge, er ist kastriert. Ich bin erst vor Kurzem mit meiner Tochter in den Ort gezogen. Sie heißt Mia und geht in den Kindergarten. Ich wusste gar nicht, dass Sie hier wohnen! Ich habe selbst eine Tasche von Caro-Design geschenkt bekommen und bin begeistert." Amanda strahlte, sie waren sich auf Anhieb sympathisch.

Caro lächelte bei dem Wortschwall. „Gerne. Aber lass uns zum Du übergehen, ich bin Caro." Sie reichte der Frau die Hand. „Sieh dich gerne weiter um, wenn du magst."

Das ließ sich Amanda nicht zweimal sagen. „Wunderschön, deine Arbeiten. Ich nähe selbst seit einigen Jahren. Meistens natürlich für Mia. Aber dafür bleibt wohl erstmal keine Zeit. Ich brauche nämlich dringend einen Job. Mein Freund hat sich abgesetzt und zahlt nur unregelmäßig Unterhalt." Sie machte nicht den Eindruck, als zweifelte sie auch nur eine Sekunde daran, sich und ihre Tochter gut über die Runden zu bringen.

Dieses Selbstbewusstsein hätte Caro vor einiger Zeit selbst gerne gehabt. Nur zu gut erinnerte sie sich an ihre eigene missliche Situation vor knapp einem Jahr. Sofort fühlte sie sich mit dieser sympathischen Frau verbunden. Caro lächelte sie an. „Vielleicht gibt es da eine Lösung. Bring mir doch mal ein paar Probearbeiten von dir mit. Ich suche nämlich zufällig gerade eine Mitarbeiterin."

Amanda brachte noch am selben Nachmittag eine ganze Kiste mit ihren Nähprojekten vorbei. Und die waren genauso überzeugend, wie ihre zupackende Art. Bereits nach kurzer Zeit setzte sie Caros Entwürfe gekonnt um und bot sogar an, die Büroarbeiten mitzumachen. „Ich habe vor Mias Geburt als Sekretärin bei einem Automobilzulieferer gearbeitet." Sie überzeugte wirklich auf ganzer Linie. Endlich konnte Caro sich auf das konzentrieren, was ihr am Herzen lag: neue Entwürfe kreieren und die Vermarktung vorantreiben. Schon bald waren sie ein perfekt eingespieltes Team.

Ein ‚Pling' kündigte eine eingehende WhatsApp an. Von Moritz. Die zweite in dieser Woche. „Bleiben noch. Eileen macht nur langsam Fortschritte – immerhin! Lukas und ich kennen bald das ganze Rhônetal. Grüße." Ein Bild von einem lachenden Lukas, braungebrannt und in Wanderstiefeln. Eines mit Moritz und Lukas unter Camilles Obstbäumen, auf dem Gartentisch stapelten sich Camilles leckere Köstlichkeiten.

Moritz sah noch besser aus, als sie ihn in Erinnerung hatte. Caro musste tief durchatmen, um ihr klopfendes Herz zu beruhigen. Dann schrieb sie zurück: „Freut mich für euch. Viel Spaß beim Wandern! Grüße an Eileen." Es war so schwierig, seine Gefühle zu unterdrücken! Aber alles andere hätte die ohnehin schon vertrackte Situation nur noch komplizierter gemacht.

Caro war wie immer vollkommen in ihrer Arbeit versunken. Besser konnte sie sich von ihrem Gefühlschaos gar nicht ablenken. Und so schreckte sie hoch, als es an der Tür klingelte. Jessi! Was für eine willkommene Abwechslung! Caro freute sich, denn beide hatten sich in der letzten Zeit nur wenig gesehen.

Zazou hüpfte an ihr hoch und musste erst einmal gekrault werden, sonst würde sie ohnehin keine Ruhe geben.

„Ist ja gut", lachte Jessi. „Ich bin zufällig in der Gegend gewesen und dachte, ich schaue mal spontan vorbei. Wie geht es dir? Es muss dich ja irgendjemand mal aus deiner Arbeitswut herausreißen!"

Caro grinste. „Das sagt gerade die Richtige! Aber ich habe jetzt mit Amanda wirklich die perfekte Unterstützung. Das hätte ich niemals für möglich gehalten."

„Mensch, das freut mich so für dich!" Jessi brachte Caro mit ihrem Freudentanz zum Lachen. Doch sie hatte offenbar noch eine andere Überraschung für sie parat. Triumphierend schwenke sie einen Briefumschlag in ihrer Hand. „Schau mal, was mir der Postboten gerade für dich mitgegeben hat. Du kommst im Leben nicht darauf, wer dir geschrieben hat!"

Das sah Jessi ähnlich, zum richtigen Zeitpunkt für das Überbringen guter Nachrichten vor der Tür zu stehen.

„Gib schon her!" Kichernd riss Caro ihr den Brief aus der Hand und stutzte bei dem Absender. Pedro Fernandes? Der Brief kam aus Portugal. Schlagartig sah Caro die brenzliche Situation auf der französischen Raststätte wieder vor sich, in der sie den attraktiven Mann vor einem Raubüberfall gerettet hatte. Sie hatte überhaupt nicht nachgedacht in dieser Situation, und im Nachhinein kam es ihr vollkommen verrückt vor, wie sie gehandelt hatte. Caro lächelte bei dieser Erinnerung. Pedro hatte in der kurzen Zeit, in der sie nach dem Überfall im Rast-stätten-Restaurant nebeneinandergesessen hatten, ihr Herz ein klein wenig in Aufruhr gebracht. Und er war ihr sehr dankbar gewesen, dass sie dazwischengegangen war, hatte sich unbedingt revanchieren wollen. Natürlich hatte Caro im Leben nicht damit gerechnet, jemals wieder von ihm zu hören.

„Jetzt mach schon auf!", forderte Jessi sie auf. Sie war fast ungeduldiger als sie selbst.

Als Caro den Umschlag endlich öffnete, kam ein Brief aus feinem Papier zum Vorschein, an dem eine Visitenkarte steckte.

„Liebe Carolyn", las sie vor, „ich hoffe, es geht dir gut und du hattest eine angenehme Zeit auf deiner Reise? Ich habe mich noch gar nicht gebührend für deine mutige Rettungsaktion bedanken können. Doch nun bin ich von einer mehrwöchigen Geschäftsreise wieder zurück und möchte dies nachholen. Wie versprochen möchte ich dich und deine Freundinnen auf meine Yacht einladen, damit ihr eine umwerfende Zeit in Portugal verlebt. Und wenn du magst, zeige ich dir auch meine Kork-fabrik. Das könnte für dein Geschäft sehr interessant sein. Meine Schwester ist ein Fan von Caro-Design und hat Taschen aus deiner Kollektion. Sie besteht darauf, dich bald auch persönlich kennenzulernen." Caro schnitt eine Grimasse, als sie geendet hatte. Was sollte sie denn von dem Brief halten? „Das klingt alles ganz schön altmodisch, oder?" Sie prustete los. Sie wollte nicht zeigen, wie sehr sie sich über die Einladung freute. Auch wenn Pedro ein wenig dick auftrug.

Doch Jessi blieb wider Erwarten ganz ernst. „Ich find's süß. Er will etwas zurückgeben, ohne dabei zu aufdringlich wirken. Und einen guten Eindruck hatte er doch gemacht, oder? Wie praktisch, dass er mit nachhaltigen Materialien gleich den Roh-stoff für deine nächste Taschenkollektion liefern will."

Das sah Jessi gar nicht ähnlich. Caro sah sie irritiert an. Durch ihre Beziehung mit Tim hatte sich ihre Einstellung zu Männern offenbar gewaltig geändert. Doch das kam für sie selbst nicht mehr in Frage. „Quatsch, für eine Liebelei habe ich gar keine Zeit." Sie musste grinsen. „Immerhin hat er sich wohl auf meiner Website umgesehen."

„Na, mittlerweile ist sie sehr ansprechend geworden, und das Impressum ist Dank Annalena endlich gepflegt. Deine Erfolge sprechen auch für sich." Für Jessi klang das alles plausibel. „Für wann gilt denn die Einladung nach Portugal?"

Caro las weiter. „Er hat die kommende Woche vorgeschlagen. Ich soll mich unter der angegebenen Telefonnummer melden. Seine Assistentin kümmert sich um eine Buchung zum passenden Termin." Sie runzelte die Stirn. „Es will offenbar die Bezahlung übernehmen. Was meinst du, kann man das annehmen? Vielleicht ist er bei näherer Betrachtung doch nicht mein Fall."

Jessi lachte. „Mensch Caro! Na klar, warum denn nicht? Er will dich einfach kennenlernen. Also lass es doch auf dich zukommen."

„Ich denke mal drüber nach."

Doch Jessi plante bereits weiter. „Bei mir würde es sich gut ab dem 1. September treffen. Tim muss für einige Zeit nach Schleswig-Holstein. Seinem Onkel geht es gesundheitlich sehr schlecht. Er fühlt sich ihm und seiner Tante sehr verbunden. Da will er natürlich nach dem Rechten sehen. Und ich brauche nach dieser Stressphase im Job dringend eine Pause." Sie zeigte auf ihre Ohren, und Caro nickte mitfühlend. Verflixter Tinnitus, der sich seit Kurzem bei ihr entwickelt hatte. Doch Jessi hielt sich nicht lange damit auf. „Mit mir kannst du also rechnen", schloss sie. „Aber ich schätze, Annalena wird aussetzen müssen, ihre Zwillinge verkraften es schlecht, dass Lukas noch immer nicht hier ist. Also heißt es für uns zwei bald wieder Sachen packen. Das nächste Abenteuer wartet!"

„Jetzt spinnst du aber, Jessi! Noch ist nichts entschieden. Außerdem habe ich gerade viele Aufträge reinbekommen."

„Hast du nicht vorhin von deiner engagierten neuen Mitarbeiterin geschwärmt?"

Dem konnte Caro schlecht widersprechen. „Das stimmt schon."

Jessi rollte mit den Augen. „Komm schon, Caro. Es ist eine nette Einladung, und du bist wieder Single. Eine Woche Urlaub hast du dir ganz sicher verdient, und eine Portugalreise hast du doch schon mehrfach verschoben. Lissabon ist schön." Sie grinste. „Und eine Reisebegleitung hast du auch, wenn du magst."

Doch Caro blieb skeptisch. „Also wenn es losgehen soll, bist du natürlich dabei! Aber ich muss das Ganze erst einmal sacken lassen." Jessis Argumente waren aber überzeugend. Gegen einen Portugal-Trip sprach nichts, und wenn sie Kontakte zu einem Rohstofflieferanten ausbauen konnte, würde die Reise in jedem Fall ein geschäftlicher Erfolg werden.

„Du denkst jetzt aber nicht ans Geschäft, oder?" Jessi schüttelte den Kopf. „Das Leben ist schön, und davon solltest du ein bisschen mehr mitbekommen. Und Pedro war auch alles andere als ein Quasimodo, wenn ich mich richtig erinnere. Ich dachte, ein wenig hatte er dir auch gefallen?" Aus ihren Augen blitzte es.

Vehement schüttelte Caro den Kopf. „Ach Jessi, so weit bin ich noch lange nicht. Ich habe das mit Moritz noch nicht überwunden. Aber ein bisschen Sonne und Meer kann nicht schaden. Und wenn es noch dem Business nützt..."

„Na, dann wollen wir dem armen Pedro einen langen Atem wünschen." Jessi grinste. Sie konnte nicht glauben, wie ihre Freundin dachte.

Caro puffte sie in die Seite. „Du bist wirklich unmöglich. Ich brauche jetzt bestimmt keinen neuen Mann. Aber Portugal klingt bei näherer Überlegung schon verlockend. Ich brauche jetzt dringend meine Dosis Koffein zum Nachdenken. Damit ich mir schon mal zurechtlege, was ich gleich am Telefon sage, sodass Pedro sich keine falschen Hoffnungen macht. Was ist mir dir, trinkst du noch einen Cappuccino mit?"

Willkommen in Portugal

„Hallo, hier ist Caro."

„Olá, Caro! Wie schön, deine Stimme zu hören! Darf ich dich mit deinen Freundinnen bald in Lissabon erwarten?"

Seine Präsenz war auch durchs Telefon zu spüren und sie versetzte Caro zu ihrer eigenen Überraschung in Aufruhr. Es wurde ein langes Gespräch bis in den Abend hinein, bei dem sie über Gott und die Welt sprachen. Zum Schluss hatten sie alles zu ihrer Reise geklärt, Jessi und sie würden am 1. September kommen.

„Leonor, meine Assistentin, organisiert die Buchungen und meldet sich bei dir", versprach Pedro. „Ich freue mich, dich wiederzusehen!" Lächelnd legte Caro auf. Sie war sich immer noch nicht sicher, ob es eine gute Entscheidung war, zu fahren, doch jetzt hatte sie zugesagt. Wie gut, dass Jessi mit dabei war. Sie hatte bei Pedro auf eine eigene Unterkunft im Hotel bestanden, so fühlte sie sich unabhängiger.

Die WhatsApp-Nachricht, die kurz darauf einging, war von Moritz. Eileen sei nun stark genug für den Transport. Sie würden in der kommenden Woche endlich nach Hause kommen. Ob sie sich vielleicht einmal sehen könnten?

Caro atmete tief durch. Das hatte ihr gerade noch gefehlt. Es wurde ihr langsam zu viel mit den Männern. Und zu kompliziert. Sie schrieb ihm eine knappe Nachricht, dass sie die nächste Woche im Urlaub sei und er in dieser Zeit seine Sachen aus der Wohnung holen solle. An Moritz' Antwort merkte sie, dass sie ihn vor den Kopf gestoßen hatte, doch darauf konnte sie jetzt keine Rücksicht nehmen. Er sollte sich besser um seine kranke Frau kümmern. Und sie hatte noch genug zu klären vor dem Abflug.

Als Jessi klingelte, ging Caro noch im Kopf durch, ob sie an alles gedacht hatte. Zazou war glücklich bei Regina untergebracht, und Amanda würde die Urlaubsvertretung für wenige Tage schon schaukeln.

„Unser Trip kann beginnen", lachte Jessi, als sie Caro zur Begrüßung umarmte. „Dann auf zum Flughafen, hoffentlich kommen wir gut durch. Was hältst du von portugiesischen Sommerhits zur Einstimmung?"

Der Weg nach Frankfurt war fast entspannt gegen den nervenaufreibenden Trubel, der sie am Flughafen empfing. Die beiden Frauen gönnten sich ein Glas Prosecco in einer Bar, nachdem sie ihr Gepäck endlich aufgegeben hatten.

„Auf einen traumhaften Urlaub!" Caro hatte ihre Skepsis abgelegt. Der September startete perfekt und sie freute sich auf die vor ihnen liegende Zeit.

Während daheim die Abende langsam kühl waren, wurden die Freundinnen mit warmen 27 Grad empfangen. Pedro hatte ein kleines Empfangskomitee für sie organisiert und danach ging es erstmal zum Einchecken ins Hotel. Später saßen sie noch lange beim Essen in einem der schicken Rooftop-Restaurants mit Blick auf den Tejo zusammen, lachten und erzählten auf Englisch, Portugiesisch, Deutsch, und, wenn es nicht anders ging, mit Händen und Füßen.

„Noch einen Wein?", bot Pedro an, doch Caro und Jessi lehnten dankend ab. Langsam löste sich der Kreis aus Pedros Angestellten und Freunden auf.

„Ich bin schon gespannt auf die Korkfabrik morgen", rief Caro begeistert, als sie aus dem Badezimmer kam.

„Na klar, vor allem bei diesem Reiseführer", spöttelte Jessi und hatte gleich eine Kissenschlacht mit Caro provoziert.

Als sie wenig später erschöpft in ihren Betten lagen und mit dem Kichern nicht mehr aufhören konnten, schoss Jessi ins Blaue: „Du magst ihn?"

Caro grinste. „Vielleicht." Nachdenklich starrte sie an die Decke. „Aber vielleicht bin ich auch nur ein bisschen in diese Urlaubsstimmung verliebt. Wer weiß das schon so genau." Und damit drehte sie sich um und war kurze Zeit darauf eingeschlafen.

Pedro holte sie zur vereinbarten Zeit an ihrem Hotel ab. Begleitet wurde er von Leonor. Sie hatten sie bereits am Vorabend kennengelernt und sich auf Anhieb gut verstanden. Leonor war eine zierliche Frau, vielleicht Anfang vierzig, mit gutem Geschäftssinn und hervorragenden Deutschkenntnissen. „Wenn ihr detaillierte Fragen habt, scheut euch nicht", entgegnete sie. „Und das Vertragliche können wir auch klären."

„Dazu kommen wir später", bremste Pedro seine engagierte Assistentin ein wenig ab. „Erst einmal wollen wir unseren Gästen unsere Schätze zeigen – die Korkeichen. Und dann geht es einmal durch den gesamten Produktionsprozess. Ich bin sicher, ihr werdet begeistert sein."

Es wurde eine faszinierende Führung, und Caro war hingerissen von diesem Material. „Kork wird nur alle neun bis zwölf Jahre geerntet?", staunte sie.

„Ja, man braucht einen langen Atem", grinste Pedro. „Naturmaterialien brauchen halt ihre Zeit."

Jessi zwinkerte Caro verschmitzt zu. Sie ließen sich die Lagerung erklären und die verschiedenen Verwendungsmöglichkeiten. Zum Schluss war Caro endgültig überzeugt. „Wann könnt ihr liefern und zu welchen Konditionen?"

Leonor nickte, Caros Entschlossenheit schien ihr zu gefallen. „In vier Wochen, wenn du die angedeutete Menge abnehmen willst. Wir können auch zunächst eine Probesendung vereinbaren." Und auf ein Nicken von Pedro schob sie noch nach: „Und für Neukunden bieten wir aktuell einen Sonderrabatt an. Lass uns das doch im Büro besprechen." Sie war ganz in ihrem Element.

„Na, dann hat sich unser Trip für dich doch zumindest schon mal geschäftlich gelohnt", meinte Jessi pragmatisch, als sie sich Stunden später Schultern und Gesicht mit Sonnenschutz eincremte. Sie hatte ordentlich Farbe bekommen, und auch Caro sah gut erholt aus. Abends wollte Pedro mit ihnen zu einem Festival, und bei so viel kulturellem Programm musste auch ein wenig Zeit für Erholung am Meer sein. Darauf hatte sie bestanden und einen Mietwagen organisiert. „Was ist, kommst du noch mal mit ins Wasser?"

Doch Caro guckte nicht einmal von ihrem Krimi auf und schüttelte nur den Kopf. „Sorry, es ist gerade so spannend!"

Und das blieb es auch bis zur letzten Seite, während Jessi noch immer ihre Bahnen im Meer zog. Wasserratte trifft auf Leseratte – das hatte sich seit ihrer Kindheit nicht geändert, dachte Caro grinsend, als sie mit den Augen die Schwimmenden absuchte und der Freundin zuwinkte. Gerade weil sie beide so unterschiedlich waren und das gegenseitig respektierten, hielt ihre Freundschaft nun schon seit Dekaden.

Das Festival am Abend machte ihnen viel Spaß, und Caro genoss die entspannte Stimmung. Während der Gitarrenklänge berührte sie zufällig Pedros Arm. Sie fühlte sich wie elektrisiert. Jessis Grinsen zeigte, dass es ihr nicht entgangen war. Sie wusste, die Freundin freute sich für sie, doch nach dem Desaster mit Moritz konnte sie an ein wenig Glück in der Liebe noch nicht glauben. Ihre Gefühle tobten dennoch in ihr.

Während sie später mit Pedro und seinen Freunden bei Wein und Tapas diskutierten, merkte sie, dass Jessi plötzlich ungewöhnlich still wurde. „Was ist?"

„Oh, ein kleiner Durchhänger. Es ist wegen Tim, ich vermisse ihn." Jessi lächelte und Caro drückte ihre Hand. „Lass uns aufbrechen. Ich muss hören, wie es mit seinem Verwandtenbesuch läuft. Er ruft bald an."

Am folgenden Tag musste Pedro lange arbeiten, doch die Freundinnen hatten sich schon ein eigenes Programm überlegt.

„Okay, die Top-Sehenswürdigkeiten haben wir jetzt auch geschafft." Jessi hielt Ausschau nach einem Restaurant, denn Caro beklagte sich über ihre schmerzenden Füße. Dabei hatte sie doch extra ihre neuen Sneaker angezogen, die so bequem ausgesehen hatten.

Ein Kellner führte sie zu einem freien Tisch in einem hippen Restaurant in der Lissabonner Altstadt und sie setzten sich. Ihre prall gefüllten Einkaufstaschen teilten sie auf die freien Stühle am Tisch auf.

„Das stimmt, da haben wir doch einiges mitgenommen: Castelo de São Jorge, Sé Patriarcal de Lisboa und den Arco da Rua Augusta", zählte Caro auf. „Und das in der kurzen Zeit. Annalena wird es bestimmt bereuen, dass sie nicht mitkommen konnte. Aber zumindest haben wir viele Fotos für sie gemacht."

„Und unser Zug durch die Rua Augusta war auch nicht zu verachten", grinste Jessi, als sie die Speisekarte entgegennahm. „Wir haben schon lange nicht mehr so ausgiebig geshoppt. Wie gut, dass wir auch gleich ein paar schöne Mitbringsel gefunden haben."

Während sie Gemüse-Tempura und gegrillten Fisch genossen und einen weiteren Vinho Verde bestellten, versuchte Caro, ihre mühsamen Brocken Portugiesisch anzuwenden. Eifrig entzifferte sie Wort für Wort das Horoskop einer Tageszeitung, die griffbereit auf einem Beistelltisch gelegen hatte. „Ah, jetzt hab ich's", meinte sie zu Jessi und las ihr vor. „Ihnen stehen große Veränderungen bevor. Die Landluft ruft."

Sie sahen sich beide an und konnten sich nicht mehr einkriegen vor Lachen. Jessi auf dem Lande? Das konnten sie sich beim besten Willen nicht vorstellen.

„Was für ein kompletter Schwachsinn! Jetzt will ich aber deins hören."

Caro bemühte sich mit dem Übersetzen, dann verdrehte sie die Augen.

„Was ist?" Jessi sah sie fragend an. „Steht etwas Komisches drin?"

Caro las vor, was sie entziffert hatte: „Hüten Sie sich vor dem morgigen Tag. Gefahr liegt in der Luft."

Die beiden Freundinnen sahen sich an und prusteten los. „Bullshit, oder?" Caro winkte ab.

„Sag ich doch", stimmte Jessi energisch zu. „Die ganze Astrologie taugt nichts. Besser, man nimmt sein Leben selbst in die Hand. Wollen wir zahlen?"

Caro nickte und winkte den vorbeigehenden Kellner herbei. Natürlich, das dumme Geschreibsel konnte man nicht für voll nehmen. Horoskope zu lesen war reine Zeitverschwendung. Sie trank den letzten Schluck Wein aus. Als der Kellner ihnen einen Ginjinha anbot, konnte sie einfach nicht Nein sagen, während Jessi schon dankend abwinkte. „Was für ein köstlicher Kirschlikör", schwärmte sie. Der Kellner nickt zufrieden und schenkte ihr nochmals nach.

„Unsere Spezialität. Selbstgemacht natürlich", meinte er voller Stolz.

Dass der Selbstgemachte es in sich hatte, merkte Caro erst beim Aufstehen.

„Na, wird's gehen?" Jessi kicherte. „Vielleicht nehmen wir uns besser ein Taxi zurück zum Hotel. Mit den ganzen Einkaufstüten ist ein Spaziergang bestimmt kein Vergnügen."

Gesagt, getan. Im Hotel angekommen, legten sie sich schon kurz darauf schlafen. Doch diese Nacht brauchte Caro lange, bis sie endlich einschlief. Und sie träumte schlecht. Träumte von einem tiefen Fall, in dem ihre Hände keinen Halt mehr fanden.

Unsanft wachte sie auf hartem Boden auf.

Anfangszauber

„Ist alles okay?" Jessis Stimme klang besorgt, während sie nach dem Lichtschalter tastete. „Halb vier", sagte sie mit Blick auf die Uhr. Es klang ganz verschlafen.

Das Licht blendete Caro und sie schirmte ihre Augen ab. „Ja, soweit schon, glaube ich. Tut mir leid, dass ich dich geweckt habe. Ich habe schlecht geträumt und bin aus dem Bett gefallen. Mann, so etwas Dummes ist mir das letzte Mal in der Grundschule passiert!"

„Na, Hauptsache, es ist nichts Ernstes passiert?"

„Nein, der Schmerz lässt schon nach. Ich habe mir beim Aufkommen nur den Musikantenknochen gestoßen." Caro rieb sich die Stelle, während sie sich wieder aufrappelte.

Jessi schüttelte nur den Kopf, drehte sich um. Im Nu war sie wieder eingeschlafen.

Das hätte sich Caro auch gewünscht, aber sie war jetzt wach. Was für ein blöder Traum! Genervt schnappte sie sich ihren E-Book-Reader und ein Glas Wasser und setzte sich auf den Balkon.

Die frische Luft tat ihr gut, und zwei Kapitel später startete sie einen erneuten Versuch, zu schlafen. Und die restliche Nacht sollte ohne weitere Störungen verlaufen.

Als sie gegen zehn Uhr zum Frühstück gingen, waren sie gut erholt und bestens gelaunt.

„Bist du auch schon so gespannt auf Pedros Yacht?" Jessi sah sie neugierig an, nachdem sie ihr Croissant dick mit Feigenmarmelade bestrichen hatte.

„Eigentlich stehe ich ja nicht auf solche Angeberei. Es klingt so abgehoben, da weiß ich wirklich noch nicht so recht, was ich von ihm halten soll. Aber er gibt sich unglaublich viel Mühe. Bestimmt haben wir einen tollen Tag vor uns."

Jessi hob leicht die Augenbraue und Caro musste grinsen. Sie konnte ihr wirklich nichts vormachen. „Ja, ich finde ihn schon sehr anziehend. Männlich. Und er ist ganz schön durchtrainiert." Sie kicherte. „Also eigentlich ziemlich sexy. Das wolltest du doch hören, oder?" Sie mussten nun beide lachen.

„Ich besorge uns noch einen Kaffee." Jessi stand auf und brachte noch gleich ein paar Pasteis de Nata mit.

„Einfach köstlich, diese Teilchen, die werde ich nachbacken, sobald wir wieder zu Hause sind." Caro schob den Teller zur Seite. „Jetzt bekomme ich aber wirklich keinen Krümel mehr in mich hinein."

„Das geht mir genauso." Jessi sah auf die Uhr. „Es wird langsam Zeit, wollen wir losgehen?"

In lässigen Strandkleidern über ihren neuen Bikinis machten sie sich auf dem Weg. „Nehmen wir den Bus?", schlug Caro vor. „Ich muss heute ein wenig meine Füße schonen."

„Können wir machen. Dann fahren wir bestimmt noch an ein paar Sehenswürdigkeiten vorbei, die wir noch nicht gesehen haben."

„Bring mich nicht auf dumme Gedanken", grinste Caro, die Jessi regelmäßig zum Sightseeing mitschleppen musste. Sie sah hinaus. „Was für eine traumhafte Stadt! Und das Wetter passt auch. Bei uns daheim soll es heute übrigens regnen."

„Dann haben wir doch alles richtig gemacht", stimmte Jessi zu. „Hier, wir müssen aussteigen."

Sie quetschten sich an den anderen Passanten vorbei und standen kurz darauf auf der Straße, die zum Marina Parque das Nações führte.

„Hoffentlich finden wir Pedros Boot überhaupt. Wie heißt es noch gleich?"

„Fortuna", kam es wie aus der Pistole geschossen.

„Na, das ist doch ein gutes Omen!"

Sie bewunderten die wunderschönen Motor- und Segelyachten und sahen den Männern zu, die sie abfahrbereit machten.

„Olá, schöne Frauen!" Pedro winkte ihnen schon von Weitem zu und sprang vom Steg. „Ich bin gerade fertig geworden und jetzt sind wir auch komplett." Er stellte sie den anderen vor. „Leonor kennt ihr ja längst. Das ist Abel, ihr Mann. Wir drei sind zusammen zur Schule gegangen. Und das ist Carlos. Ein noch älterer Freund. Wir haben schon als Kinder zusammen Fußball gespielt. Und das hier sind meine Lebensretterinnen."

Caro und Jessi wurden herzlich begrüßt. Caro sah Pedro aus den Augenwinkeln an. Er sah unglaublich lässig aus in seinen weißen Shorts, dem schwarzen Shirt und seiner Kappe. Und er schien ganz in seinem Element zu sein. „Darf ich euch Fortuna vorstellen? Sie wird uns heute auf einen unvergesslichen Tag ausführen."

Jessi pfiff anerkennend. „Sie ist wirklich traumhaft, deine Fortuna. Mindestens zehn Meter lang", schätzte sie.

„Genauer gesagt sogar mehr als zwölf Meter. Und sie ist hochseegeeignet. Aber ganz so weit wollen wir heute nicht rausfahren. Hat eine von euch zufällig den SBF See?" Hoffnungsvoll sah er Caro an, doch sie schüttelte nur lachend den Kopf.

„Aber vielleicht mache ich den noch einmal. So lange bist du aber der Kapitän." Sie zupfte ihn neckend an seiner Kappe. „Wir haben dir etwas mitgebracht." Sie griff in ihre Handtasche und hielt ihm eine Weinflasche entgegen.

„Ein Tignanello. Vielen Dank! Gute Wahl und ein guter Jahrgang. Dann lasst uns gleich auf unsere gemeinsame Fahrt anstoßen!"

„Ich stelle die Petiscos dann besser noch kühl", schlug Leonor vor und Caro sah, dass sie sich die Schuhe auszog, bevor sie an Deck ging. Lernen durch Beobachtung soll einen bekanntlich weiterbringen, grinste sie in sich hinein. Sie waren hier wirklich in einer anderen Liga angekommen.

Mit einem lauten Hupen verließ die Fortuna den Hafen, und schon bald war die Yachtparty in vollem Gange. Man hörte einen bunten Sprachmix aus Portugiesisch, Englisch und Deutsch. Pedros Leute waren unglaublich nett, sie konnten über Gott und die Welt plaudern.

Pedro und Carlos steuerten abwechselnd die Yacht. Währenddessen beschlossen Jessi und Caro nach einer ausgiebigen Stärkung, sich auf dem Vordeck zu sonnen. So hatten Leonor und Abel auch ein wenig Zeit für sich.

„Wir fahren schon ein ganz schön flottes Tempo." Jessi sah begeistert aufs Meer. „Also wenn du tatsächlich den Motorbootführerschein machen solltest, bin ich dabei."

Sie hatten Cascais inzwischen den Rücken zugekehrt und waren schon wieder auf dem Rückweg nach Lissabon.

„Stimmt! Das macht unglaublich Spaß, hätte ich gar nicht gedacht. Pedro hat nicht zu viel versprochen!"

„Cascais war ganz nach meinem Geschmack", grinste Jessi.
„Und die Boca do Inferno war schon beeindruckend."

„Ja, was für ein fantastischer Tag! Und dass wir auch Delfine gesehen haben!" Caro schwelgte noch immer in Begeisterung.

„Jetzt wird mir aber langsam etwas frisch, ich hole mir meine Jacke. Soll ich deine mitbringen?" Jessi sah Caro fragend an.

„Gerne, das ist lieb."

Vorsichtig hangelte sich Jessi an der Schiffsseite nach hinten, um zur Kabine zu gelangen. Caro richtete sich auf und streckte die Arme aus, schloss für einen Moment die Augen – sie hätte die ganze Welt umarmen können. So fühlte sich Glück an.

An die Geräusche der Fortuna hatte sie sich mittlerweile gewöhnt. Doch irgendwas war anders. Sie hörte das Sportboot, bevor sie es sah. Es fuhr im Zickzack auf sie zu. In enormem Tempo. Der laute Motor, die Musik voll aufgedreht. Erschrocken riss sie die Augen auf und sah, dass das Boot ihre Yacht schnitt. Zwei junge Männer im Testosteronrausch. Die Fortuna musste ausweichen. Dabei verlor Caro das Gleichgewicht und fiel der Länge nach aufs Vordeck. Der Schmerz im Ellenbogen ein Déjà-vu. Sie fand keinen Halt, rutschte ab. Sekunden des Falls. Dann knallte sie mit voller Wucht auf die Wasseroberfläche und drang in den Atlantik ein, der sie zu verschlucken schien.

Gefahr liegt in der Luft, waren die letzten Worte, an die sie sich erinnerte, als sie scheinbar endlos unter Wasser tauchte. Hätte sie diese Warnung doch bloß ernst genommen!

Über Bord

„Verdammte Hallodris!", schimpfte Pedro, der dem Sportboot geistesgegenwärtig auswich, das seine Fortuna schnitt. „Das war gerade noch rechtzeitig!" Doch zum Aufatmen bestand absolut kein Grund. Er sah, wie Caro das Schwanken der Fortuna aus dem Gleichgewicht brachte und sie aufs Vordeck stürzte. Dort keinen Halt fand. Über Bord ging. Die Schiffsschraube! Ihm wurde schlecht vor Angst um sie. Sofort schaltete er den Motor in den Leerlauf und schlug das Ruder ein. Weg mit dem Heck von Caro! Oh Gott, warum hatte er bloß nicht auf das Tragen einer Rettungsweste bestanden?

Carlos stürzte zu ihm. „Mann über Bord! Rettungsmittel sind ausgeworfen. Abel behält die Stelle im Blick."

Pedro nickte. Auf seine Freunde konnte er sich wie immer blind verlassen. Sorgen machte ihm, dass sie sich bereits etliche Meter mit der Yacht von Caro entfernt hatten. Hoffentlich würde sie bei dem Wellengang durchhalten. Jetzt hieß es, die Nerven zu behalten! Pedro drehte das Steuer nach Steuerbord. Dann fuhr er zurück und mit Standgas einen Kreis um die Stelle, an der Caro ins Meer gefallen war. Abel, der den Ausguck stellte, lenkte ihn in die richtige Position. Dann kuppelte Pedro den Gang aus. Er lenkte die Fortuna so, dass sie fast parallel zur ausgeworfenen Rettungsboje standen, an die Caro sich verzweifelt klammerte. Vorsichtshalber stellte er den Motor ganz aus.

„Caro kann sich kaum noch festhalten, ihr müsst euch beeilen!" Jessi war verzweifelt. Immer wieder geriet Caros Kopf unter Wasser. Sie schien körperlich am Ende zu sein, ihre Hände glitten von der Boje ab. Sie mussten zusehen, wie eine Welle über sie schwappte. Jessi schrie auf.

„Ich verspreche dir, ich bringe Caro heil zurück an Bord!" Er sagte es in einem Ton, der Jessi trotz der brenzligen Situation zu beruhigen schien. „Macht euch bereit, weitere Rettungsmittel auszuwerfen, wenn es notwendig ist." Er wusste, dass Leonor Jessi klare Anweisungen dafür geben würde.

„Übernimm das Steuer, Carlos!" Und an Abel gewandt: „Behalt Caro weiter im Blick. Und setzt rechtzeitig einen Funkspruch ab, wenn ich keinen Erfolg haben sollte." Mit einem gekonnten Köpper sprang Pedro von Bord und landete im Meer. Nicht weit entfernt von der Stelle, an der die Welle Caro verschluckt hatte. Mit aller Kraft kraulte er dorthin. Er musste es einfach schaffen, sie zu retten! Bitte gib mir Caro zurück, flehte er still. Wohin sein Wunsch ging, wusste er selbst nicht genau. Zu Gott, ins Universum, zum Meer? Erst jetzt wurde ihm schlagartig bewusst, wie sehr er sich in diese Frau verliebt hatte. Wertvolle Minuten verstrichen. Der Atlantik schien sie verschlungen zu haben.

„Da drüben!", rief Abel ihm zu. Caro war wieder hochgespült worden. Mit wenigen kräftigen Schwimmbewegungen war Pedro bei ihr. Er erreichte sie, kurz bevor die nächste Welle über ihnen zusammenschlug. Für kurze Zeit verlor auch er die Orientierung. Doch es gelang ihm, sie beide wieder an die Wasseroberfläche zu bekommen. Dort drüben war die ersehnte Rettungsboje! Im Rettungsgriff schleppte er sie bis dorthin. „Sie hat keine Kraft mehr. Ich glaube, sie verliert das Bewusstsein! Lasst ein Bergesegel herunter!", rief er seinen Freunden zu.

Nach etlichen Versuchen schaffte er es, Caros leblosen Körper mit dem Segel bergen zu lassen, bevor er selbst hochgezogen wurde.

Als er sich vollkommen erschöpft über die Reling schwang, und mit Abels Hilfe wankend an Bord kam, war Leonor bereits bei der Herzdruckmassage angelangt. Wie hypnotisiert sah er zu, wie sie rhythmisch auf Caros Brustkorb drückte. Es bedurfte keiner Worte, dass Carlos inzwischen das Steuer übernommen hatte, um sie sicher in den Hafen zu bringen. Keiner sagte etwas. Endlose Minuten des Bangens sahen sie zu, wie Leonor patent und sicher die lebensrettenden Maßnahmen ergriff. Vollkommen unaufgeregt setzte sie ihre Massage fort und beatmete Caro. Pedro sah an ihrem entschlossenen Gesichtsausdruck, dass sie nicht aufgeben würde. Voller Sorge betrachtete er Caros bleiches Gesicht und betete im Stillen. Sie durfte einfach nicht aus dem Leben gehen!

Und endlich zeigten Leonors Maßnahmen Erfolg: Caro prustete beängstigend los. Es wirkte fast, als spuckte sie den halben Atlantik wieder aus.

Sie halfen ihr, so gut sie konnten, sich aufzurichten. Jessi legte ihr eine Decke um die Schultern, doch Caro schlotterte dennoch zum Herzerweichen. Aber sie war gerettet. Das war das Einzige, was zählte. Und zumindest äußerlich schien sie unversehrt. Pedro wich ihr nicht mehr von der Seite.

Endlich fuhren sie in den Hafen ein und erreichten ihren Stellplatz. Pedro hatte inzwischen den Krankenwagen gerufen, der bereits am Marina Parque das Nações wartete.

Caro war zu schwach, um zu protestieren, als der Sanitäter sie auf die Bahre hob.

„Nur ganz kurz zur Kontrolle", ermutigte Pedro sie und streichelte ihre Hand. „Es muss sein. Wir kommen dich auch im Krankenhaus besuchen."

Jessi nickte. „Sie bringen dich bald wieder auf die Beine, Caro, ganz bestimmt!"

Bei Caros erschöpftem Anblick zog sich Pedros Herz zusammen. Er hoffte inständig, dass es ihr bald besser ging.

Wortlos blickten sie dem Krankenwagen nach, der mit Blaulicht abfuhr.

„Ich habe mit dem Krankenhaus gesprochen, Caros Zustand ist stabil", teilte Leonor den anderen wenig später mit, das Handy noch am Ohr. Ihr Onkel arbeitete als Chefarzt auf der Station, in der sie Caro untergebracht hatten. Er wollte ein besonderes Auge auf sie werfen. „Sie ist unterkühlt und braucht nur ein wenig Ruhe. Morgen darf sie Besuch empfangen."

Die Erleichterung war allen anzusehen. Sie waren zusammengeblieben und hatten sich in einer Bar einen Ginjinha auf den Schrecken genehmigt. Es dauerte, bis die Aufregung des Tages nachließ. Caro war gerettet, und die Prognose war hoffnungsvoll, sie waren alle so froh. Bald darauf löste sich der Kreis auf. Pedro brachte Jessi noch ins Hotel. Er bemerkte ihre Erschöpfung. „Geht es dir wirklich gut?"

Sie lächelte schwach. „Caro und ich sind nicht unterzukriegen, das hast du doch schon mitbekommen. Mach dir keine Sorgen. Wollen wir sie morgen zusammen im Krankenhaus besuchen?"

Das riesige Bouquet aus lavendelfarbenen Rosen, das Pedro ausgesucht hatte, verdeckte sein ganzes Gesicht, als er mit Jessi das Krankenhauszimmer betrat. Caro lachte, als sie die beiden sah. „Schön, dass ihr kommt. Mir geht es prima, aber sie wollen mich noch einen Tag hierbehalten, da ist nichts zu machen."

Jessi umarmte die Freundin. „Ich bin so froh, dass es dir gut geht! Oh Mann, wenn wir auch nur geahnt hätten, dass es ein Omen war!"

„Ein Omen? Wovon redet ihr?"

Sie klärten den überraschten Pedro über das unglückselige Horoskop auf.

„Wie konntet ihr beiden nichts darauf geben?!" Er schüttelte den Kopf und drückte Jessi den Strauß in die Hand, um Caro zu umarmen.

„Den wirst du bestimmt auf mehrere Vasen aufteilen müssen", rief Caro ihr nach.

Sie hatten einen kurzen Moment für sich, und Caro zog Pedro an sich, um ihn zu küssen. „Danke, Lebensretter!"

„Dann sind wir ja quitt!" Sie hielten sich an den Händen und konnten die Augen nicht voneinander lassen. Als Jessi mit einer riesigen Vase und der Krankenschwester zurückkam, fuhren sie wie ertappt auseinander und mussten dabei lachen.

Die besorgte Schwester ermahnte sie: „Sie müssen bald gehen, Frau Schneider braucht noch Ruhe."

„Ruf an, wenn du entlassen wirst, wir holen dich hier ab", verabschiedeten sich Jessi und Pedro mit einer herzlichen Umarmung. Und er gab ihr noch einen zarten Kuss. „Ich bin so froh, dass alles gut ausgegangen ist! Was hast du nur für ein unvorstellbares Glück gehabt!"

Es dauerte lange, bis Caro am nächsten Tag endlich aus dem Krankenhaus entlassen wurde. Jessi und Pedro warteten geduldig und Pedro fuhr die beiden Freundinnen in ihr Hotel.

„Heute bitte kein Programm, ich streiche freiwillig die Segel", winkte Caro ab.

„Bestimmt nicht." Pedro lachte. „Ich hatte an ein Picknick am Strand gedacht und würde euch abholen. Baden, chillen, eine Kleinigkeit essen, was meint ihr? Einige Freunde wollen auch vorbeikommen."

„Das klingt gut", kam es wie aus einem Mund, und sie verabredeten sich zum Nachmittag.

Die Zeit am Meer verging wie im Flug, und verlief genauso, wie Caro es sich gewünscht hatte: mit baden, lesen, reden und Nichtstun. Sie begann, sich zu erholen und zwinkerte Pedro zu, der mit seinen Freunden Beachvolleyball spielte. Ein wenig wehmütig sah sie aufs Meer. „Einfach himmlisch! Man würde sich wünschen, dass der Tag niemals vergeht."

Es wurde Abend, doch niemand machte Anstalten, nach Hause zu fahren. Die letzten Petiscos wurden herumgereicht, Mineralwasser und die letzte Flasche Vinho Verde wurden verteilt. Sie beobachteten gemeinsam den Sonnenuntergang, während Caro an Pedro heranrückte. „Es ist so schade, dass wir morgen Nacht schon wieder nach Hause fliegen."

Er legte zärtlich den Arm um sie und sah ihr in die Augen. „Das stimmt. Ich vermisse dich jetzt schon. Euer Besuch war viel zu kurz." Wehmütig sah er sie an. „Vielleicht könnt ihr doch noch einen Tag verlängern? Ich gebe morgen Abend eine Party und wäre glücklich, wenn ihr dabei seid. Leonor bekommt sicher neue Tickets für euch am nächsten Tag."

„Klar, das ist absolut kein Problem." Leonor nickte, sie war in ihrem Element.

„Wir müssen leider wirklich heim", meinte Jessi bedauernd. „Ich muss dringend mit meinem Freund reden, es gibt wohl einige Neuigkeiten von seinen Verwandten." Ihr Tonfall ließ ahnen, wie sehr sie Tim vermisste. „Und von meiner Arbeit will ich gar nicht reden, die stapelt sich langsam bis zur Decke."

Auch Caro seufzte. Sie hatte tatsächlich von ihrer Arbeit abschalten können, doch nun meldete sich ihr schlechtes Gewissen. „Ich kann Amanda nicht noch länger mit der ganzen Arbeit allein lassen. Da haben sich ein paar Dinge angehäuft, die nur ich vor Ort klären kann. Sie rechnet mit mir."

Pedro nickte nachdenklich und nahm ihre Hand in seine. Dann flüsterte er ihr ins Ohr. „Das mit uns geht tiefer, Caro, als ich es in der kurzen Zeit für möglich gehalten hätte. Ich habe im Gefühl, dass es mit uns weitergehen wird."

Sein Kuss war wie ein sanfter Sommerwind, der doch so viel mehr versprach.

Unverzeihlich

Die Morgensonne fiel Caro ins Gesicht und kitzelte sie wach. Sie sah zu Jessi hinüber, die noch tief und fest schlief. Doch Caro hielt nichts mehr im Bett. Sie war noch immer aufgewühlt von den ganzen Ereignissen der letzten Tage. Dem schrecklichen Bootsunfall, der wie ein Wunder gut ausgegangen war. Dem vergangenen Abend, der so sommerlich leicht und schön gewesen war. Und Pedro. Allein der Gedanke an ihn versetzte die Schmetterlinge in ihrem Bauch in Aufruhr. Da half nur eine kalte Dusche, um wieder einen klaren Gedanken zu fassen.

Das Wasser der luxuriösen Regendusche prasselte auf sie herab und sie genoss die Frische. Nie im Leben hätte sie geglaubt, sich so schnell wieder verlieben zu können! Doch aus dem anfänglichen Flirt, der lukrativen Geschäftsverbindung und der Dankbarkeit, dass er sie gerettet hatte, entwickelte sich weit mehr, als sie kontrollieren konnte. Sie war Pedros südländischem Charme hoffnungslos verfallen.

Caro dachte an ihre gestrige Unterhaltung mit Jessi, während sie auf dem Balkon ihren Kaffee trank. „Er ist doch mindestens so verschossen in dich", hatte sie ihr grinsend gesagt, als sie abends hundemüde ins Hotel zurückgekommen waren. Trotz des unbeschwerten Abends hatte Jessi ihr angemerkt, dass ihre Gedanken immer wieder zu ihrem Unfall zurückkehrten. Der Schreck steckte ihr einfach noch zu sehr in den Gliedern. Und auch der baldige Abflug trübte ihre Stimmung. „Es ist echt ein Wunder, dass alles gut ausgegangen ist. Nimm das Lebens so, wie es kommt! Er liebt dich, du liebst ihn – da werdet ihr beiden schon eine Lösung finden."

Wenn selbst Jessi sich so sicher war, dass Pedro es ehrlich meinte, war vielleicht doch etwas dran. Und mit diesem Gedanken war sie gestern Abend eingeschlafen.

Caro stellte ihre Kaffeetasse ab. Sie gönnte Jessi ihren Schlaf, aber bei dem schönen Wetter hielt sie nichts mehr im Hotelzimmer. Sie beschloss, allein am Tejo spazieren zu gehen. Das war jetzt genau das Richtige, um nachzudenken. Sie wollte gerade die Straße überqueren und war in Gedanken bei Pedro. Vollkommen vertieft hörte sie plötzlich eine Stimme neben sich, die ihr sogleich Herzklopfen bereitete.

„Bom dia, schöne Frau!"

Caro fuhr zusammen.

„Pedro! Hast du mich erschreckt! Ich dachte, du organisierst deine Party?"

Lässig lehnte er aus dem heruntergelassenen Fenster seines Porsches. „Das wird ganz locker heute Abend. Bist du ohne Jessi unterwegs? Dann schläft sie wohl noch. Hast du Lust auf eine Spritztour?"

Er sah unverschämt gut aus, und Caros Beine wurden ganz weich, als sie an seinen Wagen herantrat.

„Das stimmt, aber mich hat es rausgezogen. Ich wollte ein wenig am Tejo spazieren gehen."

„Steig ein, ich kenne da einen Traumstrand, den wirst du lieben."

„Nur, wenn ich dich nicht von den Vorbereitungen zu deiner Feier aufhalte", versicherte sich Caro, während sie einstieg.

Damit gab sie ihm erneut das Stichwort. „Habt ihr euch schon entschieden? Ihr kommt doch sicher heute Abend?" Bittend und eindringlich zugleich sah er sie an. „Es wäre unser letzter Abend."

Sie versank in seinen dunklen Augen. Dann lächelte sie. Er gab wirklich nicht auf. „Ich überleg's mir, Pedro. Versprechen möchte ich nichts. Du weißt, dass unser Flieger heute Nacht geht. So war es geplant. Jessi will ihren Freund wiedersehen. Und sie hat diesen Sommer schon so viele Termine für mich verschoben, dass es ihrem Job schaden könnte. Und ich muss auch endlich zu Hause nach dem Rechten sehen." Irgendwie klang es auch in ihren Ohren wie Ausreden. Obwohl alles stimmte.

„Ich schätze Frauen, die wissen, was sie wollen und ihren Beruf nicht vernachlässigen. Aber mein Angebot steht. Leonor hat sich schon erkundigt und kann euch für morgen Mittag einen Rückflug besorgen."

Darauf antwortete Caro nichts und sie schwiegen für eine Weile, genossen die Fahrt, die sie die Estrada Marginal entlangführte.

Die Fischerdörfer flogen geradezu an ihnen vorbei, ebenso die Orangenhaine. Ab und zu blitzte das tiefblaue Meer hindurch. Caro konnte sich gar nicht sattsehen an diesem Ausblick.

Sie hielten an einer felsumsäumten Einbuchtung an, und der Bilderbuchblick auf den vollkommen menschenleeren Sandstrand ließ Caros Herz höherschlagen. „Es ist malerisch schön hier!"

„Komm, lass uns mal sehen, wer zuerst im Wasser ist!", forderte Pedro sie lachend heraus. Kleidungsstücke fielen in den Sand, während sie sich ihren Weg zum Meer bahnten. Der Wind strich über ihre nackten Körper, bis sie sich nacheinander in die kühlen Fluten stürzten. Noch nie in ihrem Leben war Caro vollkommen nackt baden gegangen! Aber es waren ihre letzten Stunden in Portugal. Die letzten Stunden, die sie beide zusammen hatten. Und sie waren endlich allein.

„Ich war Erster", behauptete Pedro ein Stück von ihr entfernt, als er gerade noch stehen konnte.

„Du hattest auch einen Vorsprung. Das gilt nicht!", protestierte Caro im Spaß und spritzte ihm eine Ladung Wasser ins Gesicht. Die Retour ließ nicht lang auf sich warten, und sie tollten herum wie Kinder.

Es war ein so federleichter, absolut perfekter Start in den Tag. Endlich konnte sie loslassen und genießen. Der ganze Stress der vergangenen Wochen fiel ebenso von ihr ab wie die grübelnden Gedanken über den Unfall. Endlich war sie glücklich, es gab nur sie beide. Rücklings ließ sie sich auf dem Meer treiben und ließ es geschehen, dass er sie sanft mit sich zog.

„Senhor Fernandes, Sie haben mich in die absolute Idylle entführt. Hier sind wir vollkommen unter uns." Caros Fußspitzen fanden Halt im flacheren Wasser und sie zog Pedro lachend an sich.

„Absolut nicht. Behalt die Augen auf und ich beweise dir das Gegenteil." Er hielt ihre Taille umschlungen, während er mit ihr unter Wasser abtauchte. Ein Fischschwarm zog an ihnen vorbei und sie beobachteten ihn fasziniert. Sahen, wie neugierige Fische ganz dicht an sie heranschwammen, nur um sich schnell wieder in den Schwarm einzureihen. Ergriffen nahm sie seine Hand, und gemeinsam folgten sie den Fischen, bis sie wieder auftauchen mussten. Prustend schüttelten sie sich.

„Wir sind wohl doch nicht so ungestört, wie ich dachte."

Pedro zwinkerte ihr zu: „Aber sie sind absolut verschwiegen, ich gebe dir mein Ehrenwort!"

Sie lachten, und ihre Blicke trafen sich. Ihre Hände konnten nicht mehr voneinander lassen. Ihre Lippen fanden zueinander, genauso wie ihre Körper. Die Küsse schmeckten nach Leichtigkeit. Nach Liebe. Und nach Meer. Und sie wurden von ihrem Verlangen überwältigt.

Der Strand war noch immer menschenleer, als sie ihre Kleidungsstücke zusammenklaubten, um sich anzuziehen.

„Lass uns zurückfahren", schlug sie vor.

Er nickte und nahm ihre Hand, als sie zum Auto gingen. Viel zu kurz war die Rückfahrt zum Hotel.

„Bitte sag, dass ich heute Abend mit dir rechnen darf", bat er sie erneut zum Abschied, bevor sie sich küssten. Der Kuss schmeckte nicht nach Abschied, sondern nach einem Anfang, das spürten sie beide. Caro fiel das gestrige Gespräch mit Jessi ein. Ihr werdet einen Weg finden. Vielleicht sollte sie einfach mal an ihr Glück glauben? Und dennoch sprach so vieles dagegen. Die Entfernung, ihre kurze Bekanntschaft, ihre Gefühle für Moritz. Auch wenn sie sich selbst auf die Zunge hätte beißen können, wollte alles in ihr noch unbestimmt bleiben. Sie merkte selbst, dass sie ihrem Glück am meisten selbst im Weg stand.

„Ich werde kommen, wenn ich Jessi überreden kann", rang sich Caro schließlich durch. Sie wollte sich einfach ein letztes Hintertürchen offenhalten. Und sie war sich tatsächlich nicht sicher, ob Jessi bei der Verlängerung noch einmal mitspielen würde. Denn Jessi wollte unbedingt mit Tim reden. Irgendetwas hatte sich an deren Situation geändert, und sie spürte, dass ihre sonst so lebensfrohe und entspannte Freundin sich ernstlich Sorgen machte.

Als Caro endlich das Hotel betrat, suchte sie Jessi auf ihrem Zimmer vergeblich. Aber sie hatte ihre Sachen bereits gepackt und war abflugbereit.

Sie fand ihre Freundin am Pool, sie genoss immer bis zum letzten Augenblick. Caro schien das Strahlen im Gesicht zu stehen. Wissend grinste Jessi sie an. „Ich nehme an, du hattest einen schönen Morgen?"

Sie lächelte sie entwaffnend an. „Es war wunderbar. Und ich würde ehrlich gesagt gerne auch noch einen ebenso schönen Abend haben." Bittend sah sie Jessi an. „Leonor wird uns Tickets für morgen Mittag organisieren. Dann kämen wir nur wenige Stunden später an als geplant."

Skeptisch sah Jessi sie an, und Caro dachte schon, sie würde ohne sie heimfliegen.

Doch Jessi wäre nicht Jessi gewesen, wenn sie sich nicht mitreißen lassen würde. „Nun gut, morgen Mittag macht dann auch nicht mehr den großen Unterschied. Abends wären wir dann daheim." Sie überlegte kurz. „Ich spreche das noch mal mit Tim durch."

Caro sah Jessi beim Telefonieren zu. Es würde ein gutes Omen sein, wenn Tim sein Okay gab. Fragend sah sie Jessi an, als sie zu ihr kam.

„Er war nicht gerade begeistert, aber er wollte auch nicht am Telefon darüber sprechen. Er wünscht uns viel Spaß." Sie sah Caro an. „Dann gehen wir also zur Party. Aber haben wir überhaupt etwas Passenden zum Anziehen? Wir können ja schlecht mit unseren Strandkleidern dort auftauchen." Sie sah auf die Uhr. „Wann soll die Party denn beginnen?"

„Um acht hat Pedro gesagt."

„Na, dann lass uns noch in die Stadt fahren und uns etwas Schönes kaufen!"

Caro drehte sich in ihrem azurblauen Kleid mit tiefen Rückenausschnitt vor dem Hotelzimmerspiegel, das sie zusammen mit ihren hohen Sandaletten im Colombo Shopping Center erstanden hatte.

„Du siehst toll aus", nickte Jessi ihr anerkennend zu, als sie sich schminkten. „Pedro wird nur Augen für dich haben."

Um kurz nach neun stiegen die beiden Freundinnen aus dem Taxi. Pedros Quinta war hell erleuchtet, die Party war bereits in vollem Gange. Während Jessi sich, bewaffnet mit einem Glas Champagner, zur Tanzfläche aufmachte, weil der DJ gerade ihren Lieblingssong spielte, gingen Caros Augen suchend durch den Raum. Sie sah Carlos und Abel in der Nähe stehen und ihr zuwinken. Gedankenverloren winkte sie zurück. Wo war Pedro bloß? Seine Feier fand offenbar ohne ihn statt und außer ihr schien es niemanden zu stören. Einige weitere Gesichter kamen ihr bekannt vor, und sie grüßte, ohne sich ansprechen zu lassen. Nach Smalltalk war ihr gerade nicht zumute. Sie wollte möglichst jede Minute des Abends mit Pedro auskosten. Doch er blieb wie vom Erdboden verschwunden. War er vielleicht gekränkt, dass sie ihre Zusage so vage gehalten hatte? Vielleicht hätten sie sich besser doch angekündigt? Caro hatte ein merkwürdiges Gefühl in der Magengegend. Wie immer, wenn irgendetwas nicht passen wollte. Pedro hatte alle Überredungskünste aufgeboten, damit sie zu seiner Feier kam. Damit sie beide noch Zeit miteinander verbringen konnten. Ihr Pedro. So kleinlich würde er doch nicht sein? Es gab ihr einen Stich, dass er unauffindbar blieb.

Da entdeckte sie Leonor im Getümmel und ging zu ihr. Sie würde sicher wissen, wo sie ihn finden konnte.

„Caro, was für eine Überraschung, dass ihr hier seid!" Leonors herzliche Begrüßung zerstreute Caros Bedenken. „Du suchst sicher Pedro? Er ist kurz nach oben gegangen, du findest ihn in seinem Arbeitszimmer, zweite Tür links. Er hatte bloß noch dringend etwas zu erledigen. Aber er wird begeistert sein, dass ihr doch noch gekommen seid! Und mach dir keine Sorgen wegen der Tickets, das bekomme ich morgen schon hin mit der Umbuchung. Ich gehe jetzt gleich mal zu Jessi, sie ist bestimmt tanzen?"

„Da liegst du richtig. Und vielen Dank, Leonor, du bist ein Schatz!" Caro strahlte sie an. Dann musste sie sich zusammenreißen, um nicht zwei Stufen auf einmal zu nehmen. Sie freute sich unbändig, Pedro wiederzusehen. Ihn in die Arme zu schließen. Seine Küsse auf ihrer Haut zu spüren. Die Bässe dröhnten hinauf. Doch die ausgelassene Party war ihr egal. Pedros Arbeitszimmer fand sie dank Leonors Beschreibung schnell. Dann hielt sie kurz inne und klopfte an. Jede Faser ihres Körpers war voller Erwartung, diesen tollen Mann wiederzusehen.

Doch im Zimmer blieb es still. Auch nach dem zweiten und dritten Klopfen bat sie niemand herein. Hatte Leonor sich etwa geirrt? Oder hatte sich Pedro mittlerweile schon wieder unter seine Gäste gemischt? Caro lauschte an der Tür und war sich nicht sicher, was sie nun tun sollte. Doch unverrichteter Dinge nach unten gehen wollte sie auch nicht. Zu sehr freute sie sich darauf, ihn zu küssen, ihn in die Arme zu schließen. Entschlossen drückte sie die Türklinke herunter.

Ihre Augen gewöhnten sich nur langsam an den abgedunkelten Raum. Sie sah zwei Personen am Schreibtisch stehen, einen Mann und eine Frau. Sie schienen vollkommen vertieft ineinander, hielten sich eng umschlungen. Er hatte sein Gesicht in ihren Haaren vergraben, streichelte ihr sanft über den Rücken. Sie presste sich an ihn. Von der Außenwelt bekamen die beiden nichts mit. Und es bestand kein Zweifel: Es war Pedro, zusammen mit einer schwarzhaarigen, gertenschlanken Frau. Ihre feinen Gesichtszüge waren im Halbprofil trotz der Dämmerung gut zu sehen.

Nur langsam verstand sie, was sie dort sah. Ihr Körper reagiert schneller als ihr Verstand. Schwindel überkam sie und sie hatte das Gefühl, sich übergeben zu müssen. Das konnte, nein, das durfte einfach nicht wahr sein! Das Atmen fiel ihr schwer. Das war ein böses Déjà-vu. Schon einmal hatte sie eine solche Situation erlebt, damals mit Sascha. Bloß weg hier! Das war alles, was sie denken konnte. Und so machte sie auf dem Absatz kehrt, überließ ihren Pedro der anderen Frau.

Caro rannte die Treppe herunter wie von der Tarantel gestochen. Gehetzt sah sie sich um und erkannte ihr kalkweißes Gesicht fast selbst nicht, das ihr aus einem Spiegel entgegen starrte. Nach kurzer Suche fand sie Jessi an der Bar, mittlerweile mit einem Gin Tonic in der Hand in einer Menschentraube.

„Hier Caro, nimm auch einen Drink."

Doch danach stand ihr ganz und gar nicht der Sinn. Rüde unterbrach sie die Unterhaltung und wandte sich an Jessi. „Los, komm, wir fliegen noch heute Nacht zurück!" Dann stürzte sie ohne ein weiteres Wort hinaus und ließ ihrer Freundin nur eine Möglichkeit: ihr zu folgen.

„Geht's noch ein bisschen schneller?", forderte Caro den Taxifahrer auf, und der tat, was sein Wagen hergab.

Jessi sah vollkommen irritiert zu ihr hinüber. Caro konnte sich denken, was ihr durch den Kopf ging. Für sie hatte Jessi den Urlaub verlängert. Und jetzt bekam sie nicht einmal eine Antwort auf ihre Fragen zu ihrem fluchtartigen Abgang. Doch Caro konnte gerade mit niemanden darüber sprechen, nicht einmal mit Jessi. Sie rechnete es ihr hoch an, dass sie ihre Entscheidung zu gehen nicht in Frage gestellt hatte, auch wenn sie sie nicht verstand. Dafür kannten sie sich viel zu lange, sie konnten sich immer aufeinander verlassen. Doch diese rücksichtslose Art kannte Jessi von Caro nicht. Und sie erkannte sich selbst kaum wieder. Am Gate stemmte Jessi ihre Hände in die Hüften und funkelte sie an. Ihre Geduld war merklich am Ende. „Caro, jetzt sag mir endlich, was los ist! Du bist mir eine Erklärung schuldig. Was ist auf der Party passiert, dass du so überstürzt wegwolltest?"

Caros Augen füllten sich mit Tränen, auch wenn sie noch so sehr dagegen ankämpfte. Bei dem ‚Pling' auf ihrem Handy raste ihr Herz, doch diesmal war es vor Wut.

„So, die Nummer habe ich blockiert, der wird mich nie wieder belästigen", zischte sie der verdutzten Jessi zu, als sie von ihrem Handy aufsah.

„Willst du nicht darüber reden?"

„Es tut mir leid, aber das kann ich einfach nicht. Nur so viel: Bei Männern greife ich offenbar immer wieder ins Klo! Sei so lieb, und erwähne den Namen Pedro nie wieder. Er ist für mich gestorben!"

Ihr Flugzeug wurde aufgerufen, und ohne ein weiteres Wort schnappte sich Caro ihre Tasche und ging zum Schalter. Kopfschüttelnd tat Jessi es ihr gleich.

Sie stiegen jetzt also doch in das ursprünglich geplante Flugzeug. Doch alle Leichtigkeit, die ihr gemeinsamer Urlaub eigentlich bringen sollte, war dahin. Caro brütete mürrisch vor sich hin, ohne sich um Jessis Gefühle zu kümmern. Sie war zu sehr gefangen in ihren eigenen.

Jessi gab es irgendwann frustriert auf, auch wenn Caro mehrfach besorgte Blicke von ihr einfing. Es tat ihr leid, die Freundin so im Regen stehen zu lassen. Das hatte sie nicht gewollt. Bitter fielen ihr Pedros Worte ein, in einem anderen Kontext. Doch sie trafen es auf dem Punkt: Das hier, das ging einfach zu tief. Das Kapitel Männer hatte Caro ein für alle Mal abgehakt.

Ein anderes Wort für Wunder

Eileen saß während der gesamten Autofahrt schweigend neben ihm. Fast so, als würde sie das Unheil ahnen, das ihr durch die Diagnose bevorstand. Moritz hatte es aufgegeben, sie mit Belanglosigkeiten aufzumuntern. Das, was ihr vor dem Überfall wichtig war – ein wenig Klatsch und Tratsch, die neueste Mode und kulturelle Veranstaltungen – all das hatte für sie vollständig an Bedeutung verloren. Allein die fixe Idee, jemals wieder richtig laufen zu können, schien sie anzutreiben. Er konnte es verstehen, aber es trieb jede Leichtigkeit aus ihrer Beziehung. Moritz seufzte. Er war froh, dass Lukas in der Kita gut aufgehoben war und nachmittags Max und Nele besuchen konnte. Annalena sei Dank, dass sie wieder einmal einsprang! Er steuerte einen breiten Parkplatz an und hörte schon den Protest, als er den Rollstuhl aus dem Kofferraum holte. „Wir sind schon spät dran, Schatz. Du willst doch pünktlich zu Professor Böhmes Sprechstunde kommen?"

„Aber die Krücken kommen mit!" Es klang trotzig.

Er wollte schon abwiegeln, doch ihre Blicke trafen sich und er sah, wie sich ihre Augen verfinsterten. „Sie kommen mit, habe ich gesagt!"

Auch wenn er es für übertriebenen Stolz hielt, blieb Moritz nichts anderes übrig, als sie einzupacken.

Man merkte ihnen an, dass Streit in der Luft lag, als er seine missmutig blickende Frau durch die Gänge des Krankenhauses schob. Er hätte es nie ausgesprochen, aber ihre ebenso hilf- wie erfolglosen Gehversuche auf Krücken konnte er kaum noch ertragen. Es ging mit der Behandlung nun schon seit Wochen nicht mehr voran, und vielleicht musste Eileen sich der Tatsache stellen, dass es niemals wieder so werden würde wie früher. Doch er mochte diesen Gedanken nicht weiterdenken. Moritz hoffte, dass der Termin beim Professor endlich Aufschluss bringen würde, wie es mit Eileens Gesundheit weitergehen würde.

Sie saßen nach der Anmeldung nun schon seit einer geschlagenen Stunde im Krankenhausflur und warteten. Eileen hatte die ganze Zeit kein Wort gesagt und vor sich hingebrütet. Jetzt platzte ihr der Kragen. „Ich werde mal nachfragen, wann ich endlich dran bin." Sie schnappte sich die Krücken und humpelte mühselig den Gang entlang zum Schwesternzimmer. Er sah ihr hinterher, unschlüssig, ob er ihr helfen und sich eine erneute Abfuhr einhandeln sollte. Er ließ es schließlich bleiben. Doch hoffte er, dass sie sich in ihrer Wut nicht mit jedem auf der Station anlegen würde.

Von Weitem beobachtete er, wie eine Schwester sie abwimmeln wollte, doch das ließ Eileen nicht zu. Sie diskutierten heftig miteinander, das sah man selbst aus dieser Entfernung. Wie ein roter Racheengel stand Eileen aufrecht da. Perfekt geschminkt und gestylt wie eh und je, gertenschlank, mit der Figur einer Tänzerin. Und doch war sie ein… Er konnte seinen Gedanken gerade noch rechtzeitig stoppen und biss sich verschämt auf die Lippen. Verdammt, was stimmte nicht mit ihm? Er erkannte sich selbst kaum wieder. Lag es daran, dass er sich durch ihren Heldenmut an sie gekettet fühlte, während seine Gefühle für Caro noch viel zu stark waren, um sie gehen zu lassen? Caro. Wie es ihr wohl ging? Es hatte ihn verletzt, dass er seine Sachen aus der gemeinsamen Wohnung holen sollte und sie ihn nicht einmal hatte sehen wollen. Doch hatte er ein Recht, das ausgerechnet an Eileen auszulassen?

Seine Frau schnaufte vor Erschöpfung, als sie den Gang zurückhinkte. Jeder Schritt war mühsam erkämpft, die Krücken verhinderten bloß, dass sie umkippte.

„Frechheit! Die Schwester wollte mir weismachen, dass der Professor vor einer halben Stunde zu Mittag gegangen sei. Das hätten wir ja wohl mitbekommen. Ich habe auf unseren Termin bestanden und sie sagte, es würde aber dauern." Sie sah Moritz an, und er erkannte, dass hinter ihrer trotzigen Art eigentlich nackte Verzweiflung hervorkroch. Dieser Facharzt war ihre allerletzte Chance. „Ich habe ihr jedenfalls gesagt, dass ich zur Not auch hier vor seiner Tür schlafen würde. Irgendwann wird er mich ja drannehmen und untersuchen!"

Moritz nahm Eileen in den Arm, doch es fühlte sich hölzern an. Er spürte, dass er ihr keinen Trost geben konnte.

Nach einer gefühlten Ewigkeit trat endlich ein hochgewachsener sportlicher Mann auf sie zu.

„Sie müssen mich für die Verspätung entschuldigen. Ich bin Professor Böhme. Kommen Sie doch rein." Nach einem kurzen Händeschütteln schloss er auf und wies sie mit einer Handbewegung an, vorzugehen. Eileen griff die Krücken und humpelte entschlossen, aber im Schneckentempo voran, während Moritz verärgert den Rollstuhl hinterher schob. Sie verloren kostbare Zeit, die sie besser im Gespräch mit dem Arzt genutzt hätten.

Professor Böhme rief die Röntgenbilder auf seinem Rechner auf und sandte sie an den großen Bildschirm vor ihnen. Dann sah er Eileen an, prüfend, was er ihr zumuten konnte. „Frau

Wagner...", setzte er an, vergewisserte sich mit einem Blick in Moritz' Richtung.

„Sprechen Sie Klartext, Professor Böhme. Sie sehen ja selbst, wie desaströs mein Fortschritt ist. Ich möchte wieder gehen können. Helfen Sie mir?" Ihre Stimme überschlug sich fast. Die Verzweiflung über ihre Situation gab ihr einen hysterischen, fordernden Unterton.

Beschämt blickte Moritz zu Boden. Sie hatten doch vorher besprochen, dass sie ihr Anliegen möglichst sachlich rüberbringen sollte. Auch der Professor schien merklich irritiert über die aufwallenden Emotionen.

„Der Unfall ist bereits drei Monate her, Frau Wagner. Warum haben Sie sich nicht eher um eine angemessene Behandlung in Deutschland gekümmert? Nach dieser Zeit denke ich, dass sie auch nach einer weiteren Operation mit, ähm... gewissen Einschränkungen leben lernen müssen." Er sah zu Moritz hinüber. „Ihr Mann hilft Ihnen sicher, das zu verstehen. Und er ist Ihnen ja offenbar auch eine große Stütze. Sie können sich ja nochmals zu der OP besprechen." Damit schien für ihn die Sprechstunde beendet zu sein.

Eileen starrte ihn entgeistert an. Dann entgegnete sie mit schriller Stimme: „Ich verstehe Sie auch allein ganz prima, einen Übersetzer brauche ich da nicht. Und meine Entscheidungen treffe ich noch immer selbst. Wann ist eine OP möglich? Ich werde jede Chance nutzen."

„Wir haben aktuell Wartezeiten von sechs Monaten. Aber Sie sollten sich diesen Schritt wirklich gut überlegen..."

Eileen hatte sich bereits erhoben und war wortlos zur Tür gehinkt. Fast wäre sie gestürzt, als sie mit den Krücken die Tür öffnen wollte. Moritz beeilte sich, ihr zu helfen.

„Danke für Ihre Zeit, Herr Professor. Wir melden uns, wie wir uns entschieden haben", versuchte er zu beschwichtigen und holte schnell den Rollstuhl, den er hinter seiner Frau herschob.

Als er Eileen einholte, der die Wut im Bauch Auftrieb gegeben hatte, äffte sie ihn nach: „Danke für Ihre Zeit, Herr Professor! Was sollte dieser Schwachsinn eigentlich! Der Mann ist Facharzt und will mich ein halbes Jahr in diesem Zustand verrotten lassen! Und du machst noch den Bückling vor ihm. Ich fasse es nicht."

Jetzt platzte auch Moritz der Kragen. „Du siehst noch nicht einmal, wie sich alle um dich bemühen. Du bist nicht der einzige Mensch, der eine schwerwiegende Operation braucht. Und wahrscheinlich bringt sie dir ja auch gar nichts. Das hat er dir versucht, klarzumachen."

„Na ja! Von Engagement habe ich bei diesem Herrn Professor nichts gemerkt. Du etwa? Und glaubst du wirklich, dass ich akzeptieren werde, dass es so bleibt, wie es jetzt ist?" Die letzten Worte schrie sie im entgegen. Dann brach sie in Tränen aus.

Da wurde auch Moritz laut: „Ja, verdammt! Vielleicht musst du das sogar akzeptieren! Vielleicht wird es dann auch leichter, damit umzugehen!"

Der Blick, mit dem Eileen ihn ansah, hätte töten können. „Nie im Leben werde ich das akzeptieren!" Ihre Stimme war kalt wie Eis, genauso wie die Stimmung zwischen ihnen.

Den ganzen Weg nach Hause breitete sich ein unerträgliches Schweigen aus. Zu Hause angekommen, humpelte Eileen sofort ins Arbeitszimmer und setzte sich an den Rechner, um alternative Behandlungsmethoden zu recherchieren.

176

Moritz seufzte, er gab es auf. Als er irgendwann nach der Post sah, lag ein Schreiben der Krankenkasse darin. An Eileen gerichtet. Wortlos legte er es ihr auf den Schreibtisch. Sie sah noch nicht einmal auf.

Als er sie kurz darauf laut aufschluchzen hörte, ahnte er den Inhalt des Schreibens. Ihre Reha war abgelehnt worden. Es war die zweite große Abfuhr an diesem Tag. Als sie bei seiner Berührung nur zusammenzuckte und nach ihm schlug, ließ er sie endgültig in Ruhe.

Es dämmerte bereits, als es an der Tür Sturm klingelte. Das konnte nur Annalena mit Lukas sein. Verdammt, sie hatten vergessen, ihn abzuholen! Schnell sprang Moritz vom Fernsehsessel auf, lauschte in Richtung Arbeitszimmer, doch von dort kam keinerlei Reaktion auf das Klingeln. Verschämt sammelte er auf dem Weg zur Haustür die leeren Bierflaschen ein und stellte sie auf den Boden in der Küche, bevor er die Tür öffnete. Er bemühte sich um ein unbefangenes Grinsen und umarmte seinen Sohn, der ihn begeistert umarmte. „Papa!" Dann verzog er das Gesicht. „Du riechst aber komisch! Ihr habt vergessen, mich abzuholen! Tante Lena meinte, wir fahren jetzt einfach vorbei." Lukas war zu Recht empört. „Wo ist Mama, schläft sie schon?"

„Es sieht so aus. Und du machst dich auch gleich bettfertig, mein Großer. Danach lese ich dir eine Geschichte vor, versprochen?"

„Nein, zwei. Weil ihr mich vergessen habt!" Sein Sohn hatte viel von seiner Mutter. Moritz und Annalena sahen ihm nach, als er im Bad verschwand.

Annalena hatte die Situation sofort erfasst. „Es ist nicht gut gelaufen, oder?" Mitleidig sah sie ihn an.

Moritz schüttelte den Kopf. „Noch viel schlimmer. Der Professor war ein ziemlich arroganter Kerl und hat ihr auch noch von der OP abgeraten, von der sie sich alles versprochen hatte. Er hat ihr wenig Hoffnung gemacht, dass sie überhaupt etwas bringen würde und sagte, dass sie frühestens in sechs Monaten einen Termin bekommen kann. Da ist Eileen an die Decke gegangen. Du kennst sie ja. Also wird es wohl eher noch länger dauern. Diesen Professor haben wir jedenfalls nicht auf unserer Seite. Und zu allem Übel hat Eileen heute noch die Absage von der Krankenkasse wegen ihrer Reha bekommen. Seit wir zu Hause sind, hat sie sich im Arbeitszimmer vergraben und will nicht mehr mit mir sprechen." Hilflos sah er sie an.

Annalena ging zum Arbeitszimmer, um Eileen moralisch aufzubauen. „Das werden wir doch einmal sehen, ob wir mit einem Widerspruch nicht wenigstens eine ambulante Reha hinbekommen! Kümmere du dich um Lukas, er braucht dich jetzt!"

Nie im Leben hätte sich Eileen vorstellen können, wie schnell sie dank Annalenas Hilfe ihre Reha durchbekam. Sie war als ihre Anwältin aufgetreten und hatte jeden ihrer Kontakte spielen lassen, bis es klappte. Endlich hatte Eileen das Gefühl, dass es wieder aufwärtsging. Und sie fühlte sich das erste Mal seit vielen Monaten fast glücklich. Ja, sie schaffte es, davon war sie immer mehr überzeugt.

„Hast du alles? Soll ich dich nicht doch fahren?", bot Moritz an. Doch Eileen schüttelte den Kopf.

„Das ist nicht nötig. Der Fahrdienst soll jetzt nicht umsonst kommen." Routiniert packte sie ihre Sachen für den Reha-Alltag. Mittlerweile hatte sie sich an den Tagesablauf gewöhnt, auch wenn es ambulant mit der ganzen Fahrerei eher umständlich war. Sie war Annalena unendlich dankbar für ihre pragmatische Unterstützung. So konnte sie abends für Lukas da sein, und den restlichen Tag kümmerte sie sich darum, wieder gesund zu werden. Dass sie und Moritz sich dabei aus dem Weg gehen konnten, war ein angenehmer Nebeneffekt. Denn sie nahm es ihm noch immer übel, dass er nicht an ihre Gesundung glaubte. Aber sie würde sich von niemanden abbringen lassen, ihr Ziel zu erreichen: Irgendwann würde sie wieder normal gehen können.

Sie freute sich auf die zahlreichen, zum Teil auch recht anstrengenden Anwendungen. Aber vor allem freute sie sich auf die letzte Stunde. Lässig winkte sie Moritz zum Abschied zu, als der Kleinbus vorfuhr und sie von den anderen Reha-Teilnehmenden in Empfang genommen wurde.

„Komm, Eileen, nur noch einen Meter. Das schaffst du!", forderte Simon sie auf, und Eileen strengte sich unter Schmerzen noch mal richtig an. Sie kam sich ein bisschen albern vor, aber mit diesem Krankengymnasten klappte es mit ihren Gehübungen doppelt so gut. Wollte sie ihm etwas beweisen? Eileen war sich selbst nicht ganz sicher. Mit seinen blauen Augen, dem blonden Wuschelkopf und der schlaksigen Figur wirkte er mehr wie ein Zivi. Dabei war Simon Bender ein Urgestein in der ambulanten Reha-Klinik. Sie waren sich auf Anhieb sympathisch gewesen, ein lockeres Du hatte sich bald zwischen ihnen eingeschlichen.

„Bis morgen", rief Eileen ihm zum Abschied zu. Für heute hatte sie es geschafft, doch die Anwendungen hatten sie viel Kraft gekostet. Sie saß auf der Bank an der Bushaltestation und ließ sich die Sonne ins Gesicht scheinen. Für Mitte Oktober ein

Geschenk, das man genießen musste. Voller positiver Gedanken ließ sie den Tag nochmals Revue passieren.

„Hi, du bist immer noch hier?", hörte sie die Stimme hinter sich, von der sie sich doch gerade verabschiedet hatte. „Ich glaube, der Bus ist heute früher gefahren. Soll ich dich nach Hause bringen?"

Eileen sah in sein freundliches Gesicht, und dann auf die Uhr. War sie vergessen worden? Mist, das fehlte noch! Kurz überlegte sie. Die Alternative wäre, Moritz anzurufen, doch dazu hatte sie keine Lust. Zumal Simons Angebot wirklich verlockend klang.

„Vielen Dank, das ist sehr nett!" Sie schnappte sich ihren Rucksack und humpelte auf ihren Krücken hinter ihm her.

„Die wirst du bald nicht mehr brauchen", sagte er mit voller Überzeugung, als er sie mit ein wenig Mühe in den Kofferraum seines Cabrios packte und ihr beim Einsteigen half. Trotz seiner Hilfe gab er ihr das Gefühl, ein vollwertiger Mensch zu sein, und nicht nur irgendwie kaputt.

„Hast du Lust, offen zu fahren?"

„Und wie!" Eileen strahlte ihn an. Sie liebte es, Cabrio zu fahren. So sonnige Tage musste man zu dieser Jahreszeit einfach ausnutzen. Eileen genoss den Fahrtwind, der in ihren Haaren spielte und konnte sich nicht mehr erinnern, wann sie das letzte Mal so unbeschwert gewesen war. Es musste schon Jahre her sein.

„Du hast gerade in der letzten Woche riesige Fortschritte gemacht, ich hätte es selbst kaum für möglich gehalten! Als ich anfangs die Röntgenbilder gesehen habe, hatte ich ehrlich gesagt auch meine Zweifel. Doch du kämpfst dich da durch, das bewundere ich!"

„Ich habe wohl kaum eine andere Wahl", grinste sie zu ihm herüber, „Und die verbleibenden zwei Wochen werde ich noch alles rausholen, was geht."

„Du unterschätzt dich, Eileen! So wie du kämpft wirklich nicht jeder. Die meisten Menschen hätten bei deiner Diagnose aufgegeben. Aber du bist eine Kämpferin! Und das will ich unbedingt unterstützen. Wenn du weitermachen willst, kann ich dir einen Freund von mir empfehlen, der die Behandlung nach der Reha fortsetzen würde. Er ist ein Spezialist auf dem Gebiet und manchmal helfe ich bei ihm aus." Er zögerte kurz. „Ich habe ihm auch schon von dir erzählt."

Eileens Stolz hätte nicht größer sein können. Endlich bekam sie die Bestätigung für den Fortschritt, den sie selbst an sich festgestellt hatte. Das heute war ein ganz wunderbares Zeichen. Natürlich würde sie ihre Chance nutzen, sie musste gar nicht überlegen. „Das klingt unschlagbar gut! Ich sage gerne Ja!" Und mit einem neckischen Lächeln fügte sie noch hinzu: „Wenn du es schaffst, dass ich bald wieder Zumba tanzen kann, dann lade ich dich auch auf einen Kaffee ein."

Er lachte und schien nur zu gerne auf ihren flapsigen Ton einzugehen. „Einverstanden, Eileen. Dieser Deal gilt." Er hielt vor ihrem Haus und sah sie mit einem Schalk im Nacken an. „Und glaub ja nicht, dass du kneifen kannst."

Sie sah ihn an und beide mussten lachen. Er half ihr noch beim Aussteigen und gab ihr den Rucksack und die Krücken mit. Während sie ihm zum Abschied hinterher winkte, konnte sie das Grinsen nicht aus ihrem Gesicht bekommen.

Der Weg auf der Hofeinfahrt war beschwerlich, doch sie nahm ihn heute viel besser als sonst. Alles schien plötzlich wieder leichter um sie herum zu werden. Sie hatte das Gefühl, dass ihre Talsohle durchschritten war.

„Na, hast du dir heute einen privaten Fahrdienst gegönnt?" Moritz' Stimme erschreckte sie fast zu Tode, Eileen fuhr zusammen. Doch ihrer guten Laune konnte sein bissiger Spruch nichts anhaben. Mit hochgezogener Augenbraue bewegte sie sich wortlos an ihm vorbei. Mit aller Selbstbeherrschung, die sie aufbringen konnte. Er war wirklich der letzte Mann, der den Moralapostel heraushängen lassen sollte.

Erst als sie an der Haustür angekommen war, wurde es ihr so richtig bewusst und eine riesige Welle an Dankbarkeit durchflutete sie. Denn das eben war kein Humpeln oder Stolpern mehr. Nein, das letzte Stück war sie tatsächlich gegangen! Ungläubig drehte sie sich um, als sie Schritte hörte, und wäre fast mit Moritz zusammengestoßen. Sie sah denselben Unglauben in seinen Augen, während er zaghaft ihren Arm berührte.

„Eileen, ich kann's gar nicht fassen. Das ist wie…" Ihm fehlten die Worte.

Und sie ergänzte lachend unter Tränen: „Ja, das ist tatsächlich wie ein Wunder."

Ein weiterer Neubeginn

Es war bereits nach vier Uhr nachts, als Jessi endlich zu Hause ankam. Erst als sie die Haustür aufschloss, merkte sie, wie geschafft sie von der Reise war. Sie sehnte sich nach ihrem Bett, und doch kreisten ihre Gedanken und ließen sich kaum beruhigen. Ihr Pfeifen im Ohr meldete sich zurück wie an einem besonders stressigen Arbeitstag. Das hatte ihr gerade noch gefehlt! Sie musste erst einmal runterkommen, bevor an Schlaf überhaupt zu denken war. Jessi stellte ihre Tasche im Flur ab, sie würde sich später am Tag ums Ausräumen kümmern. Draußen war es noch dunkel, und sie genoss die absolute Stille im Haus. Die Gedanken an den Trip und Caros merkwürdiges Verhalten stiegen automatisch in ihr hoch. Es machte ihr zu schaffen, dass ihre Freundin sich ihr so gar nicht mitteilen wollte.

Seufzend setzte sie sich aufs Sofa, ließ aber das Licht aus. Ob Tim schon von seinem Verwandtenbesuch zurück war? Auf seinem Parkplatz stand er jedenfalls nicht. Hörte sie jetzt die Flöhe husten oder war er tatsächlich kurz angebunden, als sie telefonierten? Noch am Lissabonner Flughafen hatte sie ihm Bescheid gegeben, welchen Flug sie nahmen. Doch irgendwie hatte er ihr gar nicht richtig zugehört. Das war sie von ihm nicht gewohnt.

Warum mussten sich die zwei wichtigsten Menschen in ihrem Leben plötzlich zeitgleich von ihr zurückziehen? Eigentlich war sie immer diejenige mit dem großen Freiheitsbedürfnis gewesen, die meistens alles mit sich selbst ausmachte. Jessi spürte, dass es mit Tim einiges zu bereden gab. Sie würde nachher unten in seiner Wohnung vorbeischauen. Im Moment wollte sie lieber allein sein. Wollte nachdenken und die seltene Ruhe genießen, um wieder zu ihrer üblichen Ausgeglichenheit zu finden. Umso ärgerlicher war es, dass der hohe Ton in ihrem Ohr sich gerade jetzt so deutlich bemerkbar machte. Sie spürte, dass sie in ihrem Leben grundlegend etwas ändern musste. Doch erstmal würde es eine Meditation richten müssen, die hatte ihr bislang immer geholfen. Sie versuchte, sich entspannt in den Schneidersitz zu setzen, während sie langsam ein- und ausatmete. Sie ruckelte sich noch einmal zurecht. Was war das?! Sie berührte etwas Warmes. Ein behaartes Bein?! Wie von der Tarantel gestochen fuhr sie hoch, und es kostete sie all ihre Selbstbeherrschung, nicht aufzuschreien. Hektisch tastete sie nach dem Schalter der Lampe auf dem Wohnzimmertisch. Das warme Licht durchflutete den Raum und sie sah, wen sie berührt hatte. „Tim! Was zum Teufel machst du denn hier im Dunkeln? Du hast mir wirklich einen Mordsschreck eingejagt!"

Jetzt erst sah sie seine dunklen Augenringe. Er wirkte vollkommen übernächtig und war offenbar halb liegend, halb sitzend auf ihrem Sofa eingeschlafen. Das Licht blendete ihn, und er schirmte seine Augen ab. „Jessi! Wie schön, dass du wieder da bist! Entschuldige, ich wollte dich nicht erschrecken, aber ich musste einfach da sein, wenn du nach Hause kommst. Egal, wann das sein würde. Also habe ich mich gleich nach deinem Anruf ins Auto gesetzt und bin von Onkel und Tante losgefahren. Hattet ihr wenigstens zum Schluss noch eine schöne Zeit?"

„Ja und nein."

Er breitete seine Arme aus, und Jessi sank erleichtert hinein. Sie küsste ihn, wild, stürmisch. Sie merkte, wie sehr sie ihn wirklich vermisst hatte. Ihr Pfeifton im Ohr war plötzlich wie weggeblasen. „Ach Tim, wie schön, dass du hier bist." Doch sie spürte, dass ihm nicht nach körperlicher Nähe zumute war. Ihre Leidenschaft sprang nicht über, er schien mit seinen Gedanken irgendwie blockiert zu sein. Sie hielt inne. Irritiert von seinem Verhalten setzte sie ihre Antwort einfach fort: „Caro geht es wieder gut, und vor und nach dem Bootsunfall war es auch schön. Bis auf den überstürzten Aufbruch. Aber das willst du, glaube ich, gerade gar nicht wissen, oder? Was beschäftigt dich so stark? Komm, bitte sag es mir!" Sie sah ihn ernst an und rückte ein Stück von ihm weg. „Oder gibt es etwas, was du mir sagen solltest?"

Sie dachte an Caro und ihre offensichtliche Enttäuschung, rechnete fast mit dem Schlimmsten. Hatte er etwa jemanden getroffen und wollte es ihr nur schonend beibringen? Innerlich wappnete sie sich. Ihr Körper glich einer Sprungfeder, bereit, ihn sofort aus der Wohnung zu schmeißen, wenn er etwas zu beichten hatte.

Er sah sie fassungslos an. „Jessi, was denkst du nur von mir?" Traurig schüttelte er den Kopf. „Ich habe null Interesse an anderen Frauen, seit ich dich kenne. Aber das solltest du eigentlich wissen. Es hängt mit dem Besuch bei meinem Onkel und meiner Tante zusammen."

Sofort war sie wieder bei ihm, umarmte ihn. Erleichtert, dass ihre Befürchtungen nicht zutrafen. Ihre Lippen waren ganz dich an seinen, als sie sprach. Ihre Augen sahen ihn fest an. „Was hast du erlebt, das dich so von den Socken haut?"

„Ich glaube, das wird jetzt eine längere Geschichte."

„In Ordnung. An Schlaf ist ohnehin nicht zu denken, bevor das raus ist." Jessi erhob sich und kam mit zwei vollen Gläsern Rotwein zurück. „Wir haben alle Zeit der Welt." Sie reichte ihm sein Glas und prostete ihm zu. „Und nun spann mich bitte nicht länger auf die Folter!"

„Damit du verstehst, was in mir vorgeht, musst du wissen, dass mir Tante Rieke und Onkel Erik viel näherstehen als meine eigenen Eltern. Ich bin die meiste Zeit meiner Kindheit bei ihnen aufgewachsen. Sie haben mich bei sich aufgenommen, nachdem ich fast auf die schiefe Bahn geraten war. Meine Eltern waren währenddessen so mit ihrem Rosenkrieg beschäftigt, dass sie alles andere als eine Hilfe waren. So etwas wie Familienleben habe ich erst bei ihnen wieder erlebt."

Aufmerksam sah Jessi ihn an. Sie waren schon eine ganze Weile zusammen. Doch vielleicht waren ganz wesentliche Dinge, die ihr Zusammensein betrafen, noch gar nicht gesagt? Sie hatten in ihrer Anfangszeit beide nur kurz darüber gesprochen, dass sie Scheidungskinder waren und dass der Kontakt zu den Eltern nur noch sporadisch war. Damit war das Thema für sie abgehakt gewesen. Niemand hatte das Bedürfnis gehabt, in den Wunden des anderen zu stochern. Aber gleiches Schicksal verbindet. Und so hatten sie sich ganz auf ihre Beziehung konzentriert und ihre gemeinsame Zeit genossen, soweit ihre aufreibenden Jobs dies zuließen. Doch das hier schien prägender zu sein, als sie angenommen hatte. Sie wartete angespannt darauf, dass er fortfuhr.

„Ich hatte mit nur zwölf Jahren so richtig Scheiße gebaut. Gott sei Dank war ich zu dem Zeitpunkt noch nicht strafmündig. Und die beiden haben mich wie selbstverständlich bei sich aufgenommen, als sie mitbekommen haben, dass ich bei meinen Eltern mir selbst überlassen war. Doch leider sind wir damals, nachdem ich mein Abi in der Tasche hatte und bei ihnen wieder auszog, im Streit auseinandergegangen. Ich war ein totaler Hitzkopf und wollte mein Leben leben, ohne Kompromisse. Jetzt im Nachhinein weiß ich, dass der Streit zum größten Teil meine Schuld war, wir hätten nach einer Lösung suchen müssen. Sie haben keine Kinder bekommen, obwohl sie sich welche gewünscht hatten. Ich war für sie so etwas wie der Sohn-Ersatz, und sie hatten gehofft, dass ich auf dem Hof bleiben und ihn übernehmen würde. Aber ich wollte unbedingt zur Polizei gehen, das war mein Kindheitstraum. Ich habe mich von ihnen eingeschränkt gefühlt und es wurde mir einfach zu eng dort auf dem Hof. Dabei war ich der beste Reitlehrer in der Gegend und habe damals viele Turniere gewonnen." Er seufzte, als er an die Zeit zurückdachte. „Und jetzt rief Rieke plötzlich an, dass Erik sehr krank ist."

Jessi sah ihn mitfühlend an und spürte, wie die Verbundenheit zu ihm noch stärker wurde. Was für eine berührende Geschichte! „Wie geht es deinem Onkel?", fragte sie sanft.

Tim schüttelte verzweifelt den Kopf. „Es geht ihm sehr schlecht. Die Ärzte sagen, er hat nicht mehr lange zu leben. Er ist eigentlich ein richtiges friesisches Urgestein. Es ist kaum zu ertragen, dass er durch die Krankheit nur noch ein Schatten seiner selbst ist."

„Oh Tim, das tut mir so leid." Vorsichtig umarmte sie ihn. „Willst du deinen Urlaub noch einmal verlängern und wieder zurückfahren?"

„Das geht leider nicht. Ich habe meinen ganzen Urlaub schon verbraten. Und Sonderurlaub wurde mir nicht genehmigt. Meine Chefin hat mir am Telefon richtig Stress gemacht, dass ich wieder zurückkommen soll."

Jessi verdrehte die Augen und imitierte Frau Jägers strengen Gesichtsausdruck und ihren barschen Tonfall. Da musste auch Tim lachen. „Sie hat wirklich kein Herz, diese Frau. Sie wird mir immer unsympathischer!"

Tim nickte und seufzte. Ihm graute vor dem nächsten Arbeitstag. „Danke für deine Solidaritätsbekundungen, mein Schatz! Aber da muss ich wohl durch." Er umarmte sie. Doch er wollte noch etwas zu Ende bringen, jetzt, wo er angefangen hatte zu reden. „Meine Tante macht sich verständlicherweise riesige Sorgen, wie es weitergeht. Du musst dir das Ganze nicht als kleine Klitsche vorstellen. Die beiden haben einen großen und gutgehenden Reiterhof bei St. Peter-Ording. Ich zeige dir nachher ein paar Bilder. Im Sommer haben sie bis zu zwanzig Feriengäste. Und meine Tante wird die ganze Arbeit allein nicht schaffen."

Jetzt verstand Jessi das ganze Dilemma. Auch wenn sie noch nicht wusste, was dieser Satz für sie beide und ihre Beziehung bedeuten würde: „Du möchtest ihr ein wenig zur Hand gehen, bis alles geregelt ist, nicht wahr?"

Nun sah er sie fest an. „Ja. Aber nicht nur. Rieke und Erik haben wie gesagt keine Kinder und wir haben lange darüber gesprochen. Sie haben schon einen Notartermin gemacht und werden mir den Hof noch zu Lebzeiten überschreiben. Sie haben mich bekniet, dass ich nach Schleswig-Holstein zurück-kehre."

Fassungslos sah Jessi ihn an. Damit hatte sie nicht gerechnet. „Und du hast dich noch nicht entschieden?"

„Ehrlich gesagt wollte ich das erstmal mit dir besprechen."

„Du willst auf einen Reiterhof an die Küste gehen, während ich in meinem Leben noch nie auf einem Pferd gesessen habe und am liebsten in die Großstadt ziehen würde?" Es sollte witzig klingen, doch sie merkte, dass es ihr misslungen war. Eigentlich war sie bekannt für ihre Spontanität, doch mit diesem Ausgang fühlte sie sich doch ein wenig überfordert. Ihre Lebensplanung war irgendwie eine andere gewesen.

Doch das Lächeln, das sich jetzt in Tims Gesicht ausbreitete, war das typische warme Tim-Lächeln, das ihr Herz höherschlagen ließ. Er zog sie an sich und hielt sie in den Armen. „Du würdest unsere Pferde lieben, und Rieke und Erik ebenso. Und Hamburg wäre ja auch nicht so weit entfernt."

Der Alltag hatte sie früher wieder, als ihnen lieb war. Beide wurden in ihren Jobs aufgerieben. Jessis Tinnitus zeigte ihr deutlich, dass sie besser bald etwas Entscheidendes änderte. Immer wieder kam ihr Tims verrückte Idee in den Sinn, auch wenn sie das Thema erst einmal ruhen ließen. Manchmal kam sie ihr gar nicht mehr so verrückt vor.

Besorgt sah sie zu Tim hinüber, der schon den ganzen Nachmittag still auf dem Sofa vor sich hin brütete. So kannte sie ihn nicht, und am liebsten hätte sie das bevorstehende Training abgesagt. Auch wenn er nicht darüber reden wollte, schien ihm das Verhalten seiner Chefin mächtig zuzusetzen. Jessi hatte ein ungutes Gefühl, als sie sich mit einem Kuss von ihm verabschiedete. „In drei Tagen bin ich wieder zurück, Schatz! Halt dich tapfer!"

Er brachte kaum ein Lächeln zustande, als sie zur Tür ging.

Die anstrengende Trainingssession in München hatte ihr den Rest gegeben und Jessi war vollkommen erschöpft, als sie nach Hause kam. Tim war am Telefon so kurz angebunden gewesen, sie wusste gar nicht, was sie gleich erwartete.

Doch sie sollte es bald erfahren, denn Tim passte sie bereits im Treppenhaus ab. Seine innere Unruhe war für sie fast körperlich zu spüren. So hatte sie ihren Freund noch nie erlebt.

„Ist was passiert?" Sie eilte zu ihm.

„Kann man so sagen!" Er umarmte sie und zog sie in seine Wohnung, schloss die Tür. Offenbar wollte er die Hausgemeinschaft nicht gleich mit unterhalten.

Er musste erst einmal durchschnaufen, bevor er weiterredete. „Claudia und ich sind mächtig aneinandergeraten. Sie hatte mich auch dieses Wochenende zum Dienst eingeteilt. Und dabei wollte ich bei Onkel und Tante nach dem Rechten sehen. Dass sie seit einiger Zeit meine Kompetenz anzweifelt, ob jetzt vor dem Team oder Ranghöheren, das ist ja schon allein ein dicker Hund! Aber nachdem sie mir im Meeting ständig ins Wort gefallen ist, hat es mir endgültig gelangt."

Jessi sah die verhärmte und knallharte Frau Jäger vor sich. Nein, unter ihr zu arbeiten war sicherlich die Höchststrafe. Sie konnte ihren Freund gut verstehen. „Wie ging es weiter?"

„Ich habe den Dienst quittiert!"

Jessi starrte ihn an. Mit diesem krassen Schritt hatte sie so schnell dann doch nicht gerechnet. Auch wenn das Betriebsklima durch seine Chefin arg gelitten hatte, war das Team eine eingeschworene Gemeinschaft, die zusammenhielt. Und seinen Traumberuf wegen ein paar Unannehmlichkeiten aufzugeben, das wollte gut überlegt sein. Jessi machte sich Sorgen, dass er diese Entscheidung schon bald bereuen würde.

Tim schien ihre Gedanken zu lesen. „Mach dir keine Sorgen um mich, das wird schon gut gehen. Dann gehen wir beide eben an die Küste." Er hatte es scherzhaft gesagt, denn schließlich kannte er ihr Unabhängigkeitsbedürfnis.

Jetzt musste Jessi doch lachen, es klang so abwegig. Oder vielleicht auch nicht? Aber um das beurteilen zu können, musste sie Gegend und Menschen erstmal kennenlernen. Gerade eben hatte sie erst eine traumhafte Großstadt mit all ihren Events, ihren Sehenswürdigkeiten und ihrem Lärm abgeschüttelt. Nun bot ihr Freund ihr Meer und Natur pur als Alternative. War sie überhaupt für diese Art zu leben geschaffen?

„Willst du mich am Wochenende nach Schleswig-Holstein begleiten? Dann kannst du dir in Ruhe ansehen, ob es dir gefällt."

Jessi war noch skeptisch. „Vielleicht fragst du erst einmal deine Tante und deinen Onkel, ob ich in dieser Situation bei ihnen willkommen bin." Sie staunte über sich selbst, denn jedem anderen Mann hätte sie schon längst eine gute Reise gewünscht und ihm den Laufpass gegeben. Doch von Tim wollte sie sich um nichts im Leben mehr trennen. „Meinst du überhaupt, wir würden dort oben miteinander klarkommen?"

„Du wirst sie mögen, da bin ich mir absolut sicher! Beide sind feine und absolut ehrliche Menschen. Und sie lieben dich jetzt schon, so wie ich ihnen von dir vorgeschwärmt habe. Sie wollen dich unbedingt kennenlernen." Tim war in seinem Element, sein ganzer Ärger und Frust über seine Ex-Chefin und die überstürzte Kündigung schienen verraucht zu sein. Er war so ansteckend mit seinem Elan und seiner Vorfreude, dass Jessi sich dem gar nicht entziehen konnte.

„Lass uns zusammen ein paar entspannte Tage an der Nordsee verbringen, es wird uns guttun. Und vielleicht sehen wir danach klarer, wie es weitergeht."

Die Erholung begann bereits, als sie den üblichen Stau um den Elbtunnel hinter sich gelassen hatten. Jessi atmete durch. Die A23 in Richtung Heide war fast leer, und Landschaft und die Schafsherden, die an ihnen vorbeizogen, ließen sie langsam Abstand vom Alltag gewinnen. Dennoch war sie nicht ganz überzeugt, ob es in dieser heiklen Situation richtig war, dass sie mitfuhr. Schließlich war der Onkel sehr krank. Da mochte man sicher keine Fremden um sich haben. Deshalb hatte sie auf eine eigene Unterkunft bestanden und eine kleine Ferienwohnung im Ortsteil Bad gebucht. Schon beim Abholen des Schlüssels merkte sie, dass die Leute hier anders tickten. Entspannter. Man konnte sich noch vertrauen. „Kurzer Anruf genügt, wenn Sie länger bleiben wollen. Und wenn Sie auschecken, schmeißen Sie einfach den Schlüssel in den Briefkasten."

Die Ferienwohnung war schick und mit Liebe zum Detail eingerichtet. Jessi öffnete die Balkontür und sog die salzige Nordseeluft ein. Der Blick aufs Meer tat seine beruhigende Wirkung. Sie wäre am liebsten gleich zum Strand gegangen. Erfreut stellte sie fest, dass sie ihr Piepen im Ohr schon länger nicht mehr gehört hatte.

„Es ist doch immer wieder schön hier!" Tim legte seinen Arm um sie, während sie eine Weile ihren Gedanken nachhingen. „Was meinst du, wollen wir Rieke und Erik einen Besuch abstatten?"

Jessi stimmte zögernd zu. Doch ihre Befürchtungen, wie sie von Tims Verwandten aufgenommen würde, stellten sich als vollkommen unbegründet heraus. Rieke und sie hatten sofort einen guten Draht zueinander. Beide waren sehr redselig und konnten über dieselben Dinge lachen. Und sie war ebenso wie Jessi eine sehr selbstbewusste, unabhängige Frau, die in ihrer Umgebung fest verwurzelt war. Spätestens nachdem Jessi sich zu einem großen Stück Friesentorte überreden ließ, das sie ausgiebig lobte, schloss Rieke sie ins Herz. Die Torte schmeckte aber auch zu köstlich, Kalorien hin oder her.

Tim war inzwischen zu seinem Onkel gegangen, der nach seiner Behandlung die meisten Zeit des Tages im Bett verbrachte. Er half ihm, sich fertig zu machen. Um sich auf den Beinen zu halten, war er noch zu schwach, und so schob Tim ihn im Rollstuhl in die Küche. Beherzt ging Jessi auf ihn zu und streckte ihm die Hand entgegen. „Hallo, ich bin Jessi."

„Und ich bin Erik. Endlich lerne ich die Frau kennen, die das Herz meines Neffen im Sturm erobert hat!" Sein polterndes Lachen war ansteckend und sein Händedruck fest. Seine stahlblauen Augen blitzten in seinem wettergegerbten Gesicht. Trotz seiner körperlichen Schwäche war der Mann ungebrochen. „Tim, du musst ihr unbedingt unsere Pferde zeigen." Und an Jessi gewandt sagte er: „Du kannst doch hoffentlich reiten?"

„Bislang noch nicht", entgegnete sie lachend, „aber ich werde den weltbesten Reitlehrer bekommen, den man sich vorstellen kann. Da wird es sicherlich bald klappen."

„Ja, das wirst du in der Tat." Er nickte, zufrieden mit ihrer Antwort. Eine selbstbewusste Frau passte genau zu seinem Neffen. „Was meinst du, Tim? Isabel wird es schon richten?"

„An sie hatte ich auch gerade gedacht", nickte Tim. Dann wandte er sich an Jessi, der das Fragezeichen ins Gesicht geschrieben stand. „Isabel ist eine sanfte, reife Tinkerstute. Du wirst bestimmt prima mit ihr zurechtkommen."

Jessi lächelte. „Ich freue mich schon drauf." Und das tat sie wirklich.

Während Rieke ihren Mann zum Reitplatz schob, zeigte Tim seiner Freundin den Hof und die Reitställe. Ein Geruch nach

Heu und Pferd empfing sie. Der Stall war groß, sie zählte weit mehr als dreißig Boxen. Ab und an hörten sie ein Wiehern, als sie vorbeigingen, und Tim sparte nicht an Aufmerksamkeiten und Leckerlis. Sie blieben vor einer hübschen Schwarz-gescheckten stehen, die Jessi gleich gefiel.

„Das ist Isabel. Isabel, das ist meine Jessi. Du musst es ihr ganz leicht machen, versprich es mir, mein Mädchen!" Er klopfte ihr aufmunternd den Hals. Die Stute wieherte und rieb wie zur Zustimmung ihre Nüstern an Jessis Schultern. Sie kam gar nicht umhin, das Pferd zu streicheln, und es schien ihr zu gefallen.

„Ich glaube, wir sind schon beste Freundinnen." Jessi war nun doch ein wenig aufgeregt. Gleich würde sie das erste Mal in ihrem Leben auf einem Pferd sitzen. Es lebe die Herausforde-rung, sagte sie sich.

„Du hast wirklich Glück, dass die Haupturlaubszeit schon vorbei ist. Dann ist hier nämlich die Hölle los und jeder will etwas von einem", meinte Tim. „Aber jetzt haben wir alle Zeit der Welt, aus dir eine richtig gute Reiterin zu machen."

„Ich werde mir die größte Mühe geben", grinste Jessi und ließ sich zeigen, wie man ein Pferd zäumte. Jessi war dabei froh um ihre ruhige Pferdedame.

Tim half ihr in den Sattel und führte sie am Halfter auf den Reitplatz. Nach einigen Runden im Schritt an der Longe und Tims professionellen Anweisungen konnte er sie schon im leichten Trab führen. Jessi war selbst überrascht, wie leicht es ihr fiel. Sie hätte ewig so weitermachen können. Isabel und sie waren schnell ein eingespieltes Team. Doch Tim winkte ab.

„Das reicht für heute, Jessi. Glaub's mir. Du wirst sicher schon genug Muskelkater bekommen."

„Du bist wirklich ein Naturtalent!", lobte Erik sie, der die ganze Zeit zugeschaut hatte. Jessi strahlte über das ganze Gesicht und war stolz wie Bolle. Sie versorgten noch die Pferde, während Rieke das Abendessen vorbereitete.

Gemeinsam genossen sie die Nordseescholle mit Krabben und gestovten Kartoffeln und sprachen über Gott und die Welt. Als Tim herausrückte, dass er seinen Polizeidienst quittiert hatte, kamen sie zwangsläufig auf ihre Zukunft zu sprechen. Erik scheute sich nicht, das anzusprechen, was ihm auf der Seele lag. „Dann komm doch zurück an die Küste, Tim!" Er nahm den Blickaustausch zwischen ihm und Jessi wahr. „Natürlich zusammen mit dir, Jessi! Jemand, der so schnell reiten lernt wie du, ist auf einem Reiterhof genau richtig aufgehoben."

Doch sie winkte lachend ab. Sie traf gerne schnelle Entscheidungen, aber das war jetzt auch für sie sehr schnell. „Ich fühle mich pudelwohl hier bei euch, lieben Dank für euer Vertrauen. Aber meinen Job will ich nicht aufgeben." Sie sah die langen Mienen am Tisch, doch sie musste nachdenken. Es herrschte Schweigen, während sie ihre rote Grütze aßen und Tee tranken. Doch es war nicht unangenehm, sie wollten ihr Zeit geben. Es war schließlich ein großer Schritt. Jessi spürte, dass das, was sie hierzu sagte, ganz weitreichend ihr weiteres Leben bestimmen würde. Und nicht nur ihres. Aufmerksam spürte sie in sich hinein. Vielleicht war das hier genau die Veränderung, die sie brauchte? Als sie von ihrem Nachtisch aufschaute, sah sie die drei schelmisch an. „Aber mein Job hat den Vorteil, dass ich ihn auch weitgehend online machen kann. Und das wäre ja auch von hier aus möglich."

Jetzt war es raus, und es fühlte sich genau richtig an. Was sprach dagegen umzuziehen? Sie liebte doch Veränderungen. Sie würde mit Tim gehen, wenn er sich dafür entscheiden sollte.

„Heißt das, du wärst dabei?" Tim sah sie begeistert an.

„Das heißt es. Jetzt kommt es nur auf dich an." Sie lachte ihm ins Gesicht.

Tim stand auf und drückte sie an sich. „Mensch Jessi! Ich weiß, warum ich mich in dich verliebt habe. Du bist die wunderbarste und mutigste Frau, die ich kenne! Ja, zusammen packen wir's. Und es wird großartig! Erik, Rieke, wir kommen hierher!"

„Das muss gefeiert werden!" Rieke stellte Gläser auf den Tisch. Und während der Küstennebel kreiste, gingen die Gespräche noch bis tief in die Nacht. So große und mutige Entschlüsse mussten schließlich besprochen werden.

Ein bisschen wehmütig war es Jessi zumute, als sie einige Tage später für die Heimreise packen musste. Länger hatte sie ihre Termine nicht mehr aufschieben können, denn das nächste Training stand vor der Tür. Doch sie sprudelte bereits vor Ideen, den Reiterhof auch als Seminarzentrum umzugestalten. Warum sollten sich Urlaub und Weiterbildung nicht miteinander verbinden lassen? Tim war begeistert von ihren Plänen, und natürlich davon, dass sie mit ihm gehen würde. Und auch Rieke und Erik waren begeistert von ihren Ideen und ihrer Tatkraft. „Mach nur, Mädel!", brummte Erik, der sie als Einziger so nennen durfte. „So wie du an die Sachen rangehst, wird es mit Sicherheit ein riesiger Erfolg!"

Als sie sich voneinander verabschieden wollten, kam Tim plötzlich eine spontane Idee: „Hast du Lust auf deinen ersten Ausritt am Strand?"

Das musste er Jessi nicht zweimal fragen. Es sollte für sie ein unvergessliches Erlebnis werden. Als sie bald darauf mit ihren Pferden am Meer entlang ritten, dem Sonnenuntergang entgegen, da wussten sie, dass ihr gemeinsamer Platz von nun an hier sein würde. Sie war endlich angekommen. Nie in ihrem abwechslungsreichen Leben hatte Jessi sich freier und unbeschwerter gefühlt als an diesem Ort. Mit Tim und den Pferden. Und den wunderbaren Plänen für ihre gemeinsame Zukunft, die sie nun weiter schmieden konnten.

Es war fast ein Kulturschock, als Jessi wieder in ihren stressigen Alltag zurückkehrte. Überrascht stellte sie einen gewissen Widerwillen fest. Doch sie hatte ein absehbares Ziel vor Augen, das sich nun immer mehr abzeichnete. Und das ließ sie aufatmen.

Angespannt war sie jedoch vor dem Gespräch, das ihr jetzt bevorstand. Aus Nervosität rührte sie schon das fünfte Mal ihren Kaffee um und hoffte, dass ihre Pläne auf Verständnis stoßen würden. Sie hatten sich seit der überstürzten Abreise aus Lissabon nur sporadisch gesehen. Beide hatten mehr als genug zu tun in ihren Jobs, und sie hatten beide offenbar eine kleine Funkpause gebraucht. Nun wurde es Zeit, wieder zusammenzukommen und Unklarheiten aus dem Weg zu räumen. Und von Neuigkeiten zu berichten. Sie würde immerhin bald wegziehen, ihre Entscheidung war gefallen. Wie würde Caro das aufnehmen?

„Hi, du bist aber schon früh da", wunderte sich Caro, als sie die Freundin umarmte. Sie bestellte für sich einen Cappuccino beim Kellner. „Endlich haben wir mal wieder Zeit uns zu treffen! Wie geht es Tim und seinem Onkel? Du bist aber braun geworden! Was die Küstensonne so alles bewirkt! Schau mal, wie käsig ich dagegen schon wieder wirke!"

„Tim geht es gut, aber seinem Onkel weniger. Als altes friesisches Urgestein hält er sich jedoch tapfer. Er ist jetzt richtig aufgeblüht, seit Tim wieder bei ihnen ist."

„Das glaube ich. Es ist schon ein Ding, dass Tim einfach seinen Job geschmissen hat! Damit hattest du sicher auch nicht gerechnet, oder?" Caro schüttelte den Kopf. „Aber er ist ja gut abgesichert, wenn er den Reiterhof erbt. Auch wenn ich ihn mir ehrlich gesagt nicht als Reitlehrer vorstellen kann. Dann wirst du die Wochenenden künftig sicher am Meer verbringen? Was für ein Traum!"

Sie ahnt nicht einmal, dass es auch mich betrifft! Doch es gab noch etwas anderes zu klären. Jessi seufzte und sah ihre Freundin eindringlich an, dann nahm sie Caros Hand. Sie schwiegen kurz.

„Caro, wir sollten mal darüber sprechen, was passiert ist in Lissabon. Was auch immer sich zwischen dir und Pedro abgespielt hat, du musst es nicht in dich hineinfressen!"

Caro rang mit ihrer Fassung. „Es tut gut, dass du es ansprichst. Ich konnte bisher einfach nicht darüber reden, es hat mir zu weh getan." Sie sah sehr unglücklich aus. „Ich wollte nicht blocken und dich im Unklaren lassen. Und mein Verhalten bei der Rückreise war einfach unmöglich, sorry dafür!" Kurz zögerte sie, dann presste sie es raus: „Ich habe Pedro an dem Abend engumschlungen mit einer anderen Frau gesehen."

„Oh Caro, das tut mir so leid!" Jessi nahm sie in die Arme. Lange saßen sie so schweigend zusammen. Wenn kein Wort trösten konnte, halfen nur noch Nähe und Vertrautheit.

Nach einer Weile atmete Caro tief durch. „Danke! Es hat gutgetan, es endlich auszusprechen. Aber wahrscheinlich hast du das auch schon geahnt? Mit Männern habe ich einfach nicht das richtige Händchen. Aber ich werde auch ohne gut klarkommen, das weiß ich jetzt. Ich bin so dankbar für unsere Freundschaft. Und an deiner Unabhängigkeit werde ich mir künftig ein Beispiel nehmen."

Sie machte es ihr wirklich nicht leicht. Jessi musste schlucken, bevor sie weiterreden konnte. Wie sollte sie es ihr jetzt beibringen? Plötzlich hatte sie eine Idee. „Ich muss dir etwas zeigen." Jessi spürte, dass Caro sie besser verstehen würde, wenn sie diese traumhaften Bilder sah. Eilig scrollte sie ihre Fotogalerie durch und reichte ihr das Handy.

Caro sah Jessi beim Stall ausmisten. Jessi mit Tim am Strand. Jessi mit Rieke und Erik, und mit einigen Feriengästen. Und dann das Video mit ihrem Ausritt auf ihrer Tinkerstute bei Sonnenuntergang.

„Wahnsinn, was du dich wieder traust", staunte Caro. „Aber du warst ja schon immer so mutig."

„Mag sein, aber das war auch für mich eine Herausforderung. Bald werde ich auch wieder sehr mutig sein müssen."

Caro stutzte bei Jessis Tonfall und sah sie fragend an.

„Ich habe meine Wohnung hier gekündigt. Im Dezember komme ich aus dem Vertrag raus. Auch ich werde nach St. Peter-Ording ziehen." Jetzt war es endlich raus. Jessi fiel ein Stein vom Herzen.

Und Caros Kaffeelöffel fiel mit einem lauten Klirren auf den Boden. Sie starrte die Freundin an. „Sag das noch mal! Das glaube ich jetzt nicht!"

Jessi atmete tief durch. Es war klar, dass ihre Entscheidung nicht auf Begeisterung stoßen würde. Ganz sanft begann sie: „Ich werde bald mit Tim zusammen umziehen. Zu seiner Tante und seinem Onkel auf den Reiterhof. Der Hof wird dann auf ihn überschrieben sein."

Es herrschte Schweigen zwischen ihnen. Doch schließlich fing Caro sich wieder. „Und was willst du da oben machen? Schmeißt du jetzt auch deinen Job?"

„Nein." Jessi grinste. „Das wäre ja nicht ich. Ich werde meine Trainings künftig online durchführen. Und Bildungsurlaube anbieten. Dazu führe ich bereits Gespräche. Dann können sich die Leute erholen und gleichzeitig lernen, wie sie toll präsentieren." Sie war vollkommen mit sich im Reinen, je mehr sie darüber erzählte. „Und ab und an werde ich auch eine Dienstreise machen. Meinen alten Kunden bleibe ich treu, die müssen sich nicht umstellen. Und damit werde ich auch manchmal hier sein."

Caro sah Jessi lange an, die vor Glück strahlte. Und dann stand sie auf – um sie zu umarmen. „Mensch Jessi, ich wünsche dir alles Gute! Und ich freue mich so für dich!" Sie mussten beide mit den Tränen kämpfen. „Aber ich vermisse dich jetzt schon!"

Sie hielten sich lange fest. Weitere Worte waren überflüssig. Jessi lachte über das ganze Gesicht. Es gab nichts, was einer wahren Freundschaft etwas anhaben konnte! „Ich vermisse dich auch, Caro! Aber du bist nicht aus der Welt, und wir haben dort oben ganz viel Platz. Du bist jederzeit willkommen. Aber das weißt du ja."

Immer diese Missverständnisse

Gedankenverloren saß Caro am nächsten Morgen in ihrem Atelier bei einem Kaffee. Irgendwie kam sie mit ihrer Arbeit nicht voran, denn Jessis Neuigkeiten musste sie erstmal richtig verdauen. Sie hatten noch den ganzen Abend geredet und waren sich wieder sehr nahegekommen. Und jetzt ging sie weg! Caro spürte, dass ihr der Verlust schwerfiel. Schnell mal auf einen Kaffee zum Quatschen vorbeischauen war bald nicht mehr.

Doch Jessi hatte wie immer einen Lösungsvorschlag parat gehabt. „Ach was, dann machen wir die Kamera an und trinken so unseren Kaffee zusammen." Beide hatten darüber gelacht. Als sie daran dachte, konnte sie schon wieder lächeln. So oft es ging, würden sie sich besuchen. Und in der restlichen Zeit telefonieren, skypen oder whatsappen. Jessi hatte so glücklich und gelöst gewirkt mit ihrer mutigen Entscheidung, und sie freute sich von Herzen für sie. Ob sie sich selbst einen solchen Schritt zutrauen würde, bezweifelte Caro aber. Das Leben würde von jetzt an anders werden. Aber es würde weitergehen. Und Jessi würde immer ein wichtiger Teil davon bleiben. Ob nun hier oder weit weg im Norden.

„Guten Morgen, Caro! Hier ist wieder ein Brief gekommen. Man ist das süß, wenn auch ein bisschen Old School. So ein richtig edler Umschlag! Der Typ muss schwer in dich verschossen sein, dass er sich so viel Mühe gibt. Vielleicht solltest du ihn doch noch erhören?"

Bei Amandas Wortschwall schreckte Caro hoch. Ihr Lachen und ihre ansteckend gute Laune erfüllten sogleich den Raum. Caro konnte sich gar nicht dagegen wehren, sie wurde aus ihren trübsinnigen Gedanken gerissen. Genauso mitreißend war der ungestüme Buddy. Er warb wieder einmal um ihre zickige Hundedame, und kurz darauf sahen sie die beiden zusammen durch den Garten toben. „Na, die haben jedenfalls Spaß", grinste Amanda.

„Guten Morgen! Das haben sie bestimmt. Aber ganz klar, Zazou ist der Chef von beiden", lachte Caro. Dann schnappte sie den Brief aus Amandas Hand und schob ihn zu den anderen neun Briefen in ihre Schreibtischschublade.

Amanda runzelte die Stirn. „Es geht mich ja nichts an, aber ich finde, dieser Mann hat zumindest eine Chance verdient. Egal, was er vorher getan hat."

In Caro regte sich Unmut. Was wusste Amanda schon? Auch wenn sie spürte, dass sie es gut mit ihr meinte. „Ich habe einfach die Nase voll davon, anderen immer wieder eine zweite Chance zu geben. Ich konzentriere mich jetzt lieber auf mich." Ihre verschränkten Armen zeigten deutlich, dass das Thema damit für sie erledigt war. „Aber sag mal, wie bist du mit meinem Entwurf zurechtgekommen? Hast du gestern noch die Tasche fertigbekommen?"

„Na klar habe ich das. Und das Portemonnaie auch. Ich habe gestern Midsummer Night geschaut, da klappt alles wie am Schnürchen."

Caro grinste. Sie kannte das Faible ihrer Mitarbeiterin für dramatische Netflix-Serien, die ihr immer mehr zu einer Freundin wurde. Sie selbst brauchte beim Arbeiten ihre Ruhe, und

Drama gab es in ihrem Leben wahrlich schon genug. Sie sah sich die Arbeiten an, die Amanda ihr zeigte. „Da hast du sehr sauber gearbeitet. Das ist dir richtig gut gelungen!"

„Vielen Dank!" Amanda schien bei dem Lob um einige Zentimeter zu wachsen. „Ich muss gleich Mia aus der Kita holen, aber vorher gehe ich noch mit Buddy Gassi. Sollen wir Zazou mitnehmen?"

Als hätten sie jedes Wort verstanden, standen die Hunde plötzlich neben ihr. Caro musste lachen. Es sah aber auch zu komisch aus: ihre winzige Terrierdame und dieser bullige, tapsige Riese neben ihr. „Das ist lieb von dir. Ja, gerne! Ich revanchiere mich dafür heute Nachmittag."

Sie sah ihnen hinterher und freute sich einmal mehr, dass sie sich so gut verstanden. Auch wenn Jessi durch nichts zu ersetzen war, trotz der 300 Kilometer, die sie bald trennten. Caro musste sich selbst zur Ordnung rufen. Besser als mit Grübeleien wäre ihre Zeit genutzt, wenn sie ihren angefangenen Entwurf endlich zu Ende bringen würde. Vielleicht konnte Musik sie ja doch aus ihrem Stimmungstief heben? Amanda schwor schließlich darauf. Sie schaltete das Radio ein und summte die Popsongs mit. Und zu ihrer Überraschung ging es ihr tatsächlich schneller von der Hand. Sie kam gut voran. Fast hätte sie Amanda recht gegeben, dass es sich mit Musik einfach beschwingter arbeiten lässt. Doch als sie die ersten Takte des nächsten Liedes hörte, sträubten sich ihr plötzlich die Nackenhaare und ihre Laune sank schlagartig auf einen neuen Tiefpunkt. Sie riss ihr Wasserglas um, als sie in die Höhe schnellte und hektisch die Aus-Taste suchte. Endlich war Stille. Ihr Herz raste. So lange hatte sie den Song schon nicht mehr gehört. Warum musste er ausgerechnet heute ausgespielt werden und ein solches Gefühlschaos in ihr auslösen! ‚Never

Giving Up'. Sie kannte jede Zeile dieses Liedes auswendig. Es war Moritz und ihr Lied. Gewesen. Sie konnte nicht verhindern, dass ihr ganz flau im Magen war. Es war die richtige Entscheidung gewesen, den Kontakt zu ihm nach ihrer Abreise aus Frankreich erst einmal zu meiden. Moritz war ihrer Bitte nachgekommen, seine Sachen aus der gemeinsamen Wohnung zu holen, als sie nach Portugal unterwegs war. Sie hätte es nicht ertragen, ihn zu sehen. Noch nicht. Hoffentlich würde er glücklich mit seiner Eileen, es war ihnen zu wünschen. Diese Familie hatte wirklich schon genug durchgemacht. Zumindest konnte die arme Frau wieder halbwegs laufen. Doch Annalenas Berichte klangen wenig optimistisch, was ihre Beziehung anging. Aber das war nun nicht mehr ihre Sorge. Ausgerechnet jetzt, wo sie wieder halbwegs mit sich im Reinen war, kamen diese Briefe von Pedro. Dass sie einmal Gefühle für zwei Männer haben würde, hätte sie sich niemals vorstellen können. Sie hatte sich einfach zu schnell auf eine neue Liebe eingelassen. Die letzte Begegnung, bei der sie Pedro gesehen hatte, trat vor ihr inneres Auge. Er zusammen mit einer anderen Frau im Arm. Einer ausgesprochen attraktiven Frau. Dieses Bild hatte etwas in ihr zerbrochen. Es war wie ein Déjà-vu. Als würde Saschas Fremdgehen damals eine Endlosschleife kreieren. Trotzdem hatte sie es bislang nicht fertiggebracht, Pedros Briefe zu entsorgen. Vielleicht sollte sie das Ritual einmal ausprobieren, belastende Dinge zu verbrennen, um sie innerlich loszulassen? Das soll ja sehr befreiend sein. Und so käme die Feuerschale im Garten wenigstens mal zum Einsatz.

„So, das war es jetzt! Alles, was ich angeboten hatte, ist verkauft oder verschenkt. Ich reise also mit leichtem Gepäck in den Norden." Jessi war bester Laune, als sie Kassensturz machten.

Nun war sie Überflüssiges sogar einige Wochen früher losgeworden als geplant. „Vielen Dank, Regina!"

„Das ist doch selbstverständlich. Und es war ja auch ein großer Erfolg", freute sie sich mit ihr.

Regina hatte ihren Hof im Zuge eines Dorfflohmarktes für Jessis Stand angeboten und ordentlich Werbung in ihrer Praxis gemacht. Alle Freunde hatten mit angepackt, damit der Markt ein voller Erfolg wurde. Und jetzt wurde zusammen abgebaut. Annalena sammelte gerade ihre Zwillinge ein und verabredete sich mit Amanda. Ihre Mädels hatten sich angefreundet und wollten unbedingt zusammen spielen. Auch Caro verabschiedete sich, sie hatte noch einen Auftrag abzuwickeln.

„Mach's gut, Jessi!" Sie umarmte die Freundin, was sie herzlich erwiderte. Schon bald würde sie Jessi und Tim besuchen kommen, das hatten sie ausgemacht. Sie freute sich schon sehr darauf. Ob sie sich allerdings auf ein Pferd trauen würde, da war sich Caro nicht so sicher. Andererseits war Jessis neue Begeisterung fürs Reiten durchaus ansteckend. Ein wenig wehmütig war ihr schon zumute, als sie nach Hause fuhr.

Ganz in Gedanken versunken bog sie in ihre Hofeinfahrt ein und stutzte. Eine zierliche, dunkelhaarige Frau stand vor ihrer Tür. Und neben ihr lag ein riesiges Paket auf dem Boden. Sie hatte doch gar nichts bestellt?! Sicher sollte sie etwas für einen Nachbarn entgegennehmen.

Als Caro die Autotür zuwarf und auf ihre Haustür zuging, dreht sich die Frau um. Als Caro sie erkannte, erstarrte sie. „Leonor?!" Was wollte Pedros Assistentin hier? Caro bekam den Mund fast nicht zu vor Überraschung. Es verschlug ihr glatt die Sprache. Was sollte das bedeuten?!

„Hallo Caro!"

Die beiden Frauen standen sich gegenüber. Und obwohl sie sich in Lissabon sehr gut verstanden hatten, war jetzt eine gewisse Spannung zwischen ihnen zu spüren. Hatte Leonor sie nicht nach oben in Pedros Arbeitszimmer geschickt? Da, wo sie ihr zweites Waterloo erleben musste? Skeptisch sahen sie sich an.

Schließlich ergriff Leonor das Wort. „Es ist nicht immer so, wie wir es uns zurechtreimen, Caro. Aber möchtest du mich nicht hereinbitten?"

Erst jetzt wurde Caro bewusst, dass sie nicht besonders gastfreundlich war. Schließlich hatte Leonor eine weite Anreise gehabt.

„Entschuldige, Leonor. Ich war nur so überrascht, dich hier zu sehen. Bitte komm doch gerne rein. Aber erschrick nicht, meine Hündin ist leider noch weniger gesellig als ich." Caro hatte ihren Humor wiedergefunden. Ihre Sorge um Zazous Benehmen war jedoch unbegründet. Sie bestürmte ihr Frauchen und schnüffelte dann vorsichtig den Gast ab. Dann war das große Paket dran, das die Frauen in den Flur geschoben hatten. Es schien alles in Ordnung zu sein, Leonor durfte die Hündin erstmal intensiv kraulen.

„Was bist du denn für eine Süße! Meine Eltern haben auch so einen Floh zu Hause, ich habe bestimmt noch ein Leckerchen in der Tasche." Ihre Hand und Zazous Hundenase suchten gemeinsam danach. Und damit war Leonor voll akzeptiert. Caro sah ihnen grinsend zu und beschloss, dass das ein gutes Omen für ihr Gespräch war. Sie war bereit, sich Leonors Anliegen anzuhören.

„Uma bica?"

Nun lächelte Leonor. „Com prazer."

Caro brachte den Espresso ins Wohnzimmer und sie tranken zunächst schweigend.

„Möchtest du das Paket nicht auspacken?", begann Leonor.

„Sehr gerne. Ich bin schon gespannt!" Caro war froh, der Stille zu entkommen. So hatte sie Zeit, die ganze Situation besser für sich einzuordnen. Sie ahnte bereits, was sie in dem Paket finden würde. Zazou begleitete sie in den Flur. Caro zerschnitt das Paketband und holte herrliche Korkstoffe heraus. Sie strich vorsichtig über den Stoff und ihre Augen leuchteten begeistert. Ja, daraus würden umwerfende Taschen entstehen! Sie klemmte sich eine Stoffbahn unter dem Arm und ging zu Leonor zurück. Sie fand ihren Überraschungsgast in ihrem Verkaufsraum. Begeistert hielt sie ihr neuestes Modell hoch.

„Sie sind wirklich wunderschön! So stylisch und trotzdem alltagstauglich."

„Dann warte erstmal ab, was ich hieraus zaubere", strahlte Caro sie an und zeigte auf die Stoffe, die Leonor für sie mitgebracht hatte.

„Du bist wirklich begabt, Caro! Kein Wunder, dass Pedro dich so verehrt." Leonor wurde schlagartig ernst. „Und egal, wie das jetzt ausgeht mit euch beiden – euer Vertrag steht natürlich."

„Bei diesen schönen Stoffen freut mich das umso mehr. Aber euer Lieferservice ist wirklich recht ungewöhnlich", versuchte Caro es mit Humor, während sie sich innerlich straffte. Sie war nicht sicher, ob sie das hören wollte, was sie gleich zu hören bekam. Doch nun gab es kein zurück. „Ehrlich gesagt weiß ich nicht, ob ich auf die Durchführung bestanden hätte." Sie erinnerte sich an ihren zweiten Tag in Lissabon nach der Besichtigung der Korkfabrik, an dem sie beide den Vertrag ausgehandelt hatten. Skeptisch sah sie die Portugiesin an.

„Bevor du jetzt jeden weiteren Kontakt mit Pedro von dir weist, möchte ich dir etwas zeigen. Du musst zumindest die Hintergründe kennen, bevor du deine Entscheidung triffst. Vielleicht wirst du dann verstehen."

Noch nicht überzeugt nickte Caro zögernd und nahm den Briefumschlag entgegen, den Leonor ihr reichte. Sie waren wieder ins Wohnzimmer gegangen, und Caro war froh, dass sie sich setzen konnte. Denn der Umschlag enthielt das Bild einer Frau. Der Frau, die Pedro so innig umarmt hatte, als sie unverhofft in sein Arbeitszimmer hereingeplatzt war. Aber auf dem Bild lag sie in einem Krankenhausbett, an Schläuche angeschlossen. Ihr ebenmäßiges schönes Gesicht wirkte bleich und anstatt ihrer langen, schwarzen Mähne hatte sie ein Kopftuch umgebunden. Caro starrte auf das Foto. Was würde jetzt kommen? Ihr stockte der Atem. Sie erinnerte sich an das, was Leonor ihr zur Begrüßung gesagt hatte: Es ist nicht immer so, wie wir es uns zurechtreimen. Sie sah zu Leonor und wartete auf eine Erklärung.

Aber die ließ sich Zeit mit ihrer Antwort auf Caros unausgesprochene Frage. Schließlich sprach sie sanft, als wüsste sie, was das in Caro auslösen würde: „Die Frau, die du da siehst, ist Luana. Pedros kleine Schwester. Sie ist alles, was ihm an Familie geblieben ist." Leonor machte eine Pause, als suche sie nach den richtigen Worten. „Sie hat die letzten Wochen wahrlich mit dem Mut einer Löwin gegen den Krebs gekämpft. Am Tag von Pedros Feier hatte sie die Nachricht bekommen, dass er zurückgekehrt ist."

Es war so still im Raum, dass man eine Stecknadel hätte fallen hören. Nicht einmal Zazou regte sich. Caro schossen die Tränen in die Augen, sie hielt den Atem an. Was hatte sie getan?

„Pedro hatte nach dieser schlimmen Nachricht nur Augen und Ohren für seine Schwester. Ich habe auch erst später mitbekommen, dass sie bereits eingetroffen war und die beiden sich im Arbeitszimmer zurückgezogen hatten. Sonst hätte ich dich bestimmt nicht hochgeschickt. Verständlich, dass Luana nicht nach Feiern zumute war. Über die offene Tür im Arbeitszimmer hatte Pedro sich zwar gewundert, aber nicht weiter darüber nachgedacht. Erst als ich ihn gefragt habe, ob du ihn oben gefunden hättest, ist es ihm wie Schuppen von den Augen gefallen." Sie machte eine Pause und sah Caro eindringlich an. „Pedro empfindet noch immer viel für dich. Und er bittet dich, zu ihm nach Lissabon zu kommen. Er hat sich nicht getraut, seine Schwester in dieser schweren Situation allein zu lassen, sonst wäre er selbst geflogen. Pedro hat mich bekniet, dir alles zu erklären."

„Aber warum... warum hat er nicht...", stammelte Caro, während ihr siedend heiß wieder einfiel, dass sie in ihrer Selbstgerechtigkeit seine Nummer blockiert hatte. Und seine Briefe lagen ungeöffnet im Schrank. Sie schlug sich gegen die Stirn. „Was bin ich bloß für eine Idiotin!"

Leonor lächelte und legte ihr einen weiteren Umschlag auf den Tisch, bevor sie sich erhob. „Jeder verhält sich manchmal so, dass er im Nachhinein nicht besonders stolz darauf ist. Aber manchmal gibt uns das Leben eine zweite Chance." Und mit diesen Worten ging sie und ließ Caro allein.

Sie saß lange auf dem Sofa und dachte nach. Langsam wurde es draußen dunkel und sie zündete sich eine Kerze an. Mehr Licht ertrug sie einfach nicht. Konnte sie es riskieren, den Brief zu öffnen? Vorsichtig riss sie den Umschlag auf. Doch es war kein Brief darin. Sie wollte ihn schon irritiert zur Seite legen. Aber dann fiel ein Flugticket heraus, an dem ein Post-it klebte. Seine Handy-Nummer stand drauf, sie erkannte die Zahlen wieder. Sie drehte das Ticket um. Frankfurt – Lissabon. In der kommenden Woche.

An der Weggabelung

Caro zitterten die Hände, als sie Pedros Nummer neu eingab. Erst beim dritten Mal schaffte sie es, sich nicht zu vertippen. Dann atmete sie tief durch und drückte auf ‚anrufen'. Es klingelte genau dreimal, dann hörte sie seine warme, tiefe Stimme: „Caro! Endlich!"

Ihr stockte der Atem und ihr Herz raste. Mit brüchiger Stimme brachte sie heraus: „Hallo Pedro. Es tut mir so leid!" Es wurde ein langes und tränenreiches Telefonat. Endlich redeten sie über alles. Über ihre Sehnsüchte, Ängste und Verletzungen, ihre Wünsche und Hoffnungen. Und über ihre letzte unglückselige Begegnung. Kein Wort des Vorwurfs kam von ihm. Aber er hatte momentan auch ganz andere Sorgen. „Luana soll erneut operiert werden. Sie ist so tapfer. Und ich habe solche Angst um sie." Seine Stimme brach. Dann wurden sie unterbrochen. Ein Arzt wollte mit Pedro sprechen. „Du bedeutest mir sehr viel, Caro!", waren seine letzten Worte, als er auflegte.

„Du mir auch", flüsterte sie ins Leere. Sie streichelte Zazou gedankenverloren und wusste gar nicht wohin mit ihren Gefühlen. Sie kam sich so unglaublich dumm vor mit ihrer Eifersucht. Sie rechnete ihm hoch an, wie er auf ihr Verhalten reagiert hatte. Was für ein Mann! Und sie hätte ihn fast verloren. Caro fiel erst jetzt ein, dass er gar nicht dazu gekommen war, die Frage zu stellen, die sich eigentlich aufdrängte. Würde sie sein Angebot annehmen und zu ihm kommen? Die Entscheidung, wie es mit ihnen weiterging, lag jetzt bei ihr.

Ihre Nacht war sehr unruhig, sie wälzte sich lange hin und her, bis sie in einen unruhigen Schlaf fand. Zazou, die sonst immer in ihrem Körbchen schlief, war zum Trost in ihr Bett gekrochen und hatte sich an ihrem Fußende zusammengerollt. Fast als spürte sie, dass große Veränderungen anstanden.

Als Caro am Morgen aufwachte, stand ihre Entscheidung fest. Und sie beeilte sich, sie Pedro mitzuteilen.

„Du brauchst dir keine Sorgen machen, Caro. Ich bin mittlerweile gut eingearbeitet und Mails und Telefon werde ich schon wuppen. Soll ich so lange auf Zazou aufpassen?" Amanda freute sich für Caro und wünschte ihr viel Glück.

Caro lächelte. „Das ist lieb von dir. Dich schickt wirklich der Himmel! Aber Pedro hat selbst an meine Hündin gedacht. Ich kann es gar nicht glauben, aber Zazou ist für den Flug mit angemeldet."

„Dann habt ihr ja beide eine aufregende Zeit vor euch!"

Wie zur Bestätigung bellte Zazou, bevor sie Buddys Aufforderung zum Spielen nachkam und die beiden wie immer in den Garten stürmten. Die beiden Frauen mussten lachen.

„Das haben wir ganz bestimmt. Zum Weihnachtsgeschäft bin ich aber wieder zurück. Und meine neuen Entwürfe werde ich dir mailen. Der Stoffvorrat ist reichlich, du wirst noch lange damit hinkommen. Und meine Werbekampagne kann ich auch von Lissabon aus fortsetzen."

Die beiden Frauen umarmten sich. Mittlerweile waren sie mehr Freundinnen als Chefin und Angestellte. Für Caro war es beruhigend, dass sie sich auf Amanda verlassen konnte.

Caro hatte die Überraschung auf ihrer Seite, als sie ihrer Familie von ihren neuen Plänen erzählte. Sie grinste, als sie sich von ihnen verabschiedete, denn sie hatten reagiert wie erwartet: Ihre Mutter hatte über ihr unstetes Leben den Kopf geschüttelt und ihr viel Glück gewünscht. Annalena hatte sie gelöchert, was denn jetzt genau vorgefallen war und zu dieser Entscheidung geführt hatte. Die Kids waren untröstlich und sie musste ihnen versprechen, dass sie bis zu ihrer Weihnachtsaufführung in der Kita zurücksein würde. Und Patrick hatte ihr ganz pragmatisch angeboten, sie nach Frankfurt zum Flughafen zu fahren. Somit war auch das geklärt.

Sie fuhr bei Jessi vor, die gerade dabei war, ihre Fachbücher in Kartons zu verstauen. Morgen würde Tim alles mit einem Umzugswagen abholen. Und er würde gut zu tun haben bei den vielen gestapelten Kisten und Kartons.

„Brauchst du noch Hilfe? Ich muss mich leider heute schon verabschieden."

„Caro, wie schön, dass du kommst. Nein, ich bin fertig, sozusagen zum Absprung bereit. Aber warum willst du heute schon Tschüss sagen?" Überrascht sah Jessi sie an.

Caro lächelte. „Du wirst nicht glauben, was sich bei mir getan hat. Ich weiß gar nicht, wo ich anfangen soll." Und dann platzte es aus ihr heraus: Leonors überraschender Besuch. Ihre fatale Fehleinschätzung von Pedro. Und ihre Entscheidung, seine Einladung anzunehmen und morgen für einige Wochen nach Portugal zu fliegen.

Jessi umarmte sie vor Begeisterung. „Klasse! Das nenn ich doch mal eine mutige Entscheidung!"

„Danke! Aber vollkommen überrascht scheinst du jetzt nicht zu sein, stimmt's?"

„Na ja, ein bisschen hatte ich ehrlich gesagt die Finger mit im Spiel", beichtete Jessi. „Leonor hat mich vor ihrem Besuch bei dir angerufen und um Rat wegen eines Termins für ein Flugticket gefragt. Sie hat nicht alles erzählt, nur dass du alles gründlich missverstanden hast und Pedro unbedingt mit dir reden muss. Den Tipp mit Zazou habe ich ihr gegeben, damit du keine Ausreden hast." Nun grinste sie breit.

Caro war baff. „Das ist ja fast eine kleine Verschwörung!" Sie war nicht sicher, ob sie über die Einmischung jetzt sauer sein oder sich einfach freuen sollte.

„Ich habe nur ein bisschen Schicksal gespielt. Und ein solches Drama wie zwischen dir und Pedro verdient zumindest eine Klärung", beschwichtigte Jessi sie.

Caro wusste, dass Jessi recht hatte, und insgeheim war sie ja froh, wie es gelaufen ist. „Leider wird's jetzt mit meinem Besuch bei euch erstmal nichts."

„Dann werden wir halt telefonieren, bis die Drähte glühen. Und machen einfach die Kamerafunktion an. Dann können wir sogar zusammen Kaffee trinken, oder einen Wein." Jessi grinste. „Außerdem gibt es von Hamburg nach Lissabon einen Direktflug, ich habe mich schon erkundigt."

Jetzt musste Caro lachen. Jessi war einfach unschlagbar!

„Wir werden uns eine Menge zu erzählen haben, wenn wir uns das nächste Mal sehen", meinte Jessi, als sie sich zum Abschied umarmten.

Die Zeit bis zum Abflug war nun doch wie im Fluge vergangen und Caro ging in Gedanken noch einmal alles durch. Hatte sie auch wirklich nichts vergessen? Immerhin würde sie einen ganzen Monat fort sein. Da klingelte Patrick schon an der Tür.

„Kann's losgehen?", fragte er und schnappte sich den großen

Trolley, der im Flur stand, um ihn in den Kofferraum zu verstauen. Caro nahm ihre Handtasche und sammelte ihre aufgeregte Hündin ein. Ja, endlich ging es los!

Sie hatten Glück und die Autobahn war verhältnismäßig frei. Nur kurz vor Frankfurt staute es sich, wie zu erwarten. Und auch am Flughafen war es rappelvoll.

„Lass mich einfach da vorne raus, den Rest schaffe ich schon allein", Caro zeigte auf eine Lücke, die eigentlich für Taxis gedacht war.

„Das erspart uns einen langen Abschied, Schwesterherz."

Sie grinste, denn sie wusste, wie sehr er das hasste.

„Melde dich, wenn du angekommen bist." Er hob ihren Trolley aus dem Kofferraum und umarmte sie.

„Das mache ich. Und vielen Dank fürs Hinbringen."

Caro zog den Trolley hinter sich her, ihre Handtasche hatte sie unter den Arm geklemmt und sie hielt die Box mit der neugierig schnüffelnden Zazou in der Hand. Kein Mucks war von ihr zu hören. Sie verhielt sich vorbildlich. Caros Vorfreude auf Pedro war riesig. Sie versprach sich selbst, dass sie nie wieder so überstürzt reagieren würde, ohne die Hintergründe zu kennen.

Sie sah auf die Anzeigentafel. Lissabon war bereits ausgeschrieben, aber es war noch genügend Zeit bis zum Abflug. Endlich von ihrem Gepäck befreit, gönnte sie sich noch einen Cappuccino und ein Croissant, genoss in aller Seelenruhe ihr Frühstück. Bei dem nächsten Blick auf die Uhr fuhr sie erschrocken auf: Nun musste sie sich aber sputen! Sie schnappte sich Handgepäck und Zazou und war schweißgebadet, als sie endlich durch die Sicherheitskontrolle kamen. Besser, sie machte sich gleich auf den Weg zum Gate. Sie wollte nicht noch mehr Zeit vertrödeln. Auf dem Weg dachte sie an Pedro und ihr wurde ganz warm uns Herz. Sie hatten die letzten Tage täglich telefoniert und sie hatte regelmäßig Herzklopfen, wenn sie nur an ihn dachte. Ja, so fühlte sich eine richtige Entscheidung an! Sie beide hatten wirklich eine Chance verdient! Caro lächelte voller Vorfreude, während ihre Augen nach einer freien Bank suchten. Als ihr Blick auf einen Mann fiel, der auf die Landebahn hinaussah, dachte sie erst an eine Täuschung. Nein, das war unmöglich! Doch ihr Herz machte bereits einen Extra-Satz, während ihr Verstand Schwierigkeiten hatte, zu begreifen. Was hatte das zu bedeuten? Genau in diesem Moment drehte er sich um. „Moritz? Was machst du denn hier?" Sie klang genauso verwirrt, wie sie sich fühlte.

„Caro!" Mit drei Schritten war er bei ihr, umarmte sie.

Sie ließ es geschehen, während ihr Gehirn auf Hochtouren lief, um die Situation zu begreifen. Vorsichtig löste sie sich aus der Umarmung. „Fährst du in den Urlaub?" Doch sie sah nicht einmal Handgepäck.

„Nein, ich will nicht nach Portugal. Ich wollte dich nur sehen. Ich habe Annalena in der Kita getroffen und sie erzählte mir, dass Patrick dich gerade zum Flughafen bringt und du in Lissabon jemanden besuchst. Für länger." Er stockte kurz. Dann sah er ihr in die Augen. „Ich habe mir online irgendein Ticket gebucht und bin gleich weiter nach Frankfurt gefahren. Ich wollte… nein, ich musste dir einfach sagen, dass ich jetzt frei bin. Bevor es zu spät ist."

Caro hörte zwar, was er sagte, aber sie verstand es nicht. Dass die Leute sich erhoben und sich zum Abflug in die Schlange stellten, ging daher ganz an ihr vorbei.

„Was ist mit Eileen?"

„Sie hat sich von mir getrennt. Sie sieht keine gemeinsame Basis mehr, es ist endgültig. Caro, ich weiß, wie sehr du gelitten hast. Aber ich werde es wieder gutmachen. Das verspreche ich!" Er ergriff ihre Hand. „Bitte gib uns noch eine Chance!"

Sie sah ihm lange in die Augen. Ihre Gedanken überschlugen sich, ihre Zweifel spiegelten sich in ihren Augen wider.

„Ich liebe dich, Caro!"

Eine Durchsage ließ sie aufhorchen. „Frau Carolyn Schneider, Sie werden gebeten, sich unverzüglich zu ihrem Abfluggate zu begeben. Ich wiederhole..."

Verdammt, was sollte sie tun?! Im Geiste sah Caro sich an der Weggabelung ihres Lebens stehen. Moritz? Oder Pedro? Sie hatte nur noch Sekunden Zeit, sich zu entscheiden. Ihr Herz raste bei der Vorstellung. Und ihre Gedanken wirbelten durcheinander. Ihre Zeit mit Moritz war schön gewesen. Beständig. Bis sie sich an seiner Beziehung zu Eileen und dem schrecklichen Unfall aufgerieben hatten. Würden sie da anknüpfen können, wo sie aufgehört hatten? Und Pedro? Der für sie sein Leben riskiert und ins offene Meer gesprungen war, um sie zu retten. Mit dem alles neu und aufregend war. Dem sie Unrecht getan hatte! Und der dennoch auf sie wartete. Beide Männer hatten ihr gezeigt, wie sehr sie sie liebten. Und was wollte sie? Da tauchte Pedros Gesicht vor ihrem inneren Auge auf, ihre letzten Gespräche am Telefon. Sein Vertrauen in sie. Und sie kannte ihren Weg.

Moritz wusste, dass er sie verloren hatte. Sie sah die Trauer in seinen Augen. Doch sie schüttelte nur sanft den Kopf. Es war zu spät für sie beide. Sie hatten den Absprung nicht mehr geschafft. „Es tut mir so leid, Moritz. Leb wohl." Sie ließ seine Hand los und wandte sich eilig ab, ging mit schnellen Schritten zum mittlerweile leeren Gate.

217

Seine Blicke spürte sie noch lange in ihrem Rücken. Doch sie wusste, sie hatte ihre Entscheidung getroffen. Ob es die richtige war, würde das Leben zeigen. Doch nun war es für sie an der Zeit, wieder einmal ganz neu zu beginnen.

Nachwort und Danksagung

Liebe Leserin, lieber Leser,

ich hoffe, du hattest beim Lesen viel Spaß! Es ist ermutigend zu wissen, dass das Leben immer wieder eine Überraschung für uns bereithält – und häufig eine positive.

Wenig überraschend ist es, dass das Buch nicht ohne Unterstützung entstanden ist. Daher danke ich von Herzen meiner lieben Lektorin Lara Hofmann, die mit ihrem bewährt kritischen und konstruktiven Blick meine Schachtelsätze enthüllt und meine Logikfehler aufgedeckt hat. Es ist mir immer wieder eine Freude, mit ihr zusammenzuarbeiten!

Ebenfalls bedanken möchte ich mich bei meiner Coverdesignerin Constanze Kramer für das wunderschöne Gesicht, das sie meinem Buch gegeben hat.

Mein Dank gilt in besonderem Maße den Beschäftigen der Augenklinik der Schweriner Helios Kliniken, die auch bei schwierigen Operationen ihren Humor nicht verlieren, während sie ihren Patienten das Augenlicht und die Lesefähigkeit erhalten. Ohne euch wäre dieses Buch nicht entstanden!

Meinen Freunden und meiner Familie eine innige Umarmung und meinen herzlichen Dank für eure Geduld, dass ich die letzten Monate so wenig Zeit für euch hatte und manchmal einfach auf Tauchstation ging. Ich schätze, es wird nicht viel besser, denn die Ideen für weitere Bücher stehen bereits Schlange.

Mit besonderem Dank an meine beiden Lieblingsmenschen – meinem Mann Carsten und meiner Tochter Eva – möchte ich hier schließen. Ihr seid einfach großartig und durch nichts zu ersetzen! Danke für eure moralische Unterstützung und den Mut, den ihr mir immer wieder zugesprochen habt. Danke für eure kritischen Anmerkungen, wenn ich wieder mit einer schrägen Idee für eine Szene um die Ecke kam. Danke für die Übernahme von Gassigängen mit unseren beiden Yorkies, die so zauberhaft wie anstrengend sind. Danke für eure Unterstützung im Haushalt, wenn ein Kapitel wirklich noch ganz schnell zum Ende kommen musste. Und danke, dass ihr mich mit meinen Launen ertragen habt, wenn gefühlt mal wieder gar nichts klappte.

Ich wünsche dir, liebe Leserin, lieber Leser, stets die richtige Entscheidung für wunderbare Neuanfänge!

Printed in Poland
by Amazon Fulfillment
Poland Sp. z o.o., Wrocław

40411828R00129